THE
QUEEN
OF
CRIME
繁體中文版
20週年
紀念珍藏

池邊的幻影

著——阿嘉莎・克莉絲蒂

譯——向農

The Hollow

Agatha Christie®

策畫者的話

通俗是一種功力

吳念真（導演、作家）

通俗是一種功力。絕對自覺的通俗更是一種絕對的功力。

這樣的話從我這種俗氣的人的嘴巴說出來，大概很多人要笑破褲底了。不過，笑完之後請容我稍稍申訴。這申訴說得或許會比較長一點，以及，通俗一點。

小時候身材很爛，各種遊戲競爭完全任人宰割，唯一隱遁逃避的方法是躲起來看書或聽大人瞎掰。那年頭窮鄉僻壤的小孩能看的書不多，小學二年級時最喜歡的是超大本的《文壇》，老師借的。看著看著，某天老師發現我的造句竟出現：「捧著：朝陽捧著一臉笑顏為群山剪綵」這樣亂七八糟的文字，就拒絕再讓我看那些超齡的東西了。

老師的書不給看，我開始抓大人的書看。一種是厚得跟磚塊一樣的日文書，對我來說那完全是天書，但插圖好看，經常有限制級的素描。另一種書是比較薄的，通常藏得很嚴密，只是裡面有太多專有名詞、重複的單字和毫無限制的標點，比如「啊啊啊」、「……！！！」

老讓我百思不解。有一天，充滿求知欲地詢問大人竟然換來一巴掌後，那種閱讀的機會和樂趣也隨著消失了。

所幸這些閱讀的失落感，很快從大人的龍門陣中重新得到養分。講到這裡，我似乎先得跟一個村中長輩游條春先生致敬，並願他在天之靈安息。

我所成長的礦區，幾乎全是為著黃金而從四面八方擁至的冒險型人物，每人幾乎都有一段異於常人的傳奇故事。這些故事當事人說來未必精采，但一透過游條春先生的嘴巴重現，有時連當事人都聽得忘我，甚至涕泗縱橫，彷彿聽的是別人的故事。

條春伯沒當過日本兵，可是他可以綜合一堆台籍日本兵的遭遇，一如連續劇般從入伍、受訓、逃亡荒島，面對同鄉同袍的死亡，並取下他們的骨骸寄望帶回故鄉，乃至骨骸過多搞不清哪是誰的等等，讓聽的人完全隨他的敘述或悲或笑，彷彿跟他一起打了一場太平洋戰爭。此外他也可以把新聞事件說得讓一個三、四年級的小孩，到現在仍記得當時腦中被觸動的畫面。例如當年瑠公圳分屍案的凶手做案之後帶著小孩到安東街吃麵（這讓我一直以為台北的安東街是條專門賣麵的街道），還有甘迺迪總統被暗殺、賈桂琳抱住她先生、安全人員跳上飛快的車子保護賈桂琳……當然，這記憶全來自條春伯的嘴巴而不是報紙。我的記憶全是畫面，有畫面，是因為條春伯說得精采，說得有如親臨他至死都還搞不清地理位置的達拉斯命案現場。

於是這小孩長大後無條件地相信：通俗是一種功力，絕對自覺的通俗更是一種絕對的功力。透過那樣自覺的通俗傳播，即使連大字都不識一個的人，都能得到和高階閱讀者一樣的感動、快樂、共鳴，和所謂的知識、文化自然順暢的接軌。也許就是因為這些活生生的例子，俗氣的自己始終相信：講理念容易講故事難，講人人皆懂、皆能入迷的故事更難，而能隨時把這樣的故事講個不停的人，絕對值得立碑立傳。

條春伯嚴格地說是有自覺的轉述者，至於創作者，我的心目中有兩個。一個是日本導演山田洋次，一個是推理小說家阿嘉莎．克莉絲蒂。

山田洋次創造了寅次郎這個集合所有男人優點跟缺點的角色，在以《男人真命苦》為名的系列下，總共完成百部左右的電影。它們的敘述風格、開頭、結尾的方法不變，唯一改變的是故事，是時代，是遍歷日本小鄉小鎮的場景。數十年來，看《男人真命苦》幾已成為日本人每年的一種儀式，一如新春的神社參拜。

數十年前訪問過山田導演，他說，當他發現電影已然有它被期待的性格時，電影已經不是導演自己的。他說：當所有人都感動於美人魚的歌聲時，你願意為了讓她擁有跟你一樣的腳，而讓她失去人間少有的嗓音嗎？

人間少有的嗓音與動人的歌聲，都來自山田導演絕對自覺的通俗創造。

再如阿嘉莎．克莉絲蒂，如果我們光拿出她說過的故事和聽過她故事的人口數字，就足以嚇死你。五十多年的寫作生涯，她總共寫出六十六本長篇推理小說，外加一百多篇短篇小說和劇本。其中有二十六本推理小說被改編，拍了四十多部電影和電視劇集。作品被翻譯成一百零三種文字的版本，銷量超過二十億本。

夠了。你還想知道什麼？知道二十億本的意義是什麼嗎？二十億本的意義是全世界平均三個人就有一個人讀過她的書，聽過她說的故事。

說來巧合，她和山田洋次一樣，創造出個性鮮明的固定主角（當然，前前後後她弄出來好幾個），然後由他（或是她）帶引我們走進一個犯罪現場，追尋真正的罪犯。

故事就這樣？沒錯，應該說這是通常的架構。那你要我看什麼？不急，真的不急，克莉絲蒂會慢慢冒出一堆足夠讓你疑惑、驚嚇、意外，甚至滿足你的想像力、考驗你的耐心和智商的事件來。

推理小說不都是這樣嗎？你說得沒錯，大部分是這樣，不一樣的是……對了，她像條春伯，像山田洋次，她真會說，而且她用文字說。

文字的敘述可以讓全世界幾代的人「聽」得過癮、「聽」個不停，除了聖經，也許就是克莉絲蒂。她不是神，但她真的夠神。

數十年前，台灣剛剛出現她的推理系列中譯本，那時是我結婚前，常有同齡的文藝青年來我租住的地方借宿，瞄到我在看克莉絲蒂，表情詭異地說：「啊？你在看三毛促銷的這個喔？」

我只記得他抓了一本進廁所，清晨四點多，他敲開我的房門說：「幹，我實在很討厭那個白羅……再拿一本來看看，我跟你說真的，要不是你的書，我真的很想把那個矮儸壓到馬桶吃屎！」

我知道他毀了，愛吃又假客氣，撐著尊嚴騙自己。克莉絲蒂再度優雅地撕破一個高貴的知識份子的假面具，她的手法簡單，那手法叫通俗，絕對自覺的通俗，無與倫比、無法招架的功力。

昔日的文藝青年如今跟我一樣，已然老去，但不時還會看到他寫一些充滿理念和使命感極重的文章，在報紙和雜誌上出現。我知道他要說什麼，只是常常疑惑他想跟誰說；同樣，我記得他說過什麼，但轉眼間忘記他說了什麼。但請原諒我，幾十年前那個晚上，他在我家看完的那兩本克莉絲蒂的小說內容，我可還記得清清楚楚。

也許有一天再遇到他的時候，我會問他之後是否還看過克莉絲蒂其他的書，如果沒有，我會跟他說，想讀要趁早，因為你會老、會來不及。至於白羅那個矮儸，大概永遠不會消失。哦，對了，還有一個叫瑪波，你說不定會來不及認識……

老派偵探之必要

冬陽（推理評論人，台灣推理作家協會理事長）

「讀者非常喜歡白羅這個人物，表示『那個開朗的小個子，過氣的比利時名偵探』。顯然白羅是這本小說受歡迎的一個原因，雖然白羅可能不贊同用『過氣』二字來形容他。」知名編輯兼作家經紀人約翰·柯倫（John Curran）在《阿嘉莎·克莉絲蒂的秘密筆記》一書如是說，文中提到的「這本小說」，正是克莉絲蒂初試啼聲、名偵探赫丘勒·白羅優雅登場的《史岱爾莊謀殺案》，一部於一個世紀前出版的偵探推理作品。

百年光陰的淬鍊顯然證明了白羅絕無過氣的疲態，連帶讓我聯想起電影《金牌特務》（*Kingsman*）上映後，大眾熱議西裝如何能帥氣俊挺歷久不衰——或許可以從這個切入角度，在這裡跟老書迷、新讀友探究這個蛋頭翹鬍子偵探（我沒有影射哪款洋芋片食品喔）的魅力所在。

且讓我們話說從頭。

「我敢打賭你寫不出好的推理小說。」一九一六年，阿嘉莎．米勒（克莉絲蒂婚前的舊姓）在媽媽的打字機上敲擊，打算回應姐姐梅姬這挑釁的話語。她努力嘗試，但故事寫得不好，於是改從身旁熟悉的事物著手──比方說毒藥。阿嘉莎在藥房工作過，曾在某個夜裡驚醒，匆匆回到調劑室重新配置，因為她不記得有沒有漏做一個重要步驟，否則病患就要去見閻王了──噢，這似乎是個謀殺好點子。

阿嘉莎還記得姨婆對她的叮嚀：要注意他人覬覦她珍藏的首飾，時時留意是不是有人偷偷拉長了耳朵聽她們的竊竊私語。小阿嘉莎不但執行得徹底，還把這個習慣寫進小說裡。同時她還注意到，因為世界大戰爆發，家鄉托基湧入許多比利時難民，不如讓一個逃難到英國的比利時退休警官擔任偵探？一定很有趣！

啊，偵探小說顧名思義，只要塑造出一個教人印象深刻的偵探，大概就成功一半。這個人物必須要有特色、有個性，甚至是怪癖，而且聰明又自負。好幾個名字浮現在她腦海裡：莫里斯．盧布朗（Maurice Leblanc）筆下的怪盜紳士亞森．羅蘋、卡斯頓．勒胡（Gaston Leroux）創造的新聞記者胡爾達必，當然還有那最最知名的夏洛克．福爾摩斯──連帶創造一個華生型的助手好了。該怎麼安排呢……

於是，一位偵探的樣貌漸漸成形：五呎四吋的小個兒，蛋型臉上蓄著保養得宜、梳理有型的鬍子，衣著一塵不染，漆皮鞋擦得錚亮。他有嚴重的潔癖，說話不時夾雜法語，喜歡成雙成對的東西，喜歡方的不喜歡圓的（雞蛋為什麼不是方的呢？），口頭禪是「動動灰色的腦細胞」。阿嘉莎心想，他應該要有個像福爾摩斯一樣響亮的名字，取名「赫丘勒斯」怎麼樣？希臘神話中的大力士。姓氏叫白羅，不過搭赫丘勒斯這個名字好像不配……改一下，赫丘勒．白羅好像不錯？就這麼定了吧！

白羅很聰明，懂得觀察入微沒錯，但這並不表示他就得是台獨尊腦袋、缺乏情感的冰冷思考機器，尤其要在人物關係錯綜複雜的莊園宅邸查案追凶，交際手腕得高明些才行。他不是在謀殺發生、屍體出現後才開始像頭獵犬四處嗅聞，而是憑藉旺盛的好奇心與強烈的同理心接觸各種人事物，進而探入被害者、犯罪者、各個看似無辜但多少都和事件沾上邊的關係者的心靈深處，佐以現今稱作鑑識、法醫等等科學鐵證（哎，證據人人知道，可是要怎麼跟真相合理地連結到一塊，這就是名偵探的功力啦），讓原本叫人束手無策的事件得以畫下完美句點。也因此，白羅偶爾能預測進而制止罪案的發生，甚至對殘酷但值得憐憫的罪行網開一面，這樣才合乎人性不是嗎？

婚後以阿嘉莎．克莉絲蒂為名，推出《史岱爾莊謀殺案》後深獲好評，相隔六年的《羅傑艾克洛命案》更是引發街談巷議，而克莉絲蒂全球暢銷前十大作品中，還包括《東方快車謀殺案》、《尼羅河謀殺案》、《ABC謀殺案》、《藍色列車之謎》、《底牌》、《五隻小豬之歌》，合計八部皆由白羅擔綱演出。讀者不只喜愛這個聰明角色，還臣服於平實流暢的文筆及相對顯得衝突的複雜劇情，冷酷的謀殺動機隱藏在細膩的人際關係裡，穿透看似單純、帶點童話氣息的表象後，端賴名偵探明察秋毫、撥亂反正。尤其讓一個比利時人在英國土地上辦案，是克莉絲蒂的小心思，因為「英國人總是不信任外國人，也不相信睿智」（語出英國偵探俱樂部主席馬丁．愛德華茲〔Martin Edwards〕），讀者同凶手一樣輕忽不設防，卻也得到了參與鬥智競賽的意外驚奇和美好滿足。

這樣的閱讀感受，我稱之為「老派偵探之必要」，因為它純粹簡約，經得起反覆咀嚼，猶如前述的西裝革履，在潮流更迭的時間長河裡維持恆久的優雅風範——呼應吳念真先生寫在「策畫者的話」中的一段文字，那不是惺惺作態的高傲睥睨，而是「絕對自覺的通俗，無與倫比、無法招架的功力」所致。

不信？往下讀去就知道。而且我敢打賭，你有很高的比例會將整個白羅系列嗑完，然後是瑪波小姐系列以及其他系列，當然也不可能錯過像名列暢銷首位的《一個都不留》這類獨立之作……

註　克莉絲蒂推理全集一至三十八冊為「神探白羅系列」，三十九至五十二冊為「神探瑪波系列」，五十三至八十冊包含鬼豔先生、湯米與陶品絲、雷斯上校、巴門主任等名探故事。

獻詞

阿嘉莎．克莉絲蒂是世界讀者最眾，也最廣受喜愛的女作家。
身為克莉絲蒂的孫兒，我相信奶奶會非常樂見這次出版，
因為她極以自己作品中的趣味與娛樂為豪。
歡迎所有喜歡本系列的台灣新讀者參與這場饗宴！

——馬修．培察（Mathew Prichard）

01

星期五的早晨，六點十三分，露西．安卡德睜開了她那藍色的大眼睛，新的一天開始了，一如往常，她立刻就完全清醒了，並開始思考從她那異常活躍的頭腦中冒出來的諸多問題。她覺得急需和別人商談，於是想到了年輕的表妹米琪．哈卡索，她是昨天晚上才來到空幻莊園的。安卡德夫人迅速溜下床，往她那依然優雅的肩頭披上一件便服後，就來到了米琪的房間。她是一個思路極為敏捷活躍的女人，依照慣例，她已經在腦子裡構思這場談話，並運用她那豐富的想像力，替米琪設計了答案。

當安卡德夫人推開米琪的房門時，這場對話已經在她的腦海中活靈活現。

「那麼，親愛的，你一定也同意這個週末會有麻煩的！」

「嗯？什麼！」米琪含糊不清地嚷著，迅速地從舒服的熟睡中醒了過來。

安卡德夫人走到窗前，俐落地拉開窗簾，打開百葉窗，九月黎明的蒼白光芒照了進來。

「小鳥！」她帶著愉悅的興致，透過窗玻璃觀察著外面。「多麼可愛。」

「什麼？」

「哦，無論如何，天氣不會有問題的。看起來好像已經放晴了，會是好天氣的；這點很要緊。如果一群個性不搭調的人全擠在室內，就會把事情弄得更糟，相信你會同意我的看法。有關吉妲的事，也許又會像去年玩輪迴紙牌[1]一樣，我永遠也不會原諒自己。事後我對亨利說，這是我考慮最不周詳的地方……當然了，我們不得不邀請她，因為如果邀請了約翰而不邀請她，將會非常失禮的，但這確實很棘手，尤其她是個好人。有時的確很奇怪，像吉妲那樣的好人，總是缺乏智慧。如果這就是人們所說的補償原則，我認為實在不盡公平。」

「你在說些什麼呀，露西？」

「這個週末啊，親愛的。關於明天將要來的客人，我整晚都在想這件事，並深深煩惱著。和你聊一聊，對我來說真是一種解脫，米琪。你總是那麼敏銳，那麼務實。」

「露西，」米琪嚴厲地說，「你知道現在幾點嗎？」

「不太清楚，親愛的。我從來不看時間，你知道的。」

「現在是六點一刻。」

「哦，天哪！」安卡德夫人叫道，語調中卻沒有一絲悔悟。

米琪嚴厲地注視著她。露西是多麼瘋狂，多麼不可思議！米琪心中暗忖，真不知道為什麼要容忍她！

然而，即使她在心裡這樣自問，其實她是知道答案的。當米琪看著她的時候，露西·安卡德微笑著。米琪感受到露西一生中一直擁有的那種超乎尋常、無孔不入的魅力，即使現在年過六十，這種魅力依然未曾消失。正因為如此，世界各地的君主、隨軍參謀、政府官員，一直忍受著她所帶來的種種不便、叨擾和為難。正是她行為中那種孩子般的興奮和歡樂，化解了人們的批評。露西只要睜著她那雙藍色的大眼睛，攤開柔弱的雙手，嚷著：「哦！真是對不起……」人們一切的不滿就煙消雲散了。

「親愛的，」安卡德夫人說，「我真的很抱歉。你應該早點告訴我的！」

「我現在正在告訴你……但是太晚了！我已經完全醒過來了。」

「真是不好意思！但你會幫我的，不是嗎？」

「關於這個週末嗎？怎麼了，有什麼問題嗎？」

安卡德夫人在米琪的床邊坐下。米琪想，這可不像別人坐在你的床邊，而像一個仙女在此短暫停留那樣虛幻。

安卡德夫人以一種可愛無助的姿勢，攤開了她那不斷揮舞著的白皙手掌。

「所有彆扭的人都會來……彆扭的人將聚在一起。我的意思是……我並不是指他們本身

1 輪迴紙牌（round game）是一種不分邊或組、也不分人數的紙牌遊戲。

有什麼不對，事實上他們都很迷人。」

「誰要來？」

米琪用她那結實的手臂把濃密的頭髮從額前撩開，她就不會讓人產生虛幻或仙女下凡的感覺。

「嗯，約翰和吉妲。我的意思是，約翰很討人喜歡，很有吸引力。至於可憐的吉妲……嗯，我的意思是，我們大家必須對她友善，非常、非常友善。」

由於被一種模糊的、本能的防禦所驅使，米琪說：「哦，得了，她不像你說的那麼糟。」

「哦，親愛的，她是那麼的可悲。那雙眼睛，似乎不曾理解人們所說的每一個字。」

「她是不理解，」米琪說，「不理解你所說的……不過我不是在責備她，你的腦袋轉得太快，露西，要跟上你的談話，思維得大幅跳躍才行，因為事物之間所有的關聯性都被你省略了。」

「就像猴子活蹦亂跳似的。」安卡德夫人含糊地說。

「除了克里斯托夫婦之外，還有誰要來？我猜，有荷立塔吧？」

安卡德夫人露出了笑容。

「是的，我真的覺得她是一座力量之塔，她一向如此。你知道，荷立塔真的很和善，一點兒也不盛氣淩人。她會大力幫忙可憐的吉妲，去年她表現得相當得體。當時我們正在玩一些五行打油詩的文字遊戲，當我們全都完成，並唸出來的時候，突然發現可憐的吉妲竟然還沒開始。她甚至搞不清楚這個遊戲怎麼玩。真是糟透了，不是嗎，米琪？」

「為什麼大家老愛來安卡德家，我不懂。」米琪說，「大家總是喜歡腦力激盪的遊戲、輪迴紙牌，還有你那獨特的談話風格，露西。」

「哦，親愛的，我們會努力的。對可憐的吉妲來說，這些一定很令人憎惡。我常想，如果她勇敢一點，她可以待在別的地方。但那可憐的人兒就在眼前，看上去迷惑不解，而且相當沮喪，你知道的。約翰則是那麼不耐煩，我簡直想不出該怎樣才能使情況重新好轉。就在那時，我相當感激荷立塔，她轉向吉妲，詢問她身上穿的一件套頭毛衣……真是一件可怕的衣服，顏色是那種褪色的萵苣綠，看起來十分廉價，像是在跳蚤市場買的，親愛的。然後吉妲頓時容光煥發，彷彿是她自己織的，荷立塔問她花樣，吉妲看上去是那麼的高興和自豪。這就是我對荷立塔的觀感，她總能做出這類事情，這是一種本領。」

「她不怕麻煩。」米琪慢條斯理地說。

「是的，而且她知道該說些什麼。」

「喔，」米琪說，「但事情比你說的更複雜。露西，你知道嗎？荷立塔的確織了一件那樣的套頭毛衣！」

「哦，我的天哪，」安卡德夫人的態度嚴肅起來。「她穿了嗎？」

「穿了。荷立塔做事總是貫徹到底。」

「非常難看嗎？」

「不。穿在荷立塔身上很好看。」

「哦，那當然，這就是荷立塔和吉妲之間的差異。荷立塔所做的每件事都是那麼出色，而且最後總是那麼正確。她幾乎萬事精通，每件事都像是她的專業一樣。米琪，我敢斷言，如果有人能幫我們順利度過這個週末，那一定就是荷立塔。她將友善地對待吉妲，逗亨利開心，還可以讓約翰保持好脾氣，此外，我確信她將是對大衛最有助益的人。」

「大衛．安卡德？」

「是的。他剛從牛津回來……也可能是康橋。這個年齡的男孩非常難搞，特別是受過良好教育的。大衛很聰明，但大家希望這些大男孩能等到年紀再大些的時候，再擁有那麼多的智力。事實上，他們總是如此躁動，咬著指甲，滿臉斑點，有時還長了喉結；他們要麼默不作聲，要麼大聲叫嚷，總是充滿矛盾。在這點上，正如我所說的，我依然信任荷立塔。她很有辦法，總能提出恰當的問題。作為一個女雕塑家，他們會尊敬她的，尤其是她不僅雕塑一些動物或小孩的頭像，也創作一些前衛的東西，就像去年她在新藝術家展覽館展出作品，一個用金屬和石膏塑成的古怪玩意兒。它看上去更像是希思．羅賓遜[2]畫的梯凳，名叫『上升的思想』或類似的名字，就是那種能夠影響大衛那類男孩的東西……我個人認為那是件很愚蠢的東西。」

「親愛的露西！」

「但荷立塔的某些作品，我覺得還是滿可愛的，比如『低垂的槐樹』。」

「我認為荷立塔是有點天分，而且也是一個非常可愛、討人喜歡的人。」米琪說。安卡德夫人站起身來，又移到窗前。她心不在焉地玩弄著百葉窗的繩子。

「怎麼會有橡實，真怪？」她嘀咕著。

「橡實？」

「在百葉窗的繩子上，就像門上的毬果，我的意思是，其中一定有個道理。因為它大可以是冷杉毬果或一顆珍珠，但總是用橡實。你知道嗎？在填字謎遊戲中，橡實是豬的飼料。好奇怪哦，我老是這麼認為。」

「別扯遠了，露西。你到這兒來是為了談週末的事情，我不明白你為什麼會這麼焦慮。如果你不玩輪迴紙牌；和吉姐講話時稍微有條有理一點；荷立塔又可以應付大衛，那麼，你還有什麼麻煩呢？」

「嗯，有一件事，愛德華要來。」

「哦，愛德華。」米琪說出這個名字後沉默了半晌。然後她輕聲問：「為什麼你這個週末要邀請愛德華呢？」

「是他自己想來。他打電報問我們是否可以邀請他。愛德華是怎樣的人，你也知道，他

2 希思·羅賓遜（William Heath Robinson, 1872-1944），英國漫畫家，擅長繪製異想天開的精密裝置。

那麼敏感，如果我們回電說『不行』，他也許永遠都不會來了。」

米琪點了點頭。

是的，她想，愛德華就是那樣。一下子他的面孔清晰地浮現在她眼前，那是張非常可愛的臉，一張有著露西那種虛幻魅力的臉，溫和羞怯、愛冷嘲熱諷……

「親愛的愛德華。」露西說，應和著米琪頭腦中的想法。她不耐煩地繼續說：「要是荷立塔打定主意嫁給他，那該有多好。她真的很喜歡他，我很清楚。如果他們能在克里斯托夫婦缺席的週末來這裡……事實上，約翰．克里斯托總是做出對愛德華最不良的影響。如果你懂我的意思就會知道，約翰更活潑，愛德華就變得更木訥，他們是兩個極端，你明白我的意思嗎？」

米琪又一次點了點頭。

「我不能不邀請克里斯托夫婦，因為這個週末早就安排好了。但我的確覺得一切都會很麻煩，大衛將會怒目而視和咬指甲；我將盡量不使吉妲感到與別人格格不入，約翰是如此熱情，而愛德華又是如此消極……」

「很多事情不是你能掌控的。」米琪低語道。

露西衝著她笑了。

「有時，」她沉思著說，「事情本身很簡單。這個星期日我邀請了一位偵探來吃午飯。這將會使情況更混亂，你說是嗎？」

「偵探？」

「他長得像顆雞蛋，」安卡德夫人說，「他曾在巴格達解決過一些事情，當時……或是在那之後，亨利是那裡的外交官。我們邀請他和一些其他的工作人員吃飯。我記得他穿著一套白色的帆布西裝，釦眼裡別著一枝粉色的花，腳上是一雙黑色的漆皮鞋。其他的我不太記得了，因為我從不認為誰殺了誰是件很有趣的事。我的意思是，人一旦死了，死因似乎就不重要了，對這種事大驚小怪顯得很愚蠢……」

「但是你這裡有什麼案子嗎，露西？」

「哦，沒有，親愛的。他住在附近一間新潮的小農舍裡，屋梁低得快打到頭，滿地是水管，花園設計得糟透了，倫敦人就喜歡這類東西。我想，還有某個女演員住在另外一座農舍裡。他們和我們不一樣，不會長期住在這兒。」安卡德夫人漫無目的地在屋裡走來走去。「我敢斷言，這會讓他們開心的。米琪，親愛的，你幫我這麼多，你真是太好了。」

「我不認為我對你很有幫助。」

「哦，沒有嗎？」露西．安卡德顯得很驚訝。「那麼，你現在好好睡一覺，別起來吃早飯了。當你起床後，就盡情撒野無禮吧。」

「撒野無禮？」米琪訝異地說，「什麼？哦！」她大笑著。「我明白了！你真是看透了我，露西。也許我真的會這樣。」

安卡德夫人笑著出去了。當她經過盥洗室敞開的門時，一眼看到了水壺和煤氣爐。

她知道人人都喜歡喝茶，而米琪幾個小時後才會被叫起來，她想為米琪泡一些茶，於是她把水壺放在爐子上，繼續沿著走廊往前走。

來到她丈夫的門前時，她停住了，並轉了轉把手。但是亨利．安卡德爵士……一個能幹的外交官，他不希望在睡晨覺時被打擾，門是鎖著的。

安卡德夫人回到自己的房間。站在敞開的窗前，向外望了一會兒，打了個哈欠。然後她回到床上，腦袋貼在枕頭上，兩分鐘後就像個孩子似的睡著了。

盥洗室中，水壺裡的水沸騰了，並且繼續沸騰著……

「又一個水壺報廢了，格傑恩先生。」女僕西蒙絲說。

管家格傑恩搖了搖他那滿頭灰髮的腦袋。

他從西蒙絲手中接過燒壞了的水壺。走向餐具室，從碗櫃底層拿出一個新水壺，他在櫃子裡儲存了半打水壺。

「給你，西蒙絲小姐，夫人永遠也不會知道的。」

「夫人經常做出這種事嗎？」西蒙絲問。

格傑恩嘆了口氣。

「夫人啊，」他說，「既好心又健忘，你應該會明白我的意思。但是在這個家，」他繼續說，「我照管每一件事，盡可能不讓夫人生氣或擔憂。」

／02

荷立塔．薩弗納克揑起一團黏土，輕輕拍到合適的位置上。她正以敏捷而熟練的技巧塑製一座女孩的頭像。

在她的耳邊，有人在輕聲地抱怨，但她並沒有聽進去。

「我的確認為我是對的，薩弗納克小姐。『真是的，』我這麼說，『如果這就是你打算採取的手段！』薩弗納克小姐，因為我確實認為，一個女孩奮力反擊這類事情是理所當然的……如果你明白我指的是什麼。『我還不習慣，』我又說，『別人這樣評論我，我只能說你的想像力很下流！』人們當然憎惡不愉快的事物，我真的認為我奮力反擊是對的，你不這樣認為嗎，薩弗納克小姐？」

「哦，那當然。」荷立塔說，聲音中帶有一種熱誠，熟識她的人會懷疑她並沒有在認真地聽。

「『如果你的妻子說出那種話，』我說，『那麼，我確定我對此無能為力！』不知道是怎麼回事，薩弗納克小姐，似乎無論我去哪兒，都會惹出麻煩，我保證這不是我的過錯。我的意思是，男人們是那麼多情，不是嗎？」那個模特兒發出了一陣銀鈴般的輕聲嬌笑。

「真可怕。」荷立塔瞇著眼說。

「真可愛，」她在想。「眼皮下的平面真可愛，而其餘的平面將會在眼皮下方會合。下巴的角度錯了……必須刮掉重來。這真難處理。」

她大聲地用她那溫和、同情的聲音說：「對你來說，那些閒言閒語一定是最難挨的。」

「我真的認為嫉妒的人太不公平，薩弗納克小姐，她們的心胸是那樣狹隘。這就是妒忌。就因為有些人長得比她們漂亮，比她們年輕。」

荷立塔正忙著塑造下巴，心不在焉地答道：「是的，當然。」

她在很多年前早已練就了一種排除干擾的能力，把自己的精神緊緊地關在密閉防水艙裡，不受外界干擾。她能夠只用一小部分精力去玩橋牌、進行一場充滿智慧的談話、寫一封條理分明的信，或是做別的事。她現在正全神貫注觀察著她塑造的瑙西卡[3]頭部，那些膚淺、喋喋不休的談話一點也不會影響她的工作，她毫不費力地維持著這場談話。她已經習慣那些話多的模特兒，職業模特兒很少這樣，那都是些業餘的模特兒，由於四肢被迫不動，所以感到不自在，出於補償心理，就會滔滔不絕地吐露私事。於是，荷立塔腦中較次要的那部分傾聽著，並回答著。然而在極其遙遠的腦中某處，真正的荷立塔評論道：「粗俗、惡毒、仇恨的唇……至於那對眼睛呢……可愛的、可愛的、可愛的一雙眼睛……」

當她忙於為眼睛塑像時，她允許那個女孩說話。但進行到嘴部的時候，她會要求女孩保持安靜。那一連串的憎惡和怨恨，將會經由她那完美的唇部曲線來吐露，一想到這點，委實很可笑。

「哦，該死，」荷立塔心想，她突然感到一陣狂亂。「我正在毀掉眉毛的弧度！究竟出了什麼問題？我太過強調骨骼，它微微突出但不厚重……」

她皺著眉頭，從塑像旁走到站在平台上的模特兒面前。

多麗絲．桑德斯繼續說：「『哦，』我說，『我真不明白，為什麼你的丈夫不能送我禮物，如果他願意這麼做的話。而且我認為，你不應當這樣暗示我。』那真是一只非常漂亮的手鐲，薩弗納克小姐，真的十分可愛……當然，我敢說，那個可憐蟲不可能真能負擔得起，但我還是覺得他真好，當然，我是不會把手鐲退還回去的！」

「別還，別還。」荷立塔嘀咕著。

「我們之間並不像表面那樣有些什麼……我指的是，骯髒下流的關係，全然不是那麼回

3 瑙西卡（Nausicaa），古希臘史詩《奧德賽》（*Odyssey*）中阿爾基諾斯王（Alcinous）的女兒，曾幫忙困難中的奧德修斯（Odysseus）。

事。」

「是的，」荷立塔說，「我確信不是那樣的……」

她的眉頭舒展開了。在接下來的半個小時裡，她一直狂熱地工作。當她不耐煩地用手撥開頭髮時，黏土弄髒了她的前額，沾到她的頭髮。她的眼睛裡有一種不易覺察的凶光。就快了，她將得到它了……

幾個小時後，她將要從痛苦中解脫，那種最近十天以來一直在她心中滋長的痛苦。

瑙西卡……她曾一度就是瑙西卡，和瑙西卡一起起床、吃早飯、外出。在一種興奮的不安中沿街遊蕩，她的思想和眼神完全被一張美麗、茫然的臉龐所占有，她無法注意任何東西……那張臉盤旋不去，但看不清楚。她曾面試過幾個模特兒，不過都少了種希臘神韻，讓她感到不滿意……

她想要某種東西，某種能使她開始的工作、能使她的幻影具象化的東西。她曾經走了很遠，感到疲憊不堪，並且正在接受落空的事實。折磨她的是那種令她無法歇息的渴望，去目睹……

她走路的時候，眼中流露出一種茫然的神情，她看不到周圍的任何事物。她正在竭力具像竭力讓心中的那張臉更靠近些……她覺得噁心、難受、悲慘……

就在那時，她腦中的幻象突然清晰起來，而且長著一雙凡人的眼睛。那時，她心不在焉地搭上一輛公車，毫不在意它開往哪裡，而她就坐在她的對面……她看到了，是的，瑙西卡！一張前額稍短、孩童般的面孔，半張的嘴唇和眼睛……可愛的、空洞的、茫然的眼睛。

那個女孩到站後搖鈴下車了，荷立塔尾隨著她。

現在她十分鎮靜而有條理。她已得到她想要的……那種因尋找受挫而產生的痛苦已經結束了。

「對不起，打擾了。我是一個職業雕塑家，坦白說，你的頭部正是我尋覓已久的。」她友好、迷人而又很有說服力，當她想要某種東西的時候，她很清楚該如何做。

多麗絲・桑德斯則顯得很疑惑、吃驚和得意。

「哦，我不知道。如果你只是需要臨摹我的頭部的話……當然，我從未做過模特兒！」

猶豫了一會兒，她提出了要求。

「當然，我會索取應有的職業酬金。」

於是瑙西卡出現在這裡了，站在平台上，因自己富有吸引力而得意，並獲得永生（雖然她和荷立塔的作品模型並不十分相像），她很高興將有關自己的誹謗，告訴一個富同情心、注意力如此集中的聽眾。

桌上的模型旁邊放著她的眼鏡……由於虛榮心，她並不常戴這副眼鏡，寧願有時像瞎子般摸索前進。她曾向荷立塔坦承，摘下眼鏡後，幾乎看不到前方一碼之外的東西。

荷立塔理解地點了點頭。如今她明白那茫然、可愛的目光之所以產生的生理因素了。

時間在流逝。荷立塔突然放下手中的雕塑工具，伸展了一下胳臂。

「好了，」她說，「完成了。希望你不會太累吧？」

「哦，不累，謝謝你，薩弗納克小姐，我覺得很有趣。你是說，真的完成了……這麼快？」

荷立塔笑了。

「哦，不，實際上並沒有完成，我還得做很多工作。但是有關你的部分已經完成了。我得到我想要的……臉部的線條結構出來了。」

那個女孩慢慢地從平台上下來。她戴上了眼鏡，一下子，她臉上那種茫然、純潔的魅力無影無蹤了，剩下的只是一種放蕩、廉價的漂亮。

她走過來站到荷立塔的身邊，觀看著黏土模型。

「哦，」她懷疑地說，聲音中充滿了失望。「不太像我，不是嗎？」

荷立塔微笑道：「哦，是不像，這並不是一幅肖像。」

其實兩者幾乎沒有一點相似之處。被荷立塔視為「瑙西卡」的基本構想處，是她的眼眶和顴骨。這不是多麗絲．桑德斯，而是一個茫然如詩的女孩。她的嘴唇張開著，就像多麗絲那樣，但這不是多麗絲的嘴唇。這一對嘴唇能訴說另一種語言，傳達出迥異於多麗絲的思想……

五官尚未清晰地刻劃好。這是記憶中的瑙西卡，而不是實體……

「那麼，」桑德斯小姐狐疑地說，「我想，當你再工作一段時間之後，它看起來會好一些……你真的不再需要我了嗎？」

「是的，謝謝您，」荷立塔說（她的內心深處如此說道：感謝上帝，我不再需要了），「你簡直棒極了。我非常感謝你。」

她老練地打發了多麗絲，然後回來為自己沖了一些純咖啡。她累了，她非常累，卻很愉快……愉快而寧靜。

「謝天謝地，」她想，「現在我又是個平凡人了。」

她的思緒立刻飄到約翰身上。

「約翰。」一想到他，暖流就湧上了她的面頰，一陣突然加快的心跳，使她的精神振奮起來。

「明天，」她想，「我將要去空幻莊園……我將會見到約翰……」

她十分安靜地坐著，伸展四肢，靠在長沙發上，喝著那滾燙、濃烈的咖啡。她連喝了三杯，感到體內的活力再度奔湧了。

這真好，她想，重新成為一個平凡人……而不是別的。真好，不再感到不安、不幸和被驅策著。真好，不再悶悶不樂地在街上走來走去，找尋某種東西，感到惱火和不耐煩，因為你不知道你要找什麼！現在，謝天謝地，只剩下艱苦的工作了……艱苦的工作又算得上什麼？

她放下空杯子，站起身來，重新踱到「瑙西卡」的身邊。她凝視了一會兒，慢慢地，她的眉心又皺了起來。

這不是……這不完全是……

哪兒出了錯呢？

茫然的雙眼。

茫然的雙眼比任何看得清楚的眼睛都美麗……茫然的雙眼撕扯著人們的心，就因為它們是茫然的……她到底有沒有得到她想要的眼神呢？

她是得到了，是的，但同時她也得到別的東西，某種她並不打算要、也從未設想過的東西……結構是正確的……是的，那當然。但那種模糊、潛伏著的暗示是打哪兒來的……

那種暗示，來自一顆粗俗怨恨的心。

她一直沒去聽，沒有真正去聽。然而莫名其妙地，這種東西還是進入她的耳朵，從她的手指流洩了出來，進而灌注到塑像中。

她知道，她已不能把它從塑像中驅趕出來了……

荷立塔猛地轉過身去。也許這是幻覺，是的，這是幻覺。明天一早，她的感覺將會截然不同。她沮喪地想：「人是多麼的脆弱……」

她皺著眉頭，一直走到雕塑室的盡頭，在她的作品《崇拜者》前停了下來。

雕像很出色，是用梨木雕成的，紋理非常好。她保存了很久。

她以挑剔的眼光看著它。是的，的確很不錯，這是毫無疑問的。這是她長久以來最好的一件作品，是為國際聯展而創作的。是的，一個相當具有影響力的展覽。

她掌握得很好：那份謙卑，頸部肌肉顯現出的力量，弓著的雙肩，微微仰起的臉龐……一張沒有特色的臉，這是因為崇拜使人喪失了個性。

是的，屈從、仰慕……但終極的奉獻則超越了偶像崇拜，並不是這樣的……

荷立塔嘆了一口氣。她想，要是約翰沒那麼生氣，該有多好。

那種憤怒曾使她震驚，也使她了解一些連約翰自己都不知道的自我。

他曾直截了當地說：「你不能展出這件作品！」

她也以同樣的口氣回答：「我偏要。」

她又慢慢走向「瑙西卡」。沒有什麼是處理不來的，她想。她給它灑上水，用一塊溼布包好。等到下星期一或星期二再說吧，現在不用著急了，最迫切的事情已經過去了，所有基本的塊面都已經成形。剩下的只需要耐心。

等著她的是三天愉快的時光，與露西、亨利和米琪共度……還有約翰！

她打了個哈欠，像貓咪一樣，愉快放任地伸了個懶腰，盡情地伸展每一塊肌肉。她突然意識到自己有多麼疲憊。

她洗了個熱水澡後就上床了。她仰臥在床上，憑藉天光注視著夜空中稀疏的星星。接著她的目光又轉向一直亮著的一盞燈，小小的燈泡照亮了一個玻璃面具，那是她早期的作品，如今她認為那個作品相當平凡無奇，有種古板的味道。

真幸運，荷立塔想，一個人能超越自我……

現在，睡覺吧！她所喝下的濃烈咖啡並沒有使她清醒。很久以前她就學會了把握基本的生活節奏，可以隨時處於一種超脫遺忘的狀態。

你從你的記憶庫中擇取念頭，接著，不要停滯在這些念頭上，讓它們輕易地從你的腦海中溜走，絕對不要緊抓住不放，不要駐足，不要集中注意力……就讓它們輕輕飄過。

外邊的車庫裡，一輛汽車的引擎正在加速……不知從何處傳來沙啞的叫喊聲和笑聲。她把這些聲音都納入了她的半意識流中。

那輛汽車，她想，是一隻老虎在咆哮，黃黑相間，布滿了條紋，就像布滿條紋的樹葉，樹葉和樹蔭……一片熱帶叢林。接著順流而下，那是一條寬廣的熱帶河流……來到了海上，郵輪啟航了，沙啞的聲音在道別。甲板上，約翰陪伴在她的身邊……她和約翰啟程了……藍色的海水……他們步入餐廳，她從桌子的另一端對他微笑，就像在金色大廈用餐……可憐的約翰，那麼生氣！夜晚的空氣中……那輛車子齒輪滑動的感覺，毫不費力地、平穩地衝出倫敦，沿著沙夫爾開闊地行駛……樹林……樹木崇拜……空幻莊園，露西，約翰，約翰，里奇微氏病……親愛的約翰……

現在又滑入了無意識當中，進入了一個極樂世界。

接著，某種強烈的不適，某種縈繞不去的罪惡感將她拉回現實。她應該去做某件事，某件她逃避的事。

是「瑙西卡」嗎？

荷立塔緩慢而不情願地從床上下來。她打開燈，穿過屋子，來到架子前，揭下包著的布。

她深深地吸了一口氣。

這不是瑙西卡……這是多麗絲．桑德斯！

一陣劇痛穿過荷立塔全身。她為自己辯解：「我能處理好的，我能處理好的……」

「愚蠢，」她對自己說，「你很清楚你必須做什麼。」

因為如果她不立刻動手，明天就會喪失勇氣，這就像是毀滅自己的肉身似的。這是件很痛心的事，是的，很痛心。

她迅速而猛烈地吸了口氣，接著抓住那座塑像，把它從架上扭了下來，扔進黏土堆。

她站在那兒，深深地呼吸著，低頭看了看被黏土弄髒的雙手，依然感受到生理上和心理上的那種痛苦。她慢慢地把手上的黏土弄掉。

她回到床上，感到一種奇怪的空虛，同時感到一種寧靜。

她悲哀地想著，「瑙西卡」再也不會出現了。她曾經誕生，染病，最終走向死亡。

「奇怪，」荷立塔想，「事物是如何在不知不覺中，滲入你的思想呢？」

她沒有聽……沒有真的在聽，然而，多麗絲那種廉價、仇恨和庸俗滲入了她的思想，並且不知不覺地影響了她的雙手。

現在，那曾是瑙西卡及多麗絲的化身，只成了一堆黏土，一堆原始材料而已。

荷立塔作夢般地想到：「那麼，那就是死亡嗎？所謂的個性難道就出於塑造的過程……受到某人思想的影響嗎？誰的思想？上帝的嗎？」

那就是皮爾．金特[4]的想法，不是嗎？他又回到巴頓．莫爾德的大鑄勺，自問：「我到底身在何方，完整的我、真實的我又在哪裡？帶著上帝在我眉上的印記，真我在哪裡？」

約翰也有這樣的感覺嗎？那個晚上他是那麼疲憊、那麼的沮喪。里奇微氏病……那些書沒有任何一本能告訴你里奇微是誰！真傻，她想，她將很樂意了解……里奇微氏病。

4 《皮爾．金特》（*Peer Gynt*），挪威劇作家亨里克．易卜生（Henrik Ibsen, 1828-1906）的諷刺幻想詩劇，劇中的同名主角皮爾．金特一生浪蕩，最後在被放入巴頓．莫爾德的大鑄勺鎔化掉之前，由於索爾薇的真愛，才得以倖免。

03

約翰．克里斯托坐在他的診療室裡，正在為上午的倒數第二個病人看病。他的眼中充滿同情和鼓勵，在她巨細靡遺描述——解釋——病情的時候，始終注視著她，並不時理解地點點頭。他詢問一些問題，並給予指導，一股溫柔的暖流瀰漫病人全身，克里斯托醫生真是棒極了！他是如此專注，如此真誠地關懷病人。即使只是和他談話，也會使人感到健壯許多。

約翰．克里斯托拿出一張紙放在面前，開始在上面書寫著。最好給她一帖輕瀉劑，他想，那種新出的美國成藥……包著漂亮的玻璃紙，披著迷人、深淺不一的橙紅色糖衣，十分昂貴，也很難弄到，並不是每個藥劑師都有貨。她也許不得不光顧沃德街上的那家小店。那種藥會有點用，也許能使她舒服一兩個月，然後他不得不想點別的法子。他不能為她做些什麼，那麼弱的體質，什麼藥都沒用！無論什麼藥都不能使一個人的胃口好起來。不像老媽媽克柏翠……

一個乏味的上午，可觀的收入……再沒有別的什麼了。天啊，他厭倦了！厭倦了那些多病的女人和她們的各種小毛病。緩和劑、止痛藥……除了這些沒別的。有時他懷疑這一切是否值得，但他總是接著想起聖克里斯多佛醫院的瑪格麗特．羅素病房裡那一長排的病床，克柏翠太太咧開她那張牙齒掉光的嘴巴，衝著他微笑。

他和她彼此了解！她是個戰士，不像她鄰床那個虛弱無力、行動遲緩的女人。她想活下去……儘管天知道為什麼，她住在貧民窟，有個酗酒的丈夫及一窩蠻橫任性的孩子，她被迫日復一日出外工作，擦洗無數辦公室裡那些沒有盡頭的地板。苦工賤役接踵而來，幾乎毫無樂趣可言！但她想活下去，她熱愛生活，就像他——約翰．克里斯托——一樣，熱愛生活！他們熱愛的不是生存環境，而是生活本身……生存的情趣，很奇怪的，那是一種沒人能夠解釋的東西。他心想，他必須和荷立塔討論這個問題。

他站起身來，陪病人走到門口。他緊緊握住她的手，熱情而友好地鼓勵她，語調中也充滿關懷和同情。她幾乎是興奮地離開了，似乎已經完全康復，克里斯托醫生是如此關心她！

送走了病人，約翰．克里斯托立刻將她拋諸腦後，即使當她在這兒的時候，他也幾乎意識不到她的存在。他只是在做自己份內的事，一切都是機械化的。然而，他仍然付出了精力，他做出身為治療者的自動反應，並且因耗費精力而感到萎靡不振。

「天哪，」他又一次想。「我厭倦了。」

只剩下一個病人了，接著就是週末大段的空閒時光。一想到這兒，他的腦袋就興奮起來。紅褐色金燦燦的樹葉，帶著秋天輕柔潮溼的味道……就在穿過樹林的那條路，還有點燃柴火的壁爐，以及露西那個獨特的歡樂的人兒，她的種種想法古怪而難以捉摸。他認為亨利和露西是全英格蘭最棒的主人和女主人，而空幻莊園則是他所知道最令人愉快的地方。這個星期日，他將與荷立塔一起在林中漫步，一直走上山頂，徜徉在山脊上。和荷立塔一起散步，他就會忘記這個世界上還有病人。謝天謝地，他想，荷立塔從不生病。

接著，這個念頭突然幽默地轉變成：「她生病從不告訴我！」

還有一個病人。然而，莫名其妙的，他拖延著。他已經晚了，樓上的餐廳裡，想必午飯已經準備好了。吉妲和孩子們一定在等著，他必須快點了。

然而，他依然一動不動地坐在那兒。他厭倦了……非常非常厭倦。

這種厭倦的感覺最近一直在滋長。這全都源於他心知肚明卻又無法抑制、不斷增長的怒火。可憐的吉妲，她容忍了他很多。要是她不這麼順從、這麼願意認錯（但有時候是他的錯），那該有多好！很多時候，吉妲的一言一行都激怒了他。他懊悔地想，主要是她的美德激怒了他。正是她的耐心、無私，以及對他的屈從，弄得他心情惡劣。她從不抱怨他那隨時爆發的怒氣，從不堅持自己的觀點，只為了取悅他，此外，她也從不試圖提出自己的看法。

（唉，他想，那就是你為什麼要娶她，不是嗎？如今你又在抱怨些什麼？在聖米格爾的那個夏天之後……）

這真是奇怪，吉妲身上令他惱火的特質，正是他急切地想在荷立塔身上發現的東西。荷立塔令他惱火的（不，這個詞用錯了，她令他生氣，而不是惱火）、令他生氣的是，荷立塔對他提出的看法總是抱著一種不移的誠實。實際上，他們對世界的看法是如此不同。他曾對她說：「我認為你是我所認識的最偉大的說謊者。」

「也許是吧。」

「你總是願意對人們說出任何能夠取悅他們的話。」

「對我而言，讓人們高興好像更重要一些。」

「比說真話還重要？」

「重要得多。」

「那麼看在老天的份上，為什麼你不能對我說一點兒謊話呢？」

「你希望我這樣做嗎？」

「是的。」

「對不起，約翰，我不能。」

「你一向很清楚我希望你說些什麼。」

好了，現在他必須停止想念荷立塔。他將在下午看到她，現在的首要之務是繼續工作！按鈴吧，為該死的最後一個女人看病。又一個毛病多多的傢伙！只有十分之一是真正的小毛病，十分之九則出於是幻想！那麼，如果她樂意為此花錢，有什麼不好呢？這些和克柏翠截然不同的人，正好讓這個世界保持平衡。

但他仍坐在那兒一動不動。

他厭倦了，彷彿他已經處於這個狀態很久了。他很想要一樣東西，非常想要。

他的腦海閃過一個念頭：「我想回家。」

這使他震驚。這個念頭是從哪兒來的呢？意謂著什麼，家？他從來沒有一個真正的家。他的父母親生活在印度。他是這樣被養大的：從姑姑家轉到叔叔家，每個假期在不同的親戚家輪流過。他擁有的第一個長久的家，他想，是哈利大街上的這棟房子。

他將這棟房子當成家了嗎？他搖搖頭。

但是，醫生的好奇心活躍起來。那突然閃進他頭腦的短句有什麼含義呢？

「我想回家。」

一定有某種東西……某種象徵。他半閉雙眼，其中一定有某種背景。

他十分清晰地回想起往日的情景，他看到了地中海那深藍色的海水、棕櫚樹、仙人掌以及多刺的洋梨樹；他聞到夏天酷熱的塵土味，回想起躺在沙灘上曬完太陽後，鑽入海水中那種清涼的感覺。聖米格爾！

他覺得吃驚，帶著點煩惱。他已經很多年沒有想起過聖米格爾了。他當然不想再回去，那一切都屬於他生命中已經翻過去的一頁。

那是十二……十四、十五年前的事了。他做得完全正確！他那時的判斷力絕對正確！他與維若妮卡瘋狂地相愛，但那是不可能有結果的。維若妮卡的自我主義很強，而且她毫不諱言地承認這一點！維若妮卡曾抓住了她想要的絕大多數東西，但是她沒能抓住約翰！他逃脫了。他想，以傳統的觀點來看，他拋棄了她！但事實上，是他想按自己的方式生活，而這正是維若妮卡所不允許的。她打算按她的方式生活，並將約翰視為一件附屬品納入她的軌道。

當他拒絕和她一起去好萊塢的時候，她十分震驚。

她以一種倨傲的態度說：「如果你真的想成為一個醫生，我想，你可以在那兒拿個學位，但這根本沒必要的。你有足夠的錢維持生活，我將會賺進成堆的錢。」

他的反應十分激烈。

「但是我熱愛我的職業。我要和拉德利一起工作。」

他的聲音……一個年輕熱情的聲音，流露著敬畏。

維若妮卡對此嗤之以鼻。

「那個可笑傲慢的老頭？」

「可笑傲慢的老頭？」約翰生氣地說，「他可是對普拉特氏病做出最有價值的研究工作……」

她打斷了他：「誰又在意普拉特氏病？加州的氣候宜人，而且去見見世面也很有趣。」她又補充一句：「沒有你，我會受不了的。我要你，約翰，我需要你。」

接著他提出了一個令維若妮卡驚愕的建議，他要她拒絕好萊塢的工作機會，和他結婚，然後在倫敦定居。

她感到可笑，態度十分堅決。她說她將會去好萊塢，而且她愛約翰，約翰必須娶她，然後兩個人一起去。她對自己的美貌和魅力毫不懷疑。

他發覺只有一件事可以做，並這樣決定了。他寫信給她，取消了婚約。

他曾備受煎熬，但毫不懷疑自己在做這個決定時所表現出來的明智。他回到倫敦，開始和拉德利一起工作。一年後他娶了吉妲，一個在各方面都和維若妮卡截然不同的女人……

門打開了，他的祕書貝兒．柯林斯走了進來。

「您還得為福雷斯特夫人看病呢。」

他簡短地說：「我知道。」

「我還以為您忘了呢。」

她穿過屋子，從另一個較遠的門出去了。克里斯托的眼睛尾隨著她。貝兒是個相貌平凡的女孩，非常能幹，他已經雇用她六年了，她從未出錯，也從不憂心忡忡或匆匆忙忙。她有著黑色的頭髮、泥土色的皮膚和堅定果斷的下巴。透過厚厚的鏡片，她那清澈灰色的眼睛以冷靜的態度觀察著他，以及世上的其他事物。

他曾想有個相貌平平、言行得體的女祕書，而且他也找到了。但有時候，約翰．克里斯托感到苦惱。按照所有戲劇和小說的法則，貝兒應當絕望地深愛著她的雇主。但他一直很清楚，他對貝兒毫無影響力。沒有深愛，也沒有自我克制……貝兒將他視為一個也會犯錯的人，她始終不被他的個性所影響，也不被他的魅力所擄獲。有時他甚至懷疑，她是否喜歡他這個人。

有一次，他聽到她在電話裡對朋友說：「不，我真的不認為他比從前更自私，也許他只是更不週到和不懂得體諒別人。」

他知道她在談論他。在接下來的二十四小時裡，他一直為此而苦惱。

雖然吉妲那種不分青紅皂白的熱忱使他惱火，但貝兒冷冰冰的評價也激怒了他。實際上他想，幾乎每件事都讓他惱火……

一定有什麼問題。工作過度？也許是。不，那只是一個藉口。這種不斷滋長的不耐煩，這種容易發火的厭倦情緒，一定有某種深層的意義。他想：「不能這樣了，我不能再這樣下去了。我到底怎麼了？如果我能離開……」

又來了，那個縹緲的想法又冒了出來，與那個清晰的逃跑念頭會合了。

我想回家……

該死，哈利大街四〇四號就是他的家！

福雷斯特夫人正坐在候診室裡等候。一個乏味的女人，一個沒事專門注意身上小毛病的女人。有人曾經對他說：「你一定會厭倦那些成天幻想自己有病的有錢人。而和那些窮人在一起，是那麼令人滿足，他們只有真的生病時才來！」

當時他咧著嘴笑了。真有趣，這就是人們對窮人的認知。他們應該來看看那個上了年紀的皮爾斯托克夫人，她出入於五個不同的診所，每個星期都去，帶走一瓶瓶的藥。塗抹劑是擦背部的，咳嗽糖漿是治咳嗽的，輕瀉劑是助消化的混和劑。

「十四年來，我一直服用這種褐色的藥，醫生，而且這是唯一對我有效的藥，那個年輕的醫生上個星期給我開了一種白色的藥。一點效果都沒有！應該沒錯吧，不是嗎，醫生？我的意思是，我吃褐色的藥已經十四年了，如果我不用這種液體石蠟和褐色的藥丸……」皮爾斯托克夫人說。

他現在還能聽到那抱怨的聲音……出自優等體格，聲如銅鈴。即使她吃下所有的藥，也不會對她有任何損害！

她們都是一樣的，托特漢姆郡的皮爾斯托克夫人和帕克巷宅邸的福雷斯特夫人，她們在本質上是姐妹。你傾聽著，用鋼筆在一張厚硬昂貴的便箋上塗鴉……

天哪，他厭倦了這一切……

藍色的海水，含羞草那淡淡的味道，酷熱的塵土……

那是十五年以前。那所有的一切都結束了、完結了……是的，完結了，謝天謝地。他當時有勇氣結束所有的一切。

勇氣？不知打哪兒冒出來的小精靈說：你認為這是勇氣？

噢，他做了件明智的事，難道不是嗎？那是一個轉捩點。該死，那件事曾像煉獄一樣折磨著他！但他從中解脫了，逃離了苦難，回到家中，並娶了吉妲。

他找到了一個平凡的祕書，並娶了一個平凡的老婆。這就是他想要的，難道不是嗎？他見識過不少美女，知道某些像維若妮卡那樣的人如何利用美貌，就為了看見自己的魅力在遇見的每個男人身上發生作用。在與維若妮卡相戀後，他想尋找一種安全感。安全、和平、忠誠奉獻，以及生活中寧靜持久的東西。他想要的，實際上就是吉妲！他想要一個在生活上聽從他的女人，一個接受他決定的女人，一個甚至連一刻也不曾擁有自己想法的女人……

是誰曾經說過，人生真正的悲劇就是得到你想要的？

他生氣地按響了桌上的鈴。

他將為福雷斯特夫人看病。

他花了一刻鐘打發福雷斯特夫人，又一次很輕鬆地賺到了錢。他再度傾聽，問問題，消除病人的疑慮，表達自己的同情，為病人注入某種他個人的治療能量。又開了一次昂貴的成藥處方。

那個拖著腳步進來、神經過敏、病歪歪的女人，現在邁著堅定的步子離去了，她的雙頰恢復了血色，帶著一種活著也許還是值得的感覺。

約翰．克里斯托又斜靠在椅子裡。現在他自由了……可以自由地上樓，和吉妲以及孩子們在一起；可以遠離疾病和痛苦，自由地度過整個週末。

但他依然有種懶得動的奇異感覺，一種新冒出來的、奇怪的意志疲乏。

他厭倦了，厭倦了，厭倦了。

04

在診療室樓上那間套房的餐廳裡，吉妲・克里斯托正注視著一盤帶骨的羊腿肉。

她是否應該把它送回廚房加熱呢？

如果約翰再耽擱一會兒，這盤肉將變冷、凝結，那可就糟了。

另一方面，最後一個病人已經走了，約翰可能馬上就會上樓，如果她把它送回廚房，午飯就得延後……而約翰是那麼不耐煩。「你當然知道我就快回來了……」他的聲音會帶有那種她既熟悉又害怕的壓抑的憤怒。而且，羊腿肉再加熱也許會煮過頭，變得乾澀……約翰厭惡太老的肉。但另一方面，他又的確非常討厭冷掉的食物。

無論如何，這都是一道熱騰騰的美味。

她腦袋裡猶豫不決，拿不定主意，那種不幸和急切的感覺加深了。

整個世界都濃縮在這盤正在冷卻的羊腿肉。

在桌子的另一邊，她十二歲的兒子特倫斯說：「硼鹽燃燒產生綠色的火焰，而鈉鹽的火焰則是黃色的。」

吉妲心不在焉地越過桌子，看著他布滿雀斑的國字臉。她對他所說的事情一無所知。

「你知道嗎，媽媽？」

「知道什麼，親愛的？」

「關於鹽類。」

吉妲心煩意亂，眼睛瞟向鹽罐。是的，鹽和胡椒粉都在桌子上，很好。上星期露易絲忘了放，結果惹惱了約翰。總是有什麼事……

「這是一個化學實驗，」特倫斯用心不在焉的語調回答，「非常有趣。」

芝娜，今年九歲，有著一張漂亮而無表情的面孔，抱怨道：「我想吃飯，媽媽？」

「稍等一下，親愛的，我們必須等你父親。」

「我們可以開動了，」特倫斯說，「爸爸不會介意的，你知道他吃得有多快。」

吉妲搖了搖頭。

切羊肉嗎？但她從來不記得該從哪邊下刀。如果刀下錯的話，約翰總是很惱火。而且吉妲絕望地想到，每當她切肉的時候總會切錯。哦，天哪，肉汁正在變涼，上面已經結了一層膜……他現在就要上來了。

她的腦子艱難地轉了一圈又一圈……就像一隻困在陷阱裡的野獸。

約翰・克里斯托又坐回診療室的椅子裡，一隻手在面前的桌子上輕輕敲擊。他意識到樓上的午餐已經準備好了，但他依然無法強迫自己站起來。

聖米格爾……藍色的海水，含羞草的味道，筆直鮮紅的火把蓮，酷熱的陽光、塵土，那種因愛和煎熬而產生的絕望……

他想：「哦，上帝，不會有那樣的事了。再也不會有那樣的事了！一切都已結束了……」

他突然希望自己從未認識維若妮卡，從未與吉妲結婚，從未遇到過荷立塔……

克柏翠太太，他想，她比她們強很多。上星期有一天下午，她的情況糟透了。他對實驗中的藥品反應非常滿意，那時她已經能夠承受千分之五的劑量了。但緊接著，她體內的毒性開始驚人地上升，另外，致死量反應的結果也從陽性轉為陰性。

那個老朋友躺在那兒，有些憂鬱，喘息著，用她不懷好意、不屈不撓的目光凝視他。

「拿我當白老鼠，是不是，親愛的？做實驗……挺不錯的事。」

「我們想讓你好起來。」他說，並衝著她微笑。

「繼續玩你的把戲吧，你這個卑鄙的傢伙！」她突然咧嘴笑了。「我不介意，上帝保佑你。你繼續吧，醫生！總得有人成為第一個，事情就是這樣的，不是嗎？我曾經燙過頭髮，當我還是小孩子的時候，這在當時可是一件很不容易的事。結果，我看起來真像個黑鬼，連梳子都梳不開頭髮了，但我覺得那件事挺有趣的。你能從我身上找到樂趣，我能忍受。」

「感覺很不舒服，是嗎？」

他把著她的脈，他充沛的活力感染著那在躺在床上喘息的老婦人。

「你說對了，我覺得糟透了。情況不太對，是不是？你千萬別介意，千萬別灰心。我還能承受，我能！」

約翰．克里斯托讚賞地說：「你簡直棒極了。我希望我所有的病人都像你一樣。」

「因為我想把病治好。我媽媽活到八十八歲，老祖母過世時也已經九十歲了。我們是長壽家族。」

他心情沉重地離開了，他懷疑自己的能力。他曾經那麼確信自己的方法是對的，是哪兒出了錯呢？如何消除毒性，並保持荷爾蒙的用量……

他過於自負……他曾自以為他已經避開了所有的障礙。

就在那時，走在聖克里斯多佛醫院的樓梯上，一陣突然湧上心頭的絕望和倦怠困擾著他……一種對冗長、緩慢、沉悶的醫務工作的厭惡。他想起了荷立塔，突然地想起了她，但不是她這個人本身，而是她的美貌和清新，她的健康和她那光芒四射的活力……還有頭髮散發出的那種淡淡櫻草花香。

他直接去找荷立塔，掛了個簡短的電話給家裡，表示自己必須出外診。他大步走進雕塑工作室，把荷立塔緊緊摟在懷中，用一種在兩人之間新湧現的激情緊緊擁抱她。

她的眼中迅速閃過了一種因受驚而產生的困惑。她從他的臂膀中掙脫出來，為他沖了一杯咖啡。當她在雕塑室裡來回走動的時候，隨口問了一些問題。

「你是，」她問道，「直接從醫院來的嗎？」

他不想談論醫院。他只想和荷立塔做愛，並且忘掉醫院，忘掉克柏翠太太，忘掉里奇微氏病及所有的事物。

起初是不情願，但接著他就滔滔不絕地回答她的問題。沒多久，他在屋裡大步地走來走去，口若懸河地說了一大堆專業上的演繹和猜測。有一兩次他停下來，試圖把問題簡化，並做出解釋：「你知道，必須得出一種藥物反應……」

荷立塔迅速地回答：「是的，是的，致死量反應應該呈陽性。我明白，繼續吧。」

他嚴厲地問：「你怎麼知道致死量反應？」

「我有一本書……」

「什麼書？誰寫的？」

她走向那個小書桌。他則對此嗤之以鼻。

「斯科貝爾？斯科貝爾的見解不對，他打從基本理論就不正確。如果你想讀……」

她打斷了他。

「我只是想了解一些你所用的術語。只要理解你所說的，你就不用老是停下來做解釋，如此而已。繼續說吧，我完全明白你所說的。」

「那麼，」他懷疑地說，「記住，斯科貝爾的說法不可靠。」

他繼續談論著。他一連談論了兩個半小時，回顧那些挫折，分析各種可能性，列出合理的理論。他幾乎沒有意識到荷立塔的存在，然而，不只一次，當他躊躇的時候，她便機敏地推他一把，讓他幾乎未曾停頓就繼續說下去。他現在又有了興趣，而且他的自信又悄悄地溜了回來。他曾是正確的——理論的主軸是對的——消除中毒症狀的方法不止一種。

接著，他突然感到疲憊不堪。現在他都搞清楚了，明天早晨他將繼續治療。他會打電話給尼爾，告訴他同時將兩種配方混合在一起試試看。他發誓，這次他不會失敗的！

「我累了，」他唐突地說，「天啊，我累了。」

然後他倒在床上便睡著了，睡得就像死人一樣。

當他醒來時，發現荷立塔在晨曦中正對著他微笑，正在為他泡茶。他衝著她笑了一下。

「我真的不是故意的。」他說。

「這很重要嗎？」

「不，不，你真好，荷立塔。」他的目光轉向書架。「如果你對這些事情感興趣，我可以給你一些合適的東西讀一讀。」

「我對這些事並不感興趣，我感興趣的只是你，約翰。」

「你不能讀斯科貝爾的書。」他拿起那本引起討論的書。「他是個江湖郎中。」

她大笑著。他不理解為什麼他對斯科貝爾的責難竟使她如此開心。

但那是荷立塔令他時常感到震驚的東西。這種突然的新發現使他慌亂……她能嘲笑他。

他還不習慣這樣。吉妲待他極為熱心，而維若妮卡則是除了自己，從不考慮其他事。但荷立塔有種本事，她可以把頭往後一仰，瞇著眼，帶著些許突然的溫柔和半嘲諷意味的笑容，好像在說：「讓我好好看看這個名叫約翰的可笑人物……讓我再靠近點看看他……」

這就和她觀看她的作品（或是一幅畫）時一模一樣，那是一種超然的態度。他不想讓荷立塔表現得如此超然，他希望荷立塔只想著他一人，不希望她的思緒游離於他之外。

（「事實上，這正是你對吉妲不以為然之處。」他內心的精靈又一次冒出來說。）

實情是，他根本完全不合邏輯，不知道自己想要什麼。

（「我想回家。」好一個荒謬可笑的句子，一點意義也沒有。）

無論如何，大約一小時後，他將驅車離開倫敦，忘記那些帶著淡淡酸臭氣味的病人……嗅著木柴不斷冒煙的味道，還有松香，以及略顯溼潤的秋天樹葉……汽車會行駛得很平穩，毫不費力地加速。

但事情不會如願，因為他腰部的輕微損傷，不得不讓吉妲開車。然而，上帝保佑，吉妲根本不懂開車！每次她換檔時，他都保持沉默，緊咬牙關，努力不發一語。因為他知道，按照以往慘痛的經驗，只要他一開口，吉妲立刻就表現得更糟。真奇怪，沒人教得會吉妲換擋……甚至荷立塔也不行。他曾經請荷立塔教她，心想荷立塔的熱忱也許有所幫助。

因為荷立塔喜歡車。一說到車，總是帶著豐富的感情，而那種感情是其他人用來讚美春天或第一片雪花的。

「他真是漂亮，約翰，聽聽引擎一路上發出有力的聲音！」（因為荷立塔的車總是男性的。）「他只用三檔就能爬上貝爾山，完全不用耗盡全力，毫不費力地，聽！他空檔慢轉多麼平穩。」

最後他突然猛烈地爆發說：「荷立塔，你不認為應該多重視我一些，暫時忘掉那輛該死的車一下子？」

他總是對自己這種突然的爆發感到羞愧。

他從不知這種爆發會在什麼時候突然降臨到他身上。對她的作品也一樣。他意識到她的作品是出色的，他承認這一點，並痛恨這一點……而這兩種感情總是同時發生。

他和她最激烈的一次爭吵就是因為這點。

有一天吉妲對他說：「荷立塔邀請我去做模特兒。」

「什麼？」每當一想起此事，他的震驚仍未平息。「你？」

「是的，我明天就去雕塑工作室。」

「她究竟為什麼要請你？」

是的，他當時非常不禮貌。但幸運的是，吉妲沒有意識到，她看上去對此十分高興。他懷疑荷立塔對她（吉妲）那種不真誠的好意，也許是在暗示吉妲喜歡做模特兒之類的事情。

接著，大約十天後，吉妲興高采烈地向他展示一尊小石膏像。

那是一件可愛的東西……技巧高超，就像荷立塔所有的作品，它將吉妲理想化了。很明顯地，吉妲非常喜歡它。

「我確實認為它十分迷人，約翰。」吉妲說。

「那是荷立塔的作品嗎？它沒有任何意義，一點兒意義都沒有，我不明白她怎麼開始塑這類東西的。」

「當然，這不同於她那些抽象的作品……但我認為它很好。約翰，我真的這麼認為。」

他沒再開口，畢竟他不想毀掉吉妲的歡樂。但他後來有機會遇到荷立塔，就坦白地談到此事。

「你為吉妲塑那個愚蠢的塑像到底是為了什麼？你這麼做實在不足取，畢竟，你通常都會創作出一些高雅的東西。」

荷立塔慢慢地說：「我認為它並不糟糕，吉妲好像十分滿意。」

「吉妲是很高興，她當然會，吉妲分不清藝術和一張彩色照片之間的差別。」

「那不是糟糕的藝術品，約翰，那只不過是一座小肖像……沒有什麼壞處，而且一點兒也不誇張做作。」

「你並不常浪費時間做這種東西……」

他停了下來，盯著一座大約五英尺高的木頭人像。

「喂，這是什麼？」

「這是為國際聯展創作的，一件梨木作品，名叫《崇拜者》。」

她望著他。他緊緊地盯著它看，接著……突然他脖子上的青筋爆起，並狂怒地質問她：「這就是你邀請吉妲的原因？你怎麼敢這樣？」

「我很納悶你是否看到它……」

「看到它？我當然看到了。就在這裡。」他將一根指頭點在那寬廣粗厚的頸部肌肉上。

荷立塔點點頭。

「是的，這就是我想要的頸部和肩膀，還有那厚重前傾的線，以及那份屈從與那種恭順的目光。出色極了！」

「出色？聽著，荷立塔，我無法忍受這件事。你給我離吉妲遠點兒。」

「吉妲不會知道的，沒有人會知道。你很清楚，吉妲絕不會從這件作品中認出自己……也沒有任何人能。況且這不是吉妲，這不是任何人。」

「我認出了它，不是嗎？」

「你不同，約翰。你……能洞察事物。」

「就是這個該死的頸部！我無法忍受，荷立塔！我無法忍受。你難道不明白這是件不可原諒的行為？」

「是嗎？」

「難道你不懂嗎？難道你感覺不到嗎？你那平常所具有的敏銳到哪兒去了？」

荷立塔緩慢地說：「你不明白，約翰。我認為你永遠也不會明白……你不了解想要某種東西是什麼感覺，天天看著它……那頸部的線條、那些肌肉、頭部向前傾的角度、下巴周圍的厚實感。每次我看到吉妲，就一直看著它們，想得到它們……最終我不得不擁有它們！」

「無恥！」

「是的，我想是吧。但當你很想要某些東西，就像我一樣時，你只能設法得到它們。」

「你的意思是，你毫不在乎別人。你不在乎吉妲……」

「別傻了，約翰。那就是為什麼我要塑那座小肖像的原因。我想取悅吉妲，讓她高興。我不是沒有人性的！」

「你就是沒有人性。」

「坦白說，你真的認為……吉妲會從這座肖像中認出她自己嗎？」

約翰不情願地看著它。第一次，他的怒氣與憎惡臣服在興趣之下了。一座奇怪的恭順的肖像，一座向看不見的神祇奉獻崇敬的肖像，它的臉孔上揚著盲目、沉默，充滿了極度強烈、狂熱的奉獻之情……他說：「你創作了一件相當可怕的東西，荷立塔！」

荷立塔微微顫抖著。

她說：「是的，我認為……」

約翰尖銳地說：「她在看什麼……看著誰？在她眼前的是誰？」

荷立塔遲疑了一下，聲音中有一種古怪的語氣，她說：「我不知道。但我想……想必她是在看著你，約翰。」

05

餐廳裡，小男孩特倫斯正在進行另一場科學陳述。

「鉛鹽在涼水裡比在熱水裡更容易溶解。如果你加入碘化鉀，你會得到黃色的碘化鉛沉澱。」

他滿懷期望地看著他媽媽，但心中並沒有真的充滿希望。從小特倫斯的觀點來看，父母親總是悲哀地令人失望。

「你知道這些嗎，母親……」

「我不知道任何有關化學的事情，親愛的。」

「你可以在書裡讀到的。」特倫斯說。

這是一個對事實的簡單陳述，但背後隱含著某種愁悶和渴望。

吉妲沒有聽出這種愁悶和渴望。她陷入自己所布下可悲的焦慮陷阱當中，一圈一圈又一圈。她從這天早晨起床後就一直感到鬱悶，並且意識到這個漫長可怕的週末又要和安卡德家人在一起。待在空幻莊園，對她來說一直是個噩夢。她總感到困惑不解和被遺棄。露西·安卡德說的話總是太不完整，她那快速又跳躍式的談話風格，和她明顯試圖釋出的善意，使她成為吉妲最害怕的人物。但其他人也差不多一樣糟。對於吉妲來說，這兩天的光陰純粹是受苦，而她為了約翰必須忍受這一切。

對約翰來說，早晨伸懶腰的時候，他用一種百分之百愉快的語氣強調說：「一想到我們將要去鄉間度週末，感覺真是棒極了。這對你會有好處的，吉妲，這正是你所需要的。」

她機械地微笑著，並以一種無私的堅毅說：「會很愉快的。」

她那雙不快樂的眼睛在臥室裡環視著。壁紙奶白色的條紋配有黑色的小點，正好和衣櫃相配；那個鏡子過於前傾的紅木梳粧台；令人愉快的天藍色地毯；那幅繪著湖區風景的水彩畫……所有這些可愛的東西，要到下星期一她才能再見得到。

取而代之的是，明天早晨會有一個老弄出聲響的女僕走進那間奇怪的臥室，在床邊放下一杯盛在漂亮碟子裡的早茶，拉開窗簾，並重新疊好吉妲的衣服……這讓吉妲燥熱起來，渾身上下都不舒服。她將悲慘地說謊，忍受這一切，試圖用「只剩下一個早晨了」來安慰自己。就像在學校裡那樣數著日子。

吉妲上學時過得並不愉快，學校甚至比其他地方更讓人不安心。家裡好一些，但即使在家裡，情況也不是很好。因為他們所有的人，當然，都比她伶俐、比她聰明。他們的評論、催促、不耐煩和不甚友善，在她耳邊像風暴一樣呼嘯著：「哦，快點兒，吉妲。」「奶油手指[5]，那個拿給我！」「哦，別讓吉妲做那個，她會做很久的。」「吉妲一向弄不懂任何東西……」

難道他們所有的人都沒看出來，那只會使她更遲鈍、更愚蠢？她變得愈來愈糟。她的手指更笨拙，智力更遲緩，對人們的話語更加茫然無措。

直到有一天，突然地，她找到解決的辦法。幾乎是偶然地，但千真萬確地，她找到了防衛的武器。

她變得更遲鈍了，她那迷惑不解的目光甚至更茫然了。但現在，當他們不耐煩地說：「哦，吉妲，你多愚蠢，你知道嗎？」她就能夠在茫然的表情背後，祕密地暗自竊喜……因為她並不像他們認為的那麼愚蠢。通常，當她假裝不理解的時候，她確確實實是理解的。並且無論做什麼，她常常故意減慢速度。當人們不耐煩的手從她那兒抓走東西時，她在心中暗暗地笑了。

因為，溫暖和快樂是一種隱藏的優越感。她開始——而且經常地——有一點點開心。是的，你知道的比人們認為你知道的多，確實很有趣。能夠做一件事情，但不讓任何人知道你能夠做到。

而且你會突然發現，這麼做是有好處的，別人常常替你做事。那樣會為你省掉很多麻煩。並且，如果別人習慣為你做事，你就不必再做了，而他們也就無法知道你做得有多糟。

於是，慢慢地，你繞了一圈後，幾乎又重新回到了原點。感覺到你能和世界上的其他人一樣，自由地堅持自己的立場。

（但這是不可能的，吉妲覺得害怕，和安卡德家的人在一起時，不可能控制自如，安卡德家的人總是遠遠地走在前頭，你甚至感覺不到你和他們待在同一條街上。她是多麼憎恨安卡德家的人！但那兒對約翰有好處……約翰喜歡那兒。之後當他回家時就精神多了，有時也不那麼愛發火了。）

親愛的約翰，她想，約翰出色極了，每個人都這樣認為。多麼能幹的一名醫生，對病人又那麼和善，總是工作得精疲力竭，對醫院的病人投入那麼多的關懷……他所有的投入都沒有得到報償。約翰是那麼的不在乎，他是如此真正的高尚。

她早就知道了，從一開始就知道，約翰才華橫溢，將會是人中之龍。他選擇了她，而他原來可以娶一個比她聰穎得多的女人。他不介意她的遲鈍、愚蠢以及不怎麼漂亮。

「我會照顧你的，」他曾專橫地這麼說，「別擔心任何事，吉妲，我會照顧你的……」

他符合一個理想男人應有的條件。想起約翰選擇了她，這是多麼美好啊。

他曾帶著他那突然的、極具吸引力的、半辯解的微笑說：「我喜歡我自己的行事風格，

5　奶油手指（butter-fingers），比喻拿東西拿不穩的人。

你知道的，吉妲。」

哦，沒問題，她總是試圖每件事都對他讓步。即使最近他變得那麼易怒和神經質……似乎沒有任何事能使他高興。也不知是什麼原因，她做的事沒有一件是正確的。但這不能怪他，他是那麼忙，那麼無私……

天哪，那盤羊肉！她應該把它送回去的，約翰似乎還沒有要回來。為什麼她不能做出正確的決定？那不幸的暗流又一次席捲了她的全身。那盤羊肉！這個即將和安卡德家人共度的可怕週末！她感到頭疼。天哪，她現在就要頭疼了。而每當她頭疼時，約翰總是很惱怒。他從不給她任何藥，開藥對醫生來說，是輕而易舉的事，但他總是會說：「用藥傷害自己沒有任何好處。去輕快地散個步吧。」

那盤羊肉！看著它，吉妲感到這句話在她疼痛的腦袋裡不斷重複著：「那盤羊肉，那盤羊肉，那盤羊肉……」

自怨自艾的眼淚湧滿了她的眼眶。「為什麼，」她想，「沒有一件事我能做對？」

特倫斯從桌子另一端看了看他的母親，接著又看了看那盤帶骨羊肉。他想：「為什麼我們不能吃飯？大人們是多麼愚蠢。他們毫無判斷力！」

他大聲地用一種謹慎的語氣說：「尼科森·邁納和我打算在他父親的灌木叢裡製造硝化甘油。」

「是嗎，親愛的？那會很有趣的。」吉妲說。

如果她現在按鈴，告訴露易絲把這盤帶骨羊肉拿走……還有時間。

特倫斯帶著淡淡的好奇心看著她。他本能地感覺到，製造硝化甘油是不被父母鼓勵的事。他巧妙地選擇了一個合適的機會，輕描淡寫地對母親提出這件事。他的判斷顯然是正確的，如果湊巧發生一場大驚小怪的差錯而受到責難，他就可以用一種受到傷害的語氣說：「我告訴過媽媽的。」

他依然模糊地感到一種失望。

「就算是媽媽，」他想，「也應該知道硝化甘油。」

他嘆了口氣。一種只有孩童才能感受到的強烈孤獨感席捲了他的全身。他的父親不耐煩聽，他的母親又太不用心，而芝娜則只是一個愚蠢的小毛頭。

那一頁頁有趣的化學實驗，又有誰在乎呢？沒人在乎。

砰！吉妲驚跳起來。這是約翰診室的關門聲。約翰正在上樓。

約翰．克里斯托帶著他特有的那種充沛活力闖進屋子。心情愉快，飢餓，不耐煩。

「天啊，」他坐下後叫道，並精力充沛地磨了磨切肉刀。「我多厭惡那些病人！」

「哦，約翰，」吉妲迅速地責備道，「別這樣說，他們會以為你是認真的。」

她轉過頭去對著孩子們，輕微做了一個手勢。

「我的確是認真的，」約翰．克里斯托說，「誰都不應該生病。」

「爸爸在開玩笑。」吉妲迅速地對特倫斯說。

特倫斯用他慣有的冷靜態度審視著他的父親。

「我認為他沒有開玩笑。」他說。

「如果你厭惡病人，你就不會當醫生了，親愛的。」吉妲說，溫柔地笑著。

「這就是原因，」約翰．克里斯托說，「沒有一個醫生喜歡病痛。天啊，這盤肉像石頭一樣冰冷。為什麼你不把它送去熱一熱？」

「嗯，親愛的，我不知道。你瞧，我還以為你馬上就會來吃……」

約翰．克里斯托按響了鈴，露易絲迅速走了進來。

「把這盤菜拿下去，告訴廚師熱一熱。」他簡短地說。

「是的，先生。」露易絲有些失禮地試著用這句平淡無奇的回答，對一個坐在餐桌邊眼睜睜看著一盤羊腿肉變冷的主婦，表達出深感不以為然。

吉妲繼續說著，更加語無倫次了。

「真對不起，親愛的，都是我的錯，但一開始，你瞧，我以為你就要來，但緊接著我又想，嗯，如果我真的把它送回去……」

約翰不耐煩地打斷了她。

「哦，這又有什麼關係？這一點兒都不重要，根本不值得小題大作。」

接著他問：「車子到了嗎？」

「我想是的，柯里訂好了。」

「那麼我們可以一吃完飯就動身。」

穿過艾伯特橋，他想，接著是克拉彭的公地，再從水晶宮抄捷徑，經過克羅伊登、伯里路，然後避開主幹道，從右邊的那條岔路爬上梅思利山，沿著哈弗斯頓山脊，一下子到郊區的右邊。接著穿過科爾默頓，然後爬上沙夫爾高地，那裡有金紅色的樹林，在你下邊到處都是林地，聞得到秋天那柔和的氣息，然後從山頂往下。

露西和亨利……荷立塔……

他已經有四天沒見到荷立塔了。他最後一次見到她的時候，覺得非常生氣。她的眼裡閃現著那種目光，不是超然，不是漫不經心……他無法確切地描述它。那是種洞察了某種東西的目光，某種不在現場的東西……某種和約翰．克里斯托無關的東西！

他自言自語道：「我知道她是個雕塑家。我知道她的作品很出色。但該死的，她難道不能有時把這些放在一邊嗎？她難道不能有時想到我，而不是別的什麼東西嗎？」

他不公平。他知道他不公平。荷立塔很少提及她的工作，比他知道的絕大多數藝術家都更少沉迷其中。只是在極為罕見的時候，她對內心幻象的關注，會讓她對他並未全神貫注，而這總會激起他那猛烈的怒火。

曾有一次，他語調尖刻而強硬地說：「如果我要求你，你能放棄這所有的一切嗎？」

「所有的……你指什麼？」她那溫暖的聲音中帶有一絲驚奇。

「所有的……這一切。」他以含括一切的手勢環繞著工作室揮舞。

他立刻在心裡告訴自己：「傻瓜！為什麼你要這樣要求她？」但隨即他又對自己說：「讓她說：『當然。』讓她對我說謊！只要她說：『當然我會的。』不管她是認真的還是開玩笑都沒關係！但讓她這麼說。我需要平靜。」

她好一會兒什麼都沒有說。她的目光變得如夢般地迷離和超然，眉頭也微微皺起。接著她慢慢地說：「我想會吧，如果有必要的話。」

「有必要？你說的『有必要』是什麼意思？」

「我真的不知道我指的是什麼，約翰。有必要，就像截肢可能是有必要的。」

「真是的，你說的根本是外科手術的事。」

「你生氣了，你要我說什麼？」

「你非常清楚，一個字就可以了，是的，為什麼你說不出來？你對別人說了夠多取悅他們的話，從不在意是真話還是假話。為什麼不對我這樣？看在上帝的份上，為什麼不能說些取悅我的話？」

她依然緩緩地回答：「我不知道……真的，我不知道，約翰。我做不到……就是這樣，做不到。」

他來來回回走了有一兩分鐘。接著他說：「你會使我發瘋的，荷立塔。我從未感覺到我對你有任何影響力。」

「為什麼你想對我有影響力？」

「我不知道，我就是這樣。」

他倒在一張椅子裡。

「我想成為最首要的。」

「你是最首要的，約翰。」

「不。如果我死了，你會做的第一件事就是：淚流滿面地開始塑造某個該死的悲傷女人，或是某個憂傷的肖像。」

「我不確定。我相信……是的，也許我會這麼做。真是糟透了。」

她坐在那兒，用沮喪的雙眼看著他。

§

布丁烤焦了。克里斯托揚起了眉毛，而吉妲急忙道歉。

「對不起，親愛的。真不知道為什麼會發生這樣的事，全都是我的錯。給我上面的布丁，你們吃下面的。」

布丁烤焦了是因為他，約翰．克里斯托，他在診療室裡多待了一刻鐘，想著荷立塔、克柏翠太太，讓那荒謬的對聖米格爾的懷舊情緒湧起，是他的錯。吉妲試圖承擔責任，實在是愚蠢的舉動。而她試圖自己吃掉糊了的部分，像是發了瘋似的，為什麼她總是不得不犧牲她自己？為什麼特倫斯用那種慢條斯理的目光，感興趣地注視著他？為什麼，哦，為什麼芝娜要不斷地吸著鼻子？為什麼他們全都那麼該死的讓人發火？

他的憤怒落在芝娜頭上。

「你為什麼不擤一下鼻涕？」

「她有一點兒傷風，親愛的。」

「不，她沒有。你總認為孩子們傷風了！她好好的。」

吉妲嘆了口氣。她永遠也不能理解，為什麼一個花了這麼多時間治療他人病痛的醫生，對自己家人的健康卻漠不關心。他總是嘲笑任何有關生病的說法。

「我在午飯前打了八個噴嚏。」芝娜鄭重地說。

「熱傷風！」約翰說。

「不是因為天氣熱，」特倫斯說，「大廳裡的溫度計只有華氏五十五度。」

約翰站身來。

「你們吃完了嗎？好，我們上車吧。準備出發了嗎，吉妲？」

「稍等片刻，約翰。我還得帶一點兒東西。」

「你早就應該做完這些的，整個上午你都幹了些什麼？」

他怒氣沖沖地走出了餐廳。吉妲也匆匆離開，走進了她的臥室。她急切的心情會讓她的行動更慢。但為什麼她不能早點兒準備好呢？他自己的手提箱已經裝好了，放在大廳裡。究竟為什麼……

芝娜走到他面前，手裡握著一把黏糊糊的紙牌。

「我能為您算命嗎，爸爸？我知道怎麼算。我已經算過媽媽、特倫斯、露易絲，還有珍和廚師。」

「好的。」

他想知道吉妲還需要多久。他想離開這棟糟糕的房子、這條糟糕的街道，以及這座充滿了身體不舒服的、吸鼻子的、生病的人們的城市。他想接觸樹林和溼潤的樹葉……還有露西．安卡德高雅的冷漠。她總是給人一種她甚至沒有肉體存在的印象。

芝娜正在鄭重地發牌。

「中間的是你，父親，紅桃K。被算命的人一定是紅桃K。接著我把其餘的牌都翻過來。兩張在你的左邊，還有兩張在你的右邊。另外，一張在你的頭上，那是能控制你的人；一張在你的腳下，那是你能控制他的人。還有這張蓋住你的牌！」

「現在，」芝娜深吸了一口氣。「我們把它們翻過來，你右邊的是方塊Q……十分親密。」

「荷立塔。」他想，立刻被芝娜鄭重其事的神情逗笑了。

「旁邊的是梅花J，他是某個相當年輕的男人。」

「你左邊的是黑桃八，那是一個祕密敵人。你有一個祕密敵人嗎，父親？」

「據我所知，沒有。」

「另外，旁邊是黑桃Q，那是一個相當老的女人。」

「安卡德夫人。」他說。

「現在這張在你頭上，是對你有控制力的人，紅桃Q。」

「維若妮卡，」他想，「維若妮卡！」接著又想：「我真是一個笨蛋！維若妮卡現在對我沒有任何意義了。」

「這是在你腳下的，你能控制的人，梅花Q。」

吉姮匆匆走進屋裡。

「我已經完全準備好了，約翰。」

「哦，等等，媽媽，等等，我正在為爸爸算命。只剩最後一張牌了，爸爸，這是最重要的一張，蓋住你的那一張。」

芝娜那又小又黏的手指把它翻了過來。她倒抽一口氣。

「哦，是黑桃A！那通常意謂著死亡，但是……」

「你媽媽，」約翰說，「將在駛出倫敦的路上撞倒某個人。走吧，吉姮。你們兩個再見囉，乖乖的，要聽話。」

06

米琪・哈卡索在星期六上午大約十一點的時候走下樓梯。她已經在床上吃過早飯，讀了一本書，並假寐了一會兒，接著就起床了。

這種懶散的生活真令人愉快。她該度個假了，毫無疑問，艾弗蕾芝夫人讓人神經緊張。

她走出前門，沐浴在令人愉快的秋天陽光裡。亨利・安卡德爵士正坐在一個富有鄉村風味的凳子上閱讀《泰晤士報》。他抬頭看了看，微笑著。他很喜歡米琪。

「你好，親愛的。」

「我起得太晚了嗎？」

「你還來得及吃午飯。」亨利爵士微笑著說。

米琪坐在他旁邊，嘆了口氣說：「來這裡真是太好了。」

「你看起來相當憔悴。」

「哦，我很好。來到這裡，沒有胖女人試圖套上尺寸太小的衣服，真讓人高興！」

「那一定很可怕！」亨利爵士停頓了一下，接著低頭瞄了一眼手錶，說：「愛德華將在十二點一刻到。」

「是嗎？」米琪停頓了一下，接著說：「我已經很久沒見到愛德華了。」

「他還是和以前一樣，」亨利爵士說，「很少離開安斯威克到這兒來。」

「安斯威克，」米琪想。「安斯威克！」她的心好像被重重地一擊。那些在安斯威克的愉快日子，那些數月之前就開始嚮往的旅程！「我要去安斯威克了。」多少個不眠之夜，她想著安斯威克之行。終於，那一天到了！小小的鄉村車站，如果你提醒列車長，火車……龐大的倫敦特快車，將不得不在那兒停下來！那輛戴姆勒座車在車站外邊等候。駛過那段路程，拐最後一個彎，駛進大門，然後穿過樹林，直到進入開闊地，房子就坐落在那兒……龐大的白屋，張開手臂歡迎你。老傑弗瑞叔叔穿著他那補綴的花呢外套，說：「現在，年輕人……玩個痛快吧。」

他們確實玩得很愉快。荷立塔從愛爾蘭來。愛德華的老家在伊頓，她則來自北部一個嚴寒的製造業小鎮，從前那兒像極了天堂。

但一切總是圍繞著愛德華。高大、溫柔、缺乏自信心、總是那麼和氣的愛德華。卻從不怎麼注意她，因為荷立塔在那兒。

愛德華總是那麼沉默寡言，看起來純粹只是個訪客。因此有一天當園丁德倫里告訴她：

「這個地方總有一天會是愛德華先生的。」她委實震驚極了。
「為什麼，德倫里？他又不是傑弗瑞叔叔的兒子。」
「但他是繼承人，米琪小姐，法定繼承人，他們這麼稱呼。露西小姐，是傑弗瑞先生的獨生女，但她不能繼承財產，因為她是女的。此外，亨利先生，她嫁的那個人，只是一個遠房親戚，關係沒有愛德華先生那麼近。」

現在愛德華就住在安斯威克。單獨住在那兒，很少離開那裡。米琪懷疑，有時露西也會介意吧？儘管露西看起來總是對任何東西都不介意似的。

迄今安斯威克還是她的家，而愛德華不過是一個移居的近親而已，而且還比她年輕二十歲以上。她的父親，老傑弗瑞．安卡德，曾是郡裡的一個大人物。他財富相當可觀，大多數都到了露西那兒，相形之下，愛德華是一個窮人，他的錢足夠維持那個地方的開銷，但除此之外就所剩無幾了。

愛德華沒有昂貴的嗜好。他在外交部工作了一段時間，但在他繼承了安斯威克之後就辭職了，並依靠他的財產生活。他天性愛讀書，蒐集了很多初版書，偶爾也為那些晦澀的評論性雜誌寫點諷刺小文章。他曾向他的遠房親戚荷立塔．薩弗納克求過三次婚。

米琪坐在秋日的陽光下，想著這些事情。她不知道自己是否高興見到愛德華。看起來她不像處在人們所說的「恢復」階段。沒人能夠完全忘記任何一個像愛德華這樣的人。住在安斯威克的愛德華對她來說，真實得就如同在倫敦一家餐廳的餐桌前站起身來向她致意的愛德華。她從有記憶以來就愛上了愛德華……

亨利爵士的聲音將她拉回了現實。

「你認為露西看起來如何？」

「非常好，她一如往常。」米琪微微笑了一下。「甚至更好。」

「是的。」亨利爵士點燃了他的菸斗。他有些讓人意外地說：「你知道，米琪，有時候我很為露西擔心。」

「擔心？」米琪驚奇地看著他。「為什麼？」

亨利爵士搖了搖頭。

「露西，」他說，「她意識不到有些事是她不該做的。」

米琪注視著他。他繼續說道：「她僥倖逃過麻煩，她總是這樣。」他微笑了。「她蔑視總督官邸的傳統，在宴會上高興地戲弄長官（米琪，那是一個大大的罪過！）。她安排宿敵在餐桌上比鄰而坐，並且毫無節制地談論種族問題！她還引起一場大爭吵，使每個人都不和，玷辱英國的統治……若不是她安然脫罪，我就完了！她那套本事……衝著人們微笑，好像她對此無能為力！對傭人也一樣……帶給大家許多麻煩，而他們卻還仰慕著她。」

「我明白你所說的，」米琪深思著說，「有些事情如果其他人做了，會令人無法忍受；但如果露西做了，就會覺得很正常。我猜，那是什麼呢？魅力？吸引力？」

亨利爵士聳了聳肩。

「打從她還是個女孩時就一直這樣……我不太覺得她長大了。我的意思是，她沒有意識到事情是有限度的。啊，米琪，我真的認為，」他戲言道，「露西覺得自己就算犯下謀殺案，也能脫身。」

§

荷立塔把那輛德拉奇車從車庫中取了出來，和負責維修保養德拉奇的朋友艾伯特進行了一場完全技術性的談話之後，她發動了車子。

「旅途愉快，小姐。」艾伯特說。

荷立塔笑了。她衝出車庫，品味著每次單獨駕車出發時始終能感覺到的樂趣。她能夠完全享受駕車帶給她的那種祕密樂趣。

她欣賞自己的駕車技術，欣賞自己能嗅出駛離倫敦的新捷徑。她走自己的路線，在倫敦駕車時，她對街道的熟悉程度，可與任何一位計程車司機媲美。

她現在選擇了自己新發現的道路，向西南方向行駛，在郊區那複雜如迷宮般的街道中轉彎、盤旋。

當她終於到達沙夫爾高地那長長的山脊時，是十二點半。荷立塔向來喜歡從那個獨特的地點觀賞景色。她現在正停在公路開始下坡的那一段路上，周圍以及下面都是樹木，那些樹木的葉子正在由金色轉為褐色。在秋日強烈的陽光下，形成一個不可思議的黃金燦爛世界。

荷立塔想：「我愛秋天。比起春天來，它是那麼豐饒。」

突然，一陣強烈的幸福感降臨在她的身上，她覺得這個世界如此可愛……出自她對這個世界的熱愛。

她想：「我永遠再也不會像現在一樣快樂……永遠不會。」

她在那兒停留了一會兒，極目張望那個金色的世界，好像悠遊並融化在其中了。而這個金色的世界起了一層薄霧，它的瑰麗在霧色中變得模糊不清。

接著她沿著山頂而下，穿過樹林，順著那條通向空幻莊園漫長而陡峭的路繼續前行。

§

當荷立塔駛入莊園時，米琪正坐在露台的矮牆上興奮地向她揮手。荷立塔很高興能見到她所喜歡的米琪。

安卡德夫人走出房子，說：「哦，你來了，荷立塔。當你把車在『馬廄』裡停好，給它一頓麥麩飼料後，午飯就會準備好了。」

「多麼一針見血的露西式語言，」荷立塔在駕車環繞這棟房子時說，而米琪正站在台階上迎接她。「你知道的，我總為自己完全脫離了愛爾蘭後裔那種愛馬的特性而自豪。當你在一群除了馬匹之外不談論任何事情的人群中長大時，你會因為不在乎牠們而產生一種優越感。現在露西讓我發現，我對待我的車就像對待一匹馬。這完全沒錯，我的確如此。」

「我了解，」米琪說，「露西很有說服力。她今天早上告訴我，我在這兒可以盡情表現我的率直無禮。」

荷立塔想了一會兒後，點了點頭。

「當然，」她說，「因為你工作的那個店！」

「是的。當一個人不得不在一個可惡的小店裡度過每天的生活，有禮貌地對待那些粗魯的婦人，稱呼她們為『夫人』，把洋裝從她們的頭上套下去，微笑著並強嚥下她們那些該死的粗話。不管誰聽到她們說的那些話……哦，都會想詛咒她們的！你知道的，荷立塔，我總疑惑為什麼人們認為從事服務業是非常丟臉的事，事實上，在商店裡工作是非常崇高和自立的事。一個人在商店裡所忍受的傲慢無禮，遠遠多於格傑恩、西蒙絲或任何一個高雅家庭的傭人。」

「那一定相當令人感到厭惡，親愛的。我倒希望你沒這麼崇高自豪，不那麼堅持自力更生。」

「無論如何，露西都是一個天使。這個週末，我將自豪而直率地對待每一個人。」

「誰到了？」荷立塔走出汽車時問道。

「克里斯托夫婦快到了。」米琪頓了一下，繼續說：「愛德華剛到。」

「愛德華？太好了。我已經很久沒有見到愛德華了。還有其他人嗎？」

「大衛．安卡德。據露西說，這是你大顯身手的機會。你將阻止他咬指甲。」

「這聽起來不像我，」荷立塔說，「我討厭干涉別人，而且我也不想妨礙別人的個人習慣。露西到底說了些什麼？」

「就是這些！他還長了喉結。」

「這一點用不著我處理吧？」荷立塔機警地說。

「你會和善地對待吉妲。」

「如果我是吉妲，我會多麼憎恨露西呀！」

「此外，有個偵探明天要來吃午飯。」米琪說。

「我們將要玩謀殺遊戲，是嗎？」

「我不認為，我想這只是鄰居間的禮尚往來而已。」

米琪的聲音稍有變化。她頓了一下又說：「愛德華正出來迎接我們呢。」

「親愛的愛德華。」荷立塔帶著一股突然湧出的溫柔情感想著。

愛德華．安卡德又高又瘦。當他走向兩個年輕女人時，他的臉上掛著笑容。

「你好，荷立塔，我已經有一年多沒見到你了。」

「你好，愛德華。」

愛德華是多麼可愛！他那溫柔的微笑，眼角細小的皺紋。還有他那骨節突出的漂亮輪廓。「我想，我喜歡的是他的輪廓。」荷立塔想，她對愛德華的那種溫暖的愛戀使她震驚。她一度忘記了她是這麼喜歡愛德華。

午飯後愛德華說：「去散散步吧，荷立塔。」

這是愛德華式的散步……四處閒逛。

他們走到房子後面，踏上了一條穿過樹林的蜿蜒小徑。就像安斯威克的樹林，荷立塔想。可愛的安斯威克，他們在那兒曾經多麼愉快！她開始和愛德華談論起安斯威克。他們那古老的記憶又復甦了。

「你還記得我們的松鼠嗎？牠的爪子受傷了，我們把牠關在一個籠子裡等牠復原？」

「當然。牠有一個可笑的名字……是什麼來著？」

「怪傑！」

「是的。」

他們一起放聲大笑。

「還有老邦迪太太……那個管家，她老是說牠總有一天會爬上煙囪。」

「我們是那麼憤慨。」

「但牠後來確實這麼做了。」

「是她害的，」荷立塔肯定地說，「她把這個思想灌輸到松鼠的腦袋裡。」

她接著又說：「一切都還是老樣子嗎，愛德華？還是變了？我總是想像一切依舊沒變。」

「你為什麼不來看看呢，荷立塔？自從你上次到安斯威克之後，已經過了很久很久了。」

「我知道。」

為什麼，她想，她讓這麼長的一段時間流逝了？一個人忙碌、事事感興趣並和人們糾纏在一起……

「你知道，那兒任何時候都是歡迎你的。」

「你真討人喜歡，愛德華！」

親愛的愛德華，她想，他有著漂亮的輪廓。

他立刻說：「我很高興你喜歡安斯威克，荷立塔。」

她像作夢般地說：「安斯威克是世界上最可愛的地方。」

一個長腿女孩，有著一頭濃密蓬亂的褐色頭髮……一個絲毫沒想到未來的人生將發生什麼事的幸福女孩……一個喜歡樹的女孩……

曾經是那麼幸福，當時卻沒有意識到！「如果我能回到從前。」她想。

她突然大聲說：「世界之樹[6]還在那兒嗎？」

「它被閃電擊倒了。」

「哦，不，不是世界之樹！」

她十分沮喪。世界之樹……她自己給那株老橡樹起的名字。如果諸神能擊倒世界之樹，那就沒有什麼事情是安全的！最好還是不要回到從前。

「你還記得你那特殊的標記，用世界之樹做的標記嗎？」

「那棵我過去習慣畫在很多紙上的可笑的樹嗎？它不像世界上的任何樹。我依舊畫它，愛德華！畫在記事簿上，電話本上，還有橋牌的記分卡上。我隨時亂畫。給我一枝鉛筆。」

他遞給她一枝鉛筆和一本記事本。當她畫那棵可笑的樹時，他大笑著。

「是的，」他說，「這是世界之樹。」

他們幾乎走到了那條小路的盡頭。荷立塔坐在一棵倒下的樹幹上，愛德華坐在她旁邊。她的目光穿過樹林。

「這裡有點像安斯威克……袖珍的安斯威克。我有時揣測……愛德華，你認為這是不是露西和亨利到這兒來的原因？」

「有可能。」

6 世界之樹（Ygdrasil），古挪威神話中一株盤踞在神界、冥界和巨人國的梣樹，是新世界的擎天柱。

荷立塔緩緩地說：「沒有人知道露西的腦子裡在想些什麼。」接著她問：「自從我最後一次見到你之後，愛德華，你一直在做些什麼？」

「什麼也沒做，荷立塔。」

「聽起來很平靜。」

「我從來不擅長……做事情。」

她迅速地瞟了他一眼，他的語氣中有某種東西。但他靜靜地對著她微笑。

又一次，她感到了那股深情。

「或許吧，」她說，「你是明智的。」

「明智？」

「不做任何事。」

愛德華緩緩地說：「你說出這樣的話真奇怪，荷立塔，你是那麼的成功。」

「你認為我很成功？多可笑。」

「但你的確是成功的，親愛的，你是個藝術家，你一定十分自豪，你不得不這麼覺得。」

「我知道，」荷立塔說，「很多人這樣說我，他們不理解……不理解雕塑最基本的一件事。你也不理解，愛德華，雕塑不是你打定主意去做，然後追求成功的事。它是一種撲向你、找你麻煩並且纏繞你的事……於是你遲早不得不向它妥協。接著，你得到一點寧靜……直到整個事情又重新開始。」

「你想得到寧靜嗎，荷立塔？」

「有時我想世界上我最想要的就是寧靜了，愛德華！」

「在安斯威克你能夠獲得寧靜。我想在那兒你會很愉快的，即使……即使你不得不忍受我。怎麼樣，荷立塔？為什麼你不來安斯威克並把它變成你的家呢？你知道的，那兒一直在等著你。」

荷立塔慢慢地轉過頭來。她用低低的聲音說：「我真希望我不是這麼地喜歡你，愛德華。這讓『不』更難說出口了。」

「那麼，是『不』了！」

「對不起。」

「你以前曾說過『不』，但這次……嗯，我還以為你會改變主意。今天下午你很開心，荷立塔，你不否認吧！」

「我是很開心。」

「你的面孔看起來甚至……比今天早上還更年輕。」

「我知道。」

「我們在一起很開心，聊著安斯威克，想起安斯威克。你沒有發現這意謂著什麼嗎，荷立塔？」

「是你沒有發現這意謂著什麼，愛德華！我們今天下午一直活在過去。」

「有時候過去是個很好的藏身之所。」

「人不能回到過去，這是一件不可能的事……回到過去。」

他沉默了一兩分鐘。接著以一種平靜的、愉快的、十分冷靜的口吻說：「你真的是因為約翰．克里斯托才不嫁給我的嗎？」

荷立塔沒有回答。愛德華接著說：「是這樣的，難道不是嗎？如果這個世界上沒有約翰．克里斯托，你會嫁給我的。」

荷立塔聲音沙啞地說：「我不能想像一個沒有約翰．克里斯托的世界！你得明白這點。」

「如果真的是這樣，為什麼他不和妻子離婚，然後你就嫁給他呢？」

「約翰不想和他的妻子離婚。而且我也不知道如果他這麼做了，我是否想嫁給他。這不是……這不是如你想像的那樣。」

愛德華用一種深思熟慮的口氣說：「約翰．克里斯托，這個世界上有太多的約翰．克里斯托。」

「你錯了，」荷立塔說，「很少人像約翰一樣。」

「如果是這樣……這倒是件好事！至少，我如此認為！」

他站起身來。

「我們最好還是回去吧。」

07

當他們鑽進汽車，露易絲關上哈利大街上那座房子的前門時，吉妲全身上下有一種被放逐的痛苦，那扇門終於關上了，她被關在外面……這個可怕的週末降臨到了她的身上。但還有相當多的事情，是她應該在離開之前做完的。浴室的水龍頭關上了嗎？還有那張洗衣店的單據，她放到哪兒了呢？孩子們和那個小姐待在一起會愉快嗎？特倫斯會完成她所吩咐的事情嗎？那個法國女家庭教師好像沒有什麼威嚴。

她坐在駕駛座上，因心中的不幸而弓著身子，神經質地按下啟動器。她按了一遍又一遍。

約翰說：「如果你打開引擎，吉妲，車子會啟動得更好些。」

「天哪，我好傻。」她迅速地、受驚地瞥了他一眼，以為約翰會發火，可是沒有，他微笑著。

「這是因為，」吉妲馬上想到。「他是那麼高興要去安卡德家。」

可憐的約翰，他工作得那麼辛苦！他的生活是那麼無私、完全奉獻給其他人，難怪他嚮往這個長長的週末。她的思緒又回到午餐時的談話。她一邊說著話，一邊踩離合器，她的動作太猛了，以致車子向前衝了一下。

「你知道，約翰，你真的不應該開玩笑說你厭惡病人。把你所做的一切看得雲淡風清，這固然很了不起，我明白，但是孩子們不理解，特別是特倫斯，他有那麼一顆缺乏想像力的腦袋。」

「有時候，」約翰．克里斯托說，「特倫斯表現得滿有人情味的呢，不像芝娜！女孩們得需要多長的時間才能懂得愛呢？」

吉妲露出了一個寧靜而甜美的淺笑。她知道約翰在逗她，然而她堅持自己的觀點，她很固執。

「我真的認為，約翰，讓孩子們認識到一個醫生的無私和奉獻，對他們是有好處的。」

「哦，天哪！」約翰．克里斯托說。

吉妲眼前的綠燈已亮了很久了。她想，在她到達前一定會變成紅燈的，於是她開始減速。但它依然是綠燈。

約翰．克里斯托忘了在吉妲開車時保持沉默的原則，問道：「你為什麼要慢下來？」

「我還以為要碰上紅燈……」

她把腳踩在油門上，汽車前行了一點兒，才剛駛過紅綠燈，就在這時車熄了火，引擎停止轉動。綠燈變紅燈了。

十字路口的車輛憤怒地向他們按喇叭示威。

約翰開口了，但口氣十分愉快。

「你的確是世界上最糟糕的司機，吉妲！」

「紅綠燈總是這麼讓人擔心，誰都不知道它們會在什麼時候改變。」

約翰迅速地斜睨了吉妲那張緊張不快樂的面孔。

「每件事都使吉妲憂慮。」他想，並試圖想像處在那種情境的感覺。但他不是一個想像力豐富的人，他無法感覺到。

「你瞧，」吉妲堅持著自己的觀點。「我一直在給孩子們塑造強烈的印象，醫生的生活就是藉由自我犧牲奉獻來幫助人們解除病痛，出自那種為別人服務的願望。這是一種崇高的生活，同時我是如此的驕傲，因為你貢獻自己的時間和精力，從不愛惜自己……」

約翰．克里斯托打斷她。

「難道你從來沒想到，我之所以喜歡醫生這個職業是為了樂趣，而不是犧牲？難道你不明白這是一種興趣？」

但她不會，他想，吉妲永遠也不會了解這種事！如果他告訴她有關克柏翠太太和瑪格麗特．羅素病房的事，她將只會把他看成是一個幫助窮人的天使。

「過於天真了吧？」他低聲自語自言。

「什麼？」吉妲斜倚向他。

他搖了搖頭。

如果他告訴吉妲，他正試圖「找到一種癌症的治療方式」，她將有所反應……她能理解一般普通的感傷敘述，但永遠不會理解里奇微氏病的複雜困惑所帶來的獨特魅力，他甚至懷疑，他是否能使她明白里奇微氏病到底是怎麼回事。（「特別是，」他咧開嘴笑著想，「我們也不太了解這種病！我們確實不知道為什麼大腦灰質會惡化！」）

他突然想起了特倫斯，雖然他只是個孩子，但他也許會對里奇微氏病感興趣。他喜歡特倫斯說出「我認為父親是認真的」這句話之前，審視著他的眼光。

特倫斯最近幾天失寵了，因為他打破了那台科納牌咖啡機。出於某種試圖製造阿摩尼亞的愚蠢行為。阿摩尼亞？有趣的孩子，為什麼他會想製造氨呢？

吉妲因約翰的沉默而鬆了一口氣。如果談話不使她分心，她就能把車開得更好。而且，如果約翰全神貫注地思考問題，他就不太會注意到她偶爾在強制換檔時發出的刺耳噪音（如果能避免，她從不改為低檔）。

吉妲知道，有很多次她換檔換得十分出色（雖然她向來沒什麼信心），但如果約翰在車裡，她會感到緊張、手足無措，反而把事情弄糟。

「推進去，吉妲，推進去。」荷立塔很多年前曾這樣指導她。荷立塔示範給她看。「難道你感覺不到它想前進，它想滑進去……你的手保持水平，直到湧上這種感覺——別把它推向任何地方——感覺一下。」

但吉妲總是對排檔桿缺少感覺。她總是沒辦法把它推到正確的位置上。整體而言，這次開得還不算太糟。約翰依然全神貫注地思考問題……而且沒注意到在克羅伊登時，有一次換檔產生了相當嚴重的碰撞。當車子愈來愈快時，她樂觀地換成了三檔，車子驟然減速。這時約翰已經清醒過來了。

「當你要走一條斜坡路時，幹嘛換檔？」

吉妲的嘴緊緊閉著。現在還沒有駛得很遠。她並不想去那裡……不想去。實際上，她更願意無休止地開下去，即使約翰對她大發雷霆！

但現在，他們正沿著沙夫爾高地行駛……秋天火焰般的樹林圍繞著他們。

「離開倫敦來到這兒，真是太美妙了，」約翰驚嘆道，「想想看，吉妲，大多數的下午我們都守在那個昏暗的客廳裡喝茶……有時還開著燈。」

公寓裡那間頗為黑暗的客廳幻象，帶著一種神奇挑逗的光彩出現在吉妲的眼前。哦，要是她現在能夠坐在那兒，該有多好。

「鄉村看起來很可愛。」她誇大地說。

開下峻峭的山坡……無處可逃。她心中出現過某個模糊的希望，某件事會將她從噩夢中拯救出來。然而希望並未實現。空幻莊園仍在那兒。

當她駛入莊園時，看到荷立塔、米琪及一個高高瘦瘦的男人坐在一面牆上，她感覺舒服了一點兒。她對荷立塔有某種依賴，有時荷立塔會在事情變得非常糟糕時，出乎意料地冒出來拯救她。

約翰見到荷立塔也很高興。對他來說，這次旅行的目的好像就是秋天那可愛的全景圖畫，以及從山頂下來時，發現荷立塔正等著他。

她穿著他喜歡的綠花呢外套和裙子，他認為這套衣服比倫敦的衣服更適合她。她的長腿突出地立在前面，腳上是一雙精心擦過的褐色厚底皮鞋。

他們迅速交換了微笑……這是他們確認彼此都很高興對方出現的一種表現。約翰不想現在就和荷立塔講話。他只是對她的在場感到高興……他知道如果沒有她，這個週末將會平淡無趣。

安卡德夫人從房子裡走出來歡迎他們。她的良心作祟，使她對吉妲比她通常對待任何一個客人都熱情。

「見到你真令人愉快，吉妲！我們已經好久沒見面了。還有約翰！」

這個舉動的用意很明顯，是想表示吉妲是人們熱切等待的客人，而約翰只不過是附帶的而已。但此舉反而讓吉妲感到拘謹和不安。

露西說：「你認識愛德華吧？愛德華．安卡德？」

約翰對著愛德華點了點頭說：「不，不認識。」

下午的陽光使得約翰那頭金髮和藍色眼睛蒙上了一層光彩，一副背負著征服使命上岸的維京人。他的嗓音溫暖而有共鳴，使人們的耳朵著迷，而他整體的人格魅力則震懾整個場面。

這種溫暖的魅力和這個客觀的事實，並沒有對露西的形象造成絲毫損害。實際上，反而襯托了她那古怪小精靈般的不可捉摸。倒是愛德華，好像突然和約翰形成了鮮明對比，他缺乏活力，像是一個陰影，微微弓著腰。

荷立塔建議吉妲一起去看看菜園。

「露西堅持要帶我們去看岩石庭園和秋天的花壇，」她邊走邊說，「但我總認為菜園是美麗的、寧靜的。你可以坐在黃瓜架下，如果天冷的話，還可以走進溫室裡，而且沒人打擾你，有時那兒還有一些東西可以吃。」

事實上，她們看到一些豌豆，荷立塔把它們拿來生吃，而吉妲並不怎麼感興趣。她很高興離開了露西．安卡德，她發現她比以往更令人畏懼了。

她和荷立塔談話談得很起勁。荷立塔問的問題，吉妲似乎總是有答案。十分鐘之後，吉妲感覺好多了，並開始認為這個週末也許還不錯。

芝娜現在該去上舞蹈課了，她剛買了一件新上衣。吉妲詳細地描述了一下。她還發現了一家非常好的新開的皮革店。荷立塔向她詢問，如果想為自己做一個手提袋，是否會很困難？並要求吉妲一定得帶她去看看。

她想，要讓吉妲覺得很愉快是件很容易的事；而當吉妲真的很愉快時，和她平時的情況真有如天淵之別！

「她只是想舒服地縮成一團，像貓一樣發出滿意的叫聲。」荷立塔想。

她們愉快地坐在黃瓜架邊，太陽低低地掛在天空中，給人一種夏日的錯覺。

接著是一陣沉默。吉妲的面龐喪失了那種平靜的表情，她的肩膀垂了下來。她坐在那兒，像一幅悲慘的畫面。當荷立塔說話時，她跳了起來。

「你為什麼要來，」荷立塔說，「如果你這麼厭惡的話？」

吉妲急忙回答：「哦，我沒有。我的意思是，我不知道你為什麼認為……」

她頓了一下，接著說：「離開倫敦真的很讓人高興，而且安卡德夫人又是這麼和氣。」

「露西？她一點兒也不和氣。」荷立塔說。

吉妲看起來有些震驚。

「哦，但她是的，她總是對我那麼好。」

「露西舉止得體，她也能夠表現得親切大方，但她是一個相當殘忍的人。我認為這是因為她缺少點人情味……她不知道一般人是如何感覺和思考。你憎恨待在這兒，吉妲！你心知肚明，如是你有這種感覺，幹嘛還要來？」

「嗯，你知道，約翰喜歡……」

「哦，約翰是一直很喜歡。但你可以讓他自己一個人來呀？」

「他不會同意的，我不來，他會不高興的。約翰是這麼的無私，他認為到鄉村走走對我有好處。」

「鄉村是很好，」荷立塔說，「但沒必要來到安卡德家。」

「我……我不希望你覺得我是一個不知好歹的人。」

「我親愛的吉妲，為什麼你要喜歡我們大家？我一直認為安卡德是一個惹人厭的家族。我們都喜歡聚在一起，用我們自己的那些驚人之語聊天談話。但如果外人想要謀殺我們的話，我並不訝異。」

接著她又加了一句：「我想，喝茶的時間到了，我們回去吧。」

她正注視著吉妲的臉，當後者站起身向房子走去的時候。

「真有趣，」荷立塔想，她腦海中的一部分總是游離在外。「看到一個基督教女殉道者走入競技場前臉上的表情。」

當她們離開砌著圍牆的菜園時，傳來槍聲。荷立塔說：「聽起來像是安卡德家族的大屠殺開始了！」

原來是亨利爵士和愛德華在談論輕型武器，並試射左輪手槍來證明他們的討論。亨利·安卡德的嗜好是輕型武器，並且有相當豐富的收藏。

他拿出了幾把左輪手槍和一些槍靶，並和愛德華一起朝槍靶射擊。

「你好，荷立塔，想試試你能否殺死一個強盜嗎？」

荷立塔從他手中接過左輪手槍。

「很正確……是的，就這樣瞄準。」

砰！

「沒打中。」亨利爵士說。

「你試試，吉妲。」

「哦，我不行……」

「來吧，克里斯托夫人，這十分簡單。」

吉妲開槍了，她退縮著，閉著眼睛。子彈偏離槍靶相當遠。

「哦，我想試試。」米琪閒逛過來說。

「這比想像的要困難得多，」她打了幾槍後說道，「但相當好玩。」

露西從房子裡走出來，身後跟著一個悶悶不樂、長著喉結、瘦瘦高高的年輕小夥子。

「這是大衛。」她說。

她從米琪手中取過左輪手槍，她的丈夫正在和大衛．安卡德寒暄。她重新上好子彈，一言不發地在接近靶心的地方打了三個洞。

「幹得好，露西！」米琪驚嘆道。「我不知你還精於射擊。」

「露西，」亨利爵士嚴肅地說，「總能殺死她的情人！」接著他回憶補充道：「她的槍法曾經派上了大用場。我親愛的，你還記得嗎，在博斯普魯斯海峽襲擊我們的那些惡棍？我和兩個壓在我身上、卡住我喉嚨的惡棍滾成一團。」

「露西做了些什麼呢？」米琪問。

「她在混戰中開了兩槍，我甚至不知道她還隨身帶了手槍。結果打中一名壞蛋的左腿，另一發則射穿另一名壞蛋的肩膀。那是我在世界上距離死亡最近的一次遁逃。我真想不出她是怎麼瞄準的。」

安卡德夫人衝著他笑了。

「我認為人總得冒險，」她溫柔地說，「而且應該迅速決斷，不要想太多。」

「好個令人景仰的情操，我親愛的，」亨利爵士說，「但我總是感到一絲苦惱，因為被你拿來冒險的，可是我的生命呀！」

08

喝完茶之後，約翰對荷立塔說：「出去散散步吧。」

而安卡德夫人則說，她必須帶吉妲去參觀岩石庭園，雖然這是一年之中相當不合適的時節。

和約翰散步，荷立塔想，可不像和愛德華散步，任何事情都有可能發生。

和愛德華在一起，頂多就像是在閒晃罷了。她想，愛德華是一個天生的閒晃者。跟約翰散步，她所能做的就是跟上他的腳步，當他們到達沙夫爾高地時，她氣喘吁吁地說：「這可不是馬拉松比賽，約翰！」

他放慢速度，並且笑了。

「你覺得累了嗎？」

「我可以跟得上……但這有任何必要嗎？我們不需要趕火車。為什麼你精力這麼旺盛？

你是在逃避自己嗎？」

他完全停了下來。

「為什麼這麼說呢？」

荷立塔好奇地看著他。

「我沒有任何特別的意思。」

約翰又繼續往前走，但腳步很明顯放慢了。

「事實上，」他說，「我累了，我非常累。」

她從他的聲音中聽出了倦怠。

「克柏翠怎麼樣了？」

「現在下結論還太早，可是我認為，荷立塔，我已經看出事情的端倪，如果我是正確的話，」他的腳步又開始加快了。「許多觀念都將被徹底改變……我們將不得不重新考慮有關荷爾蒙分泌的問題……」

「你的意思是，會出現一種治療里奇微氏病的方法嗎？那些人不會死了嗎？」

「這個，很有可能吧。」

醫生這種人多奇怪啊，荷立塔想。很有可能？

「就科學上而言，它開闢了各種各樣的可能性！」

他深吸了一口氣。

「但來到這兒真好——你的肺裡吸進一些新鮮的空氣——還有，見到了你。」他對她突然而迅速地一笑。「而且這對吉妲會有好處的。」

「吉妲，當然，她非常喜歡來到空幻莊園！」

「當然。順便問一句，我以前見過愛德華．安卡德嗎？」

「你見過他兩次。」荷立塔不動聲色地說。

「我記不得了，他是那種令人印象很模糊的人。」

「愛德華是個可愛的人，我一直很喜歡他。」

「嗯，別讓我們在愛德華身上浪費時間了！這些人都不值得。」

荷立塔用低沉的聲音說：「約翰，有時我很怕你！」

「怕我……你是什麼意思？」

他那張驚愕的臉轉過來看著她。

「你是那麼的麻木，那麼的……是的，盲目。」她說。

「盲目？」

「你不知道……你不明白……你是那麼的不敏感！你不知道別人感受到什麼、想些什麼。」

「我要說，事情正好相反。」

「你看到你要看的東西，是的。你，你就像一個探照燈，一束耀眼的強光照到你興趣所在的那個點，而在強光的後面和兩邊呢，則是一片黑暗！」

「荷立塔，我親愛的，這是什麼意思？」

「這是危險的，約翰。你以為每個人都喜歡你、都對你懷有好感。比方，像露西這樣的人，你也這麼認為。」

「露西不喜歡我嗎？」他驚奇地說，「我一直都很喜歡她。」

「所以你以為她也喜歡你，但我不能肯定。還有吉妲、愛德華、米琪和亨利。你是如何知道他們對你的感覺的？」

「還有荷立塔嗎？我知道她的感覺嗎？」他抓住她的手，握了片刻。「至少……我對你有把握。」

她抽回自己的手。

「在這個世界上，你不可能對任何人有把握，約翰。」

他的臉變得嚴肅起來。

「不，我不相信。我對你有把握，而且我對我自己也有把握。至少……」他的臉色變了。

「什麼，約翰？」

「你知道我從今天內心的話語中發現了什麼嗎？一些非常可笑的東西。『我想回家。』這是我今天說的話，但我一點兒也不知道我指的是什麼。」

荷立塔緩緩地說：「你的腦袋裡一定有某種圖像。」

他反應激烈地說：「沒有，什麼也沒有！」

§

那晚吃飯的時候，荷立塔被安排緊挨著大衛。而在餐桌的盡頭，露西那纖細的眉毛傳達的不是命令——露西從不下令——而是請求。

亨利爵士正在竭盡全力和吉妲相處，並且相當成功。約翰，則臉上掛著笑意，跟隨著露西那散漫的思想跳躍而行。米琪正以一種不自然的方式跟愛德華說話，而他好像比平常更加心不在焉。

大衛正狠狠地瞪著大家，並用一隻緊張的手把麵包弄成碎屑。

大衛是帶著一種相當不情願的情緒來到空幻莊園的。直到現在，他既沒有和亨利爵士談話，也沒有和安卡德夫人談話，並且完全不贊同這個帝國，他不贊同他的任何一位親戚。愛德華……那個他不認識的人，他認為他是個不求甚解的人而輕視他。他用一種批評的眼光審視著其餘四個客人。親戚們，他想，是非常可怕的，人們竟然期望他和親戚談話，這是一件他很討厭的事。

他將米琪和荷立塔的表現打了個折扣，認為她們頭腦空空。克里斯托醫生只是那些哈利大街上眾多的庸醫之一，他只是在舉止和社交上成功，而他的妻子顯然在狀況外。

大衛在領子裡轉了轉脖子，並強烈希望這些人都能知道，他是多麼看不起他們！他們都是不值得注意的。

當他在心裡對自己重複這些話三遍之後，他感覺好多了。雖然他還是怒目而視，但已經不去碰他的麵包了。

荷立塔雖然努力回應露西的請求，但要有所進展還是有些麻煩的。大衛那簡短的回答是一種極端的冷漠。最後，她採用了一種她對付那些牙關緊閉的年輕人的方法。當她知道大衛對學術、音樂方面的知識頗有涉獵後，她故意發表了一席有關現代作曲家的武斷而沒有根據的談話。

令她高興的是，這個計畫奏效了。大衛從他那無精打采的姿勢中活躍起來，坐直了身子。他的聲音不再低沉敷衍。他停止了粉碎麵包的行為。

「那些話，」他以冷冷的目光緊盯著荷立塔，用清晰的語調大聲說，「顯示你對這個話題根本一無所知！」

從那時起，一直到晚宴結束，他一直以一種清晰、尖刻的語調對她發表演說。而荷立塔則保持著被人指導時應有的、合適的謙和。

露西・安卡德從桌子那邊投來了一個親切的目光，而米琪則自個兒笑了。

「你真聰明，親愛的，」安卡德夫人在前去客廳的路上挽住荷立塔的胳膊，並輕聲低語道，「如果人們腦袋裡沒有很多東西，他們會更明白如何利用他們的雙手，這是多麼可怕的思想！你認為紅心大戰[7]、橋牌、朗姆[8]，或是非常非常簡單的牌，像搶動物[9]怎麼樣？」

「我認為，大衛會覺得玩搶動物是對他極大的侮辱。」

「也許你是對的。那麼，橋牌吧。我敢說，他會覺得橋牌相當無聊，接著他就會用滿腔的熱情來鄙視我們。」

他們擺了兩張桌子。荷立塔和吉妲一組，而約翰和愛德華一組。這不是她頭腦中最佳的分組。她想，把吉妲同露西分開，並且如果可能的話，也同約翰分開……但約翰已經表明了他的決定。而愛德華則先採取行動，阻止了米琪。

荷立塔感到氣氛不是很融洽。但她並不是十分清楚這種不舒服的感覺從何而來。無論如何，如果有任何機會，她就打算讓吉妲贏。吉妲並不是真的很不會打橋牌，只要離開約翰，她就變得和大家一樣……但她是一個神經質的牌手，沒有正確的判斷力，不能真正認識到手中那些牌的價值。約翰的牌打得不錯，如果不是太自信的話。愛德華則是真正優秀的玩家。

夜晚緩緩地逝去，而荷立塔他們的這一桌還在進行比賽。兩邊的得分都在上升，一種古怪的緊張在遊戲中瀰漫，只有一個人對此毫無感覺。

對吉妲來說，這只是橋牌中的一局比賽，恰巧這一次她十分開心。她感受到一種真正的愉快和興奮。本來很難做出的決定，因荷立塔叫牌超過自己手中的牌，加上自己竭盡全力出招，因而變得易如反掌了。

常常，約翰不能抑制自己對吉妲的批評態度，這使得吉妲失去了自信心。他驚叫道：「你幹嘛先出梅花，吉妲？」

這時荷立塔的敏捷，使她幾乎立刻就做出反擊：「胡說八道，約翰，她當然得先出梅花！這是唯一合理的選擇。」

最後，伴隨著一聲嘆息，荷立塔的分數接近吉妲。

「用三戰兩勝來定高下，但我認為我們不用打那麼多局，吉妲。」

約翰愉悅地說：「一次幸運的偷牌[10]。」

荷立塔猛地抬起頭往上看。她了解他的語調。他們的眼睛相遇了，她的眼睛垂了下來。她站起身來，走向壁爐台，約翰尾隨著她。他以話家常的口吻說：「你並不常讓自己落入別人的掌握中，不是嗎？」

荷立塔平靜地說：「也許我有點兒太明顯了。想在遊戲中獲勝是多麼卑劣！」

「你的意思是，你想讓吉妲贏得這一局。你想帶給人們歡樂，但這並不表示你不會進行

7 紅心大戰（hearts），一種四人玩的撲克牌遊戲，目標是不要拿到有分數的牌。
8 朗姆（rummy），一種用兩副牌玩的牌戲。
9 搶動物（animal grab），一種特殊的牌戲。
10 偷牌（finess），橋牌中雖有高分的牌，但這種手法是先出較低分的牌，保留好牌以冒險贏牌。

欺騙。」

「事情被你說得多麼可怕！但你總是非常正確。」

「似乎我的搭檔也分享了你的願望。」

那麼他注意到了，荷立塔想。她曾懷疑自己是否做錯了。愛德華是那麼老練，沒有任何你能逮住的錯誤。他只輸過一局，他的首發牌太容易被識破，但其實只要出張別那麼容易被識破的牌，就保證會贏。

這使得荷立塔感到擔心。愛德華，她了解他，為了讓她贏，永遠也不會按牌理出牌。為此，他過於偏離了英國人的運動精神。不，她想，他只是不能容忍約翰．克里斯托又一次勝利而已。

她突然感到有些激動和敏感。她不喜歡露西辦的這個聚會。

接著戲劇性地、出人意料地……伴隨著一個不存在的舞台亮相，維若妮卡．克雷從落地窗走了進來。

那些落地窗是開著的，沒有關，因為晚上很暖和。維若妮卡推開窗，從中穿行而來，站在那兒，就像是一幅以夜色為背景的畫。她微笑著，有點陰鬱卻十分迷人，正處於開口說話前的短暫時刻，藉此認識一下她的聽眾。

「你們一定得原諒我……這樣突然闖進來。我是你們的鄰居，安卡德夫人，我從那個名叫鴿舍的可笑村舍過來的，最可怕的災難降臨了！」

她滿臉堆笑……變得更幽默了。

「我家沒有火柴！房子裡連一根火柴都沒有！星期六的夜晚。我多蠢，但我能做些什麼呢？我只好來到這兒，向方圓幾里之內我唯一的鄰居請求幫助。」

一時之間沒有任何人說話，因為維若妮卡具有這樣的影響力。她是可愛的——不是非常可愛，甚至不是那種眩目的可愛——卻是有效果的可愛。使你喘不過氣！那淡淡閃光的波浪長髮，輪廓分明的嘴巴……白狐披肩裹住了她的肩頭，下邊則是一條白色天鵝絨的長裙。

她依次審視每一個人，顯得幽默而迷人！

「我抽菸，」她說，「就像個煙囪！而且我的打火機又壞了！除此之外，還有做早餐要用的煤氣爐……」她伸出雙手。「我覺得自己真是一個徹頭徹尾的笨蛋。」

露西走上前來，表現出優雅的、淡淡的愉快。

「哦，當然……」她正要說話。維若妮卡·克雷打斷了她。

她正在注視約翰·克里斯托。表情驚訝，滿臉的疑惑與興奮，她走向他，伸出雙手。

「哦，你是約翰·克里斯托！這不是太意外了嗎？我已經好多好多年沒有見到你了！突然間，卻在這兒找到了你！」

她將他的手一直握在手中，充滿十足的溫暖和絕對的熱情。她的頭半轉向安卡德夫人。

「這真是最美妙的驚喜。約翰是我的朋友。哦，約翰是我愛過的第一個男人！我曾為你而瘋狂，約翰。」

她現在正似笑非笑……一個女人為了初戀可笑的回憶而感動。

「我一直認為約翰很了不起！」

彬彬有禮而又優雅的亨利爵士向她走去。

他伸手去拿玻璃杯，遞了杯飲料給她。

安卡德夫人說：「米琪，親愛的，請按鈴。」

當格傑恩進來後，露西說：「拿一盒火柴過來，格傑恩……至少要這麼多，廚師那兒有足夠的火柴嗎？」

「今天剛送來一打，夫人。」

「那麼拿半打來，格傑恩。」

「哦，不，安卡德夫人……只要一盒就夠了！」維若妮卡笑著抗議道。她現在正在喝東西，並且對周圍的每一個人微笑致意。

約翰．克里斯托說：「這是我的妻子，維若妮卡。」

「哦，真高興見到你。」維若妮卡對著一臉迷惑的吉妲笑了笑。

格傑恩拿來了火柴，放在一個銀托盤上。

安卡德夫人用手勢指了一下維若妮卡，他就將托盤端向她。

「哦，親愛的安卡德夫人，用不了這麼多！」

露西的姿勢輕鬆高貴。

「只拿一盒多沒意思，我們有很多存貨哩。」

亨利爵士愉快地說：「你住在鴿舍的感覺如何？」

「我很喜歡。這兒真好，離倫敦不遠，又有一種與世隔絕的美妙。」

維若妮卡放下手中的杯子，把白狐披肩拉緊一些，對所有的人微笑著。

「非常感謝你們！你們是這麼友善。」這些話語飄蕩在亨利爵士、安卡德夫人之間，基於某種原因，還加上愛德華。「我現在要回家了，那個一團糟的地方。約翰，」她給了他一個單純友好的微笑。「你一定要送我平安回去，因為我迫切地想要知道，自從我最後一次見到你，這麼多年來你在做些什麼。當然，這讓我深感年華老去。」

她走到窗前，約翰·克里斯托尾隨著她。她向大家投以燦爛的一笑。

「我以這麼愚蠢的方式打擾各位，實在感到非常抱歉。非常感謝你，安卡德夫人。」

她跟隨約翰走出去了。亨利爵士站在窗前，目送他們離開。

「一個非常美好溫暖的夜晚。」他說。

安卡德夫人打了個哈欠。

「哦，親愛的，」她嘀咕著。「我們必須睡覺了。亨利，我們一定要去看一齣她主演的影片。從她今天晚上的表現看來，我敢肯定，她一定十分擅長表演。」

他們一起走上樓。道了晚安之後，米琪問露西：「十分擅長表演是什麼意思？」

「難道你不這麼認為嗎，親愛的？」

「露西，我猜，你認為她在鴿舍還有些火柴。」

「我想，是成打的火柴，親愛的。但我們不能苛責別人，況且這是一場精采的表演！」走廊上的門都關上了，大家互道晚安。亨利爵士說：「讓落地窗開著好讓克里斯托進來。」話畢，他把自己的門也關上了。

荷立塔對吉妲說：「女演員們真有趣，她們能做出這麼精采的出場和退場！」她打著呵欠加了一句：「我睏極了。」

維若妮卡．克雷輕盈地沿著那條穿過栗樹林的狹窄小徑行走著。她從樹林出來，來到游泳池邊的開闊地。這兒有個小涼篷，在那些陽光明媚但有冷風的日子裡，安卡德夫婦經常坐在裡面。

維若妮卡．克雷靜靜站著。她轉過身來，面對著約翰．克里斯托。

接著她笑了。她對漂著樹葉的游泳池做了一個手勢。

「並不是很像地中海，可不是嗎，約翰？」她說。

在那一刻，他明白了他一直在等待的是什麼，也明白了和維若妮卡分離的這十五年中，她還是一直伴隨著他。那藍色的海水、含羞草的香味、酷熱的塵土……雖然從視線中消退了，但從來沒有真的被遺忘。這所有的一切都只意謂著一件事——維若妮卡。那時，他是個二十四歲的年輕小夥子，絕望而痛苦地深陷在愛河中，而這次他將不再逃跑。

09

約翰・克里斯托從栗樹林中出來，踏上房前那道綠色斜坡。天空中掛著一輪明月，那座房子沐浴在月光下，使那些拉上了窗簾的窗戶帶有一種奇怪的純潔。他低頭看了看錶。已經三點了。他深吸一口氣，臉上滿是焦慮不安。他不再是——絲毫不是——一個陷入愛河的二十四歲年輕人。他是一個精明實際、年屆四十歲的男人。此外，他的頭腦清晰，而且事業一帆風順。

他曾經是一個傻瓜。當然了，一個徹頭徹尾的傻瓜，但是他對此毫不後悔！他現在意識到，自己是完全的主人。多年來，他一直負著一個重擔艱難前行……現在那個重擔沒了。他自由了。

他自由了，並做回自己。對約翰・克里斯托這個哈利大街上成功的專業人士而言，維若妮卡・克雷將毫無意義。如今所有的一切都已成為過去，過去因為那場衝突並未得到解決，而他一直屈辱地忍受著恐懼的折磨，恐懼他曾「逃跑」，所以維若妮卡的影像也就從未完全離開他。今晚，她從夢中走了出來，來到他的身邊。過去他接受了那個夢，現在，感謝上帝，他永遠從夢中釋放出來了。他回到了現在……現在是淩晨三點，他差點就把事情搞砸。

他和維若妮卡共處了三個小時。她就像一艘護衛艦般駛了進來，把他從那個圈子中隔離出去，並把他像戰利品般帶走了。他現在很想知道，究竟當時人們都是怎麼想的。

比方，吉妲會怎麼想？

還有荷立塔？（但他並不太在意荷立塔，他覺得自己可以在必要時向荷立塔解釋，但他永遠也無法向吉妲解釋。）

顯然，他不想失去任何東西。

在他一生中，他是個冒險犯難的男人。他為了病人、為了治療方法而冒險，因投資而冒險，但從未有荒誕不經的冒險，那種超出安全界線的冒險。

如果吉妲猜測……如果吉妲起了一絲懷疑……

她會嗎？他對吉妲真正了解多少？普通情況下，吉妲會相信白的是黑的，如果他這麼說的話。但對於諸如這樣的一件事……

當他尾隨著維若妮卡那高䠷、得意洋洋的身軀走出去時，他看起來像什麼？他的臉上寫著什麼？他們是否看到一張恍惚、害相思病的男孩的臉？或是他們只看到一個克盡禮節的男人？他不知道，他一點也不知道。

但他在擔心，為他生活中的安逸、秩序及安全擔心。他曾經瘋狂……十分瘋狂，他絕望地思索著，接著又在思索中找到了安慰。當然，沒有人會相信他曾那樣瘋狂過吧？

毫無疑問，每個人都躺在床上睡著了，客廳的落地窗半開著，是為他留的。他再一次抬頭看著那純潔沉睡著的房子。它看起來有些過於純潔了。

突然他嚇了一跳。他聽到——或是他想像自己聽到了——輕微的關門聲。

他猛地轉過頭。如果有人走到游泳池，從那兒尾隨著他……如果有人等著他並尾隨他回來，那麼那個人可能選擇了一條地勢高的小路，然後從花園的邊門回到房子裡，而當對方輕輕關上花園門時，可能會發出他聽到的那個聲響。

他猛地抬頭看著窗戶。窗簾有沒有動，或是被拉開以供某人向外張望，然後再放下窗簾？荷立塔的房間。

荷立塔！不是荷立塔，他的心在一陣突然地劇痛中狂呼。我不能失去荷立塔！

他突然想朝著她的窗戶扔一把卵石，對她大聲喊叫。

「出來，我親愛的愛人。現在出來，到我的身邊，和我一起散步，穿過樹林到沙夫爾高地，並在那兒傾聽……傾聽每一件關於我的事，這些事你也應當知道，如果你還不知道的話。」

他想對荷立塔說：「我要重新開始。從今天起，一種新生活開始了，那些在生活中破壞、阻礙我的東西消失了。今天下午你問我，我是否在逃避自己？你說對了，那就是我這麼多年來一直在做的事情。因為我向來不知道，究竟是勇氣還是懦弱帶我遠離了維若妮卡。我曾懼怕我自己，懼怕生活，懼怕你。」

如果現在他能叫醒荷立塔、要她和他一起出去，他們將穿過樹林，到一個他們可以一起觀看太陽從世界邊緣升起的地方。

「你瘋了。」他對自己說。他在顫抖，現在天氣很冷，畢竟是九月底了。「你究竟出了什麼問題？」他問自己。「你整晚都表現得相當瘋狂。如果在這種情況下你還能脫身，就算非常幸運了！」究竟吉妲會怎麼想，如果他整晚都待在外面？

關於這件事，安卡德家的人會怎麼認為？

但很快地，他不再為此煩惱。安卡德家的人好像都將露西・安卡德當成了標竿。對露西・安卡德來說，不尋常的事物總是顯得理所當然。

但是，很可惜，吉妲並不姓安卡德。

他將不得不處理吉妲的情緒，而且最好盡快進去處理。

倘若今天晚上跟蹤他的人正是吉妲呢？

別以為人們不會做這種事。身為醫生，他非常了解那些理想崇高、敏感、吹毛求疵、可敬的人經常這麼做。他們在門口偷聽，拆別人的信件，偵察著、窺探著……並不是因為他們贊同這種行為，而是因為在人類極度苦惱的絕對必然性之下，他們陷入了絕望。

可憐的人們，他想，可憐的受折磨的人們。約翰・克里斯托對於人們的痛苦了解很深。

他並不怎麼可憐那些脆弱的人，但他同情那些經常受苦的人。因為他知道，經常受苦的人是強者。

如果吉妲知道……

胡說八道，他對自己說，怎麼會是她呢？她早就上床並且很快入睡了。她毫無想像力，從來也沒有。

他從落地窗走了進去，打開一盞燈，關上並鎖住了那些窗戶。然後關燈，離開房間並找到大廳的電燈開關，迅速上了樓梯，再找到一個可以控制大廳燈光的開關。他在臥室的門前佇立片刻，他的手放在門把上，接著轉動它，走了進去。

房間裡一片黑暗，他能聽到吉妲均勻的呼吸聲。當他走進去關上門時，她動了一下，她的聲音飄了過來，模糊不清，帶著睡意。

「是你嗎，約翰？」

「是的。」

「還不算太晚吧？現在幾點了？」

他輕鬆地說：「我不知道。對不起，吵醒你了。我不得不和那個女人進去，並喝了點兒東西。」

他裝出厭倦並充滿睡意的聲音。

吉妲呢喃著：「哦？晚安，約翰。」

當她在床上翻身的時候，發出一聲沙沙聲。

很好！像平常一樣，他是幸運的。像平常一樣……這個想法立刻使他鎮定下來，他想到，他的幸運之神經常光顧！不時會有那樣的一刻，他屏息說：「如果這一切變糟了……」但事情從來都沒有變糟過！總有一天，可以肯定，他的運氣會改變的。

他迅速脫下衣服，爬上床。孩子的算命多古怪啊。「現在這張在你頭頂上的牌，是對你有控制力的人……」維若妮卡！她一直在控制著他。

「但再也不會了，我的女孩，」他帶著一種殘忍的滿足想著，「所有的那一切都結束了。我現在已經脫離你的掌控了！」

10

當約翰下樓時，已經是第二天早晨的十點鐘了。早飯在餐桌上，吉妲已經在床上用完送來的早餐，並且為此相當不安，因為她覺得也許自己正在「給別人添麻煩」。

「胡說八道。」約翰說。像安卡德夫婦這樣仍然雇用管家和傭人的家庭，給下人一些事情做是理所當然的。

他覺得這個早晨自己對吉妲非常溫和。所有那些最近使他煩躁不安、神經緊張的怒火，似乎都已漸漸平息並無影無蹤。

安卡德夫人告訴他，亨利爵士和愛德華出去射擊了。她自己正挽著一個園藝籃子，戴著一副園藝手套忙著。他留在那兒和她談了一會兒話，直到格傑恩用托盤端著一封信走近他。

「這是剛剛由專人送來的，先生。」

他微揚著眉毛，把它拿了過來。

是維若妮卡！

他踱進書房，拆開了信。

請於今天上午過來一趟。我必須見到你。

維若妮卡

和以前一樣專橫，他想。他很不想去。接著他又想，他還是應該去一趟做個了結。他立刻出發了。

他踏上了書房窗戶對面的那條路，經過游泳池。游泳池是一個中心，許多條小路從那裡向四面八方輻射出去：一條通向山上的樹林，一條通向房子那邊的花間小徑，一條直通農場，另一條則與他正走著的鄉間小路相通。沿著這條鄉間小路再走幾碼，就是那座名叫鴿舍的村舍。

維若妮卡正等著他。她從造作的半木建築的窗戶中對外喊：「進來吧，約翰。今天上午挺冷的。」

客廳裡生了一爐火，整個房間的家具都是米色的，配上淡淡的櫻草花圖案的坐墊。

今天上午他用一種品評的目光看她，他看到與他記憶中的女孩不同的東西，是昨天晚上他沒有發現的。

嚴格來說，她現在比以前更漂亮。她也更加清楚自己的美貌，並以各種方法愛護它、提高它。她的頭髮曾是金黃色的，現在則變成銀白色。她的眉毛也不同於以往，為她的表情增添了更多成熟感。

她一向不是那種腦袋空空的美女。他記得，維若妮卡曾被描述成當代「智慧型女演員」中的一個。她有大學學歷，對斯特林堡[11]和莎士比亞有自己的見解。

他現在明白那些過去覺得模模糊糊的事情了……她是一個相當自我主義的女人。維若妮卡習慣以自己的方式處理事情，在她那柔和美麗的肉體輪廓下，他似乎感覺到了一個醜惡堅定的決心。

「我派人送信給你，」當維若妮卡遞給他一盒香菸時，她說：「因為我們必須談一談，我們得做好安排。我的意思是，為了我們的將來。」

他拿了一根香菸並點燃它。接著他十分友好地說：「但我們有什麼將來嗎？」

她狠狠地瞪了他一眼。

「你是什麼意思，約翰？我們當然有將來。我們已經浪費了十五年的光陰，沒必要再浪費更多時間。」

11　斯特林堡（August Strindberg, 1849-1912），瑞典劇作家，被譽為世界現代戲劇之父。

他坐了下來。

「對不起，維若妮卡。但恐怕你把一切都誤解了。我曾經非常高興再見到你，但你我的生活沒有任何交集，我們的生活根本南轅北轍。」

「胡說八道，約翰。我愛你而且你也愛我，我們一直彼此相愛。你過去頑固得要命！但現在都不要緊了，我們的生活不會再起衝突了。我不是指回到美國去。當我完成這部片子之後，我將在倫敦演出一部舞台劇。我手上有一個很棒的劇本，那是埃德頓為我量身訂做的。這將會獲得一個極大的成功。」

「我相信會的。」他有禮貌地說。

「而你可以繼續當一名醫生，」她的聲音和善，充滿了降尊俯就的味道。「他們告訴我，你很有名。」

「我親愛的女孩，我結婚了，而且還有孩子。」

「我自己也結婚了，」維若妮卡說，「但所有的這些事情都很容易安排，一位好律師就能把事情搞定。」她對著他迷人地微笑著。「我一直想嫁給你，親愛的。我不明白為什麼對你的感情會如此強烈，但確實是這樣！」

「對不起，維若妮卡，但不會有什麼好律師去解決任何事情的，你我的生活毫不相干。」

「不是昨晚之後才不相干的吧？」

「你不是小孩子了，維若妮卡。你有過好幾任丈夫，還有很多情人。昨晚實際上發生了些什麼？什麼也沒有，你應該很清楚。」

「哦，我親愛的約翰。」她仍然笑著。「你真該看看自己那張臉……在那個空氣不流通的客廳裡！你一定是又回到了聖米格爾。」

約翰嘆了口氣。他說：「我是回到了聖米格爾。但請你試著了解，維若妮卡，你從過去走了出來，來到我身邊。昨天晚上，我也沉浸在過去，但是今天完全不同了。我是一個比過去年長了十五歲的男人，一個你甚至不了解的男人……而且我敢斷定你不會喜歡這個人，如果你真的有所了解。」

「你喜歡你的妻子和孩子更甚於我嗎？」

她真的吃了一驚。

「你也許覺得很奇怪，但確實如此。」

「胡說八道，約翰，你愛我。」

「對不起，維若妮卡。」

她不相信地說：「難道你不愛我嗎？」

「我們最好把這些事情都說清楚。你是個出眾的美女，維若妮卡，但我並不愛你。」

她靜靜地坐在那兒，像是一尊蠟像。她的這種沉默讓他有點不舒服。

當她再次開口時，那惡毒的口氣讓他很震驚。

「她是誰？」

「她？你指的是誰？」

「昨天晚上站在壁爐台邊的那個女人！」

荷立塔！他想。究意她是怎麼盯上荷立塔的？他大聲說：「你在說誰，米琪．哈卡索？」

「米琪？那個方臉、棕黑色皮膚的女孩，是嗎？不，我指的不是她，而且也不是你的妻子。我指的是那個斜倚著壁爐台的傲慢魔鬼！正是因為她，你才拒絕我！哦，別假裝對你的妻子兒女遵守道德原則了。是那個女人！」

她站起身，走向他。

「難道你不明白嗎，約翰，自從十八個月前回到英格蘭，我一直都在想著你。我為什麼要來這個愚蠢的地方？只因為我發現你常常來這裡和安卡德夫婦共度週末！」

「所以，昨天晚上的一切都是計畫好的，維若妮卡？」

「你屬於我，約翰。你一直屬於我！」

「我不屬於任何人，維若妮卡。難道生活的歷練還沒有教會你嗎？你不能擁有他人的肉體和靈魂！當我還是年輕人的時候，我愛你，我想讓你一起來分享我的生活。你不願意這麼做！」

「我的生活和事業比你的重要多了。誰都可以當醫生！」

他有點發火了。

「你真的像你自己所以為的那樣出色嗎？」

「你的意思是說，我還沒有攀登事業的巔峰？我會的！我會的！」

約翰．克里斯托帶著一陣突然湧上的冷靜看著她。

「我認為你不會，你知道，你缺乏一種東西，維若妮卡，你有的只是攫取和搶奪，少了真正的寬宏大度……我認為你缺乏的就是這個。」

維若妮卡站起身，用一種平靜的聲音說：「十五年前你拒絕了我，今天你又一次拒絕了我，我要你為此抱憾。」

約翰站起來，走向門口。

「對不起，維若妮卡，如果我傷害了你。你非常可愛，親愛的，我曾經非常愛你，難道我們不能就這樣算了嗎？」

「再見，約翰，我們不會就這樣算了。我想……我恨你的程度遠超過世上其他人。」

他聳了聳肩。

「對不起。再見。」

約翰緩緩穿過樹林走了回去。當他走到游泳池邊時，坐在那兒的一條長凳上。他絲毫不後悔自己對待維若妮卡的態度。維若妮卡，他冷靜地想，她是一件相當差勁的上帝造物，他做過最棒的一件事，就是及時清除了她。上帝明鑑，如果他沒這麼做，現在他會變成怎樣？

而且正是不再被過去所束縛，他才有那種展開新生活的感覺。在過去的一兩年中，那些昔日的感情糾葛使他過得極為艱難。可憐的吉妲，一直用她的無私和持久的熱情來取悅他。

以後他要對她好一點。

或許他不該再試圖逼迫荷立塔……沒有誰可以真的逼迫她，她天生就是不吃那套的人。當風暴停在她的頭頂上，她就只是站在那兒，沉思著，眼睛從很遠的地方看著你。

他想：「我要去告訴荷立塔。」

他被某種細小、意料外的聲響所驚動，於是機警地抬起頭來。遠處的森林裡有槍聲，林地裡有小鳥的啁啾聲，以及樹葉輕微憂鬱墜落的細小聲響……但這是另一種聲響，一種非常微弱、快速的喀噠聲。

突然間，約翰敏銳地覺察到危險。他在那兒坐了多久？半個小時？還是一個小時？有人在監視他。

那個喀噠聲是……當然是……

他猛地轉過身，就一個大男人來說，他的反應算是非常迅速，但還是不夠快。他的眼睛因為驚奇而瞪大，卻來不及喊出聲。

槍聲響了，他笨拙地倒了下去，四肢攤開，趴倒在游泳池的邊上。

一團深色汙漬從他身體的左邊湧出，並慢慢地滴落在游泳池邊上，紅色的血液流進了藍色的池水中。

11

赫丘勒．白羅輕輕地彈掉皮鞋上的最後一粒灰塵。他為中午的宴會精心地穿戴打扮一番，並對結果很滿意。

他相當清楚在英格蘭的鄉間生活中，星期六該穿那種衣服，但他不打算順從英國人的服飾觀。他喜歡自己那套都市的時髦標準。他不是一個英國的鄉紳，他是赫丘勒．白羅！

他並不真的喜歡鄉間，他坦白承認了這一點。他說服自己接受了週末度假的村舍——他的眾多友人都曾極力讚揚——並且買下憩齋。雖然他唯一喜歡憩齋的地方只是它的形狀，方方正正就像個盒子。他不在意周圍的風景，雖然他知道這裡被視為一處風景區。然而，他對這裡過於狂野和不對稱的風格毫無興趣。無論何時，他都不太注意樹木……它們有那種掉葉子的邋遢習慣。他能忍受白楊樹，也不討厭一種智利松，然而這些茂盛繁多的山毛櫸和橡樹還是讓他留了下來。這樣的風景最適宜在天氣晴朗的下午坐在車裡欣賞，並驚嘆道：「多美的風景啊！」然後就開車回到一家不錯的旅館。

他認為憩齋最好的東西，就是他的比利時園丁維克多設計的一排排精巧小菜園，外加法蘭西絲……維克多的妻子，悉心照顧他的一日三餐。

赫丘勒·白羅穿過大門，嘆了口氣，再一次低頭看了看他那閃閃發光的黑皮鞋，調整一下他那頂淡灰色的高級氈帽，又前前後後看了看路。

對於鴿舍的外觀，他微微顫動了一下。鴿舍和憩齋是兩家敵對的營造商建的，兩家建商進一步的事業發展，被一個國際信託公司敏捷地制止了，目的是為了保護鄉村地區的美景。這兩棟房子代表兩種不同流派的風格。憩齋是個有屋頂的盒子，外觀相當現代，有點單調。鴿舍則為半木結構的大雜燴，像是一個舊世界被塞進一個極小的空間裡。

赫丘勒·白羅對於該如何去空幻莊園躊躇了好一會兒。他知道，比那條鄉間小路稍高一點的地方，有一個小門和一條小路。這條非正式的捷徑比從大路繞道而行要近上半英里。即便如此，赫丘勒·白羅，一個嚴守禮節者，還是決定走那條遠路，繞個圈子，然後符合禮儀地從正門接近那棟房子。

這是他首度拜訪亨利爵士和安卡德夫人。他認為一個人不應該未受邀請就抄近路，尤其當拜訪的對象在社會上頗具分量時。他不得不承認，自己很高興受到他們的邀請。

「Je suis un peu snob[12]。」他自己嘀咕著。

他的腦海中還留著在巴格達時對安卡德夫婦的美好印象，尤其是安卡德夫人。「Une

originale[13]！」他在心中暗忖。

他估算好從大路步行到空幻莊園所需的時間。當他按響前門的門鈴時，剛好是差一分鐘一點。他很高興已經到了，並感覺有點疲勞。他不喜歡走路。

開門的是氣宇不凡的格傑恩，白羅很欣賞他。然而，他的接待令白羅大失所望。

「夫人在游泳池邊的涼篷裡，先生。請往這邊走？」

英國人熱愛坐在室外的熱情使赫丘勒・白羅感到不快。儘管一個人不得不在夏天的高溫下忍受這種怪念頭，白羅想，但在九月底的情況就不同了。當然了，天氣還算溫和，卻有秋天特殊的潮溼感，如果被引入一個舒適、壁爐裡還生著火的客廳裡，該會讓人多麼愉快！但並非如此，他被領著走出落地窗，穿過一個草地斜坡，途經岩石假山，接著通過一個小門，沿著一條兩側地植滿幼小栗樹的小路向前走。

安卡德夫婦習慣邀請客人一點鐘到。在晴朗的日子，他們就在游泳池邊的小涼篷裡喝點雞尾酒和雪利酒。午餐時間訂在一點半，這時，即使最不守時的客人也該趕到了，而這也可讓安卡德夫人出色的廚師不用手忙腳亂，就可以上蛋奶酥及類似需要精確計時的珍饈美味。

12 法語，意思是「我有一點兒附庸風雅」。

13 法語，意思是「真是特立獨行」。

對赫丘勒．白羅來說，這種安排實在不怎麼樣。

「片刻之後，」他想，「我將會回到剛才抵達的地方。」

他的腳愈來愈乏力了，只能盡力跟上格傑恩那高大的身軀。

就在那時，他聽到他前面傳來的一聲輕微的哭喊。在某種程度上，這又增加了他的不愉快。這個聲音是不和諧的，是以某種不恰當的方式發出的。他沒有為它分類，也沒有真正去細想。當他後來想起這件事時，他回想不起來究竟這個聲音傳達的是哪種感情。沮喪？驚奇？還是恐懼？無庸置疑，他只能斷定它表明了一種出乎意料的情感。

格傑恩從栗樹林中走了出來。他正禮貌地站在一邊，好讓白羅通過，同時清了清嗓子，準備用恭順而尊敬的語調說出：「白羅先生到了，夫人。」突然，他的靈活僵住了。他大口喘息著，這可不是一個管家應該發出的聲音。

赫丘勒．白羅邁步出來，踏上游泳池四周的曠地。他也立刻僵直了，但帶著幾分不悅。

這太過分了，真的是太過分了！他從來沒想到安卡德夫婦會這麼俗氣。自己先是在路上長途跋涉，接著在房子前感到失望，現在又是這個！英國人的幽默感真是不合時宜啊！

他感到憤怒並且厭倦，哦，非常厭倦。死亡對他來說並不好玩。但在這裡，他們竟以玩笑的方式，為他安排好了預先準備的一幕。

因為他看到一個非常虛假的謀殺現場。屍體在游泳池邊上，做作地被擺成手臂攤開的樣子，甚至還有一些紅色顏料，正慢慢地從混凝土的池邊滴入游泳池內。這是一具引人注目的屍體，死者是一名英俊的金髮男人。站在軀體旁邊的，是一名手裡拿著一把左輪手槍的女人。她是個身材矮小、體格健壯的中年婦女，帶著一種古怪而茫然的表情。

旁邊還有三名演員。游泳池邊過去一點，有個身材很高的年輕女人，她深褐的髮色正好和秋天的樹葉十分相配，她手中有一個裝滿大理花的籃子。再遠一點是一個男人，一個高大但不引人注目的男人，他身著射擊服，揹了一枝槍。站在他左邊的，是個手提一滿籃雞蛋的主婦——安卡德夫人。

赫丘勒．白羅發現有好幾條不同的路在游泳池匯合成一點，而這些人是分別從不同的路到達這兒的。

這裡的一切想必都經過精心計算，全是刻意安排的。

他嘆了口氣。他們希望他做些什麼呢？他要假裝相信這個「案子」嗎？他要表現出驚慌嗎？或者他應該深深鞠個躬，祝賀他的女主人：「啊，這實在很精采，你在這兒為我安排了些什麼？」

的確，這整件事都非常愚蠢，一點兒也不脫俗！難道就像維多利亞女皇曾說過「我們不覺得有趣」嗎？他很想說出同樣的話：「我，赫丘勒．白羅，不覺得有趣。」

安卡德夫人走向那具屍體。他緊隨其後，感覺到格傑恩仍跟在他身後艱難地喘息著。

「他沒有參與這項祕密行動。」赫丘勒．白羅心中暗想。其餘兩人也從游泳池的另一邊加入他們。他們現在都非常用心，向下看著游泳池畔那具引人注目、四肢攤開的軀體。

突然間，伴隨著一陣極度的震驚，一種仿若影片對好焦距前，螢幕上模糊一片的感覺，赫丘勒・白羅意識到這個人為的虛假場景中有一點是真實。

因為他所看到的如果不是一個死人，至少也是個垂死的人。

流下混凝土池邊的也不是紅色顏料，而是真正的血。這個人被槍擊中了，而且就在不久之前。

他向那個站在原地、手裡拿著左輪手槍的女人投以迅速的一瞥。她的臉沒有任何表情，看上去很茫然，而且相當愚蠢。

「奇怪。」他想。

她在開槍時已經耗盡了所有的感情和激情了嗎？他感到疑惑。現在她所有的情感都用光了，除了一副空蕩蕩的軀殼之外一無所有了嗎？也許吧，他想。

接著他低頭看了看那個中槍的男人，並且吃了一驚，因為那個垂死男人的眼睛睜開了。那是一雙湛藍的眼睛，含有一種白羅讀不懂的表情，但他告訴自己，那是一種極度的覺醒。

白羅突然有一種感覺，似乎在這群人當中只有一人是真正活著……就是那個正在彌留之際的男人。

白羅從未感受過如此生動且旺盛的生命力。相形之下，其他人只是蒼白模糊的影像，像是一場相隔甚遠的舞台上的演員，但這個男人是真實的。

約翰・克里斯托張開嘴巴說話了，他的聲音有力、鎮靜並且急迫。

「荷立塔……」他說。

接著他的眼瞼就闔上了，頭猛地歪向一邊。

赫丘勒·白羅跪了下去，在確認之後站起身，機械地撣去褲子膝蓋上的塵土。

「是的，」他說，「他死了。」

§

畫面破碎了，搖動著，又重新聚焦。眼前如今是個人的種種反應……各種瑣屑的事情。

白羅感到自己就像一種放大了的眼睛和耳朵……在錄製現場實況。僅此而已，在錄製。

他知道安卡德夫人的手從籃子上鬆開了，格傑恩跳向前去，迅速從她手中接過籃子。

「請交給我，夫人。」

安卡德夫人機械性地、十分自然地喃喃道：「謝謝你，格傑恩。」

接著，她躊躇地說：「吉妲……」

那個握著左輪手槍的女人首度動了一下，她環顧四周，看著他們所有的人。當她講話時，她的聲音中似乎帶著純粹的迷惑。

「約翰死了，」她說，「約翰死了。」

帶著一種突然冒出的權威，那個高個子、有著樹葉般褐色頭髮的年輕女子快速走向她。

「把那個給我，吉妲。」她說。

在白羅沒來得及抗議或干涉之前，她靈巧地從吉妲．克里斯托的手中拿走左輪手槍。

白羅快步向前。

「你不能那樣做，小姐……」

那個年輕女子聽到他的話之後，緊張地嚇了一跳，那把左輪手槍便從她的手指中滑落了。當時她正站在游泳池邊上，於是那把左輪手槍在跌落時濺起了一片水花，然後就竄入水中了。

她的嘴唇張著，吐出一聲滿帶驚恐之情的「哦」，轉過頭抱歉地看著白羅。

「我真是個傻瓜，」她說，「對不起。」

白羅片刻之間沒有說話。他注視著那雙清澈的紅褐色眼睛，它們十分鎮靜地對視著他，使他懷疑自己剛才片刻間的想法是否正確。

他平靜地說：「應該盡量少動這些東西。每樣東西都該保持原貌，直到警察來勘驗。」

接著冒出一陣小小的騷動……十分微弱，只是一圈不安的漣漪。

安卡德夫人厭惡地嘀咕著：「當然。我想……是的，警察……」

帶著一種平靜悅耳卻略帶厭惡情緒的聲音，那個身著射擊服的男人說：「恐怕這是不可避免的，露西。」

在片刻的沉默和了解當中，遠處傳來腳步聲和嗓音，毫無疑問地，這是輕快的腳步和愉快的且不和諧的嗓音。

沿著房子前面的那條小路，亨利．安卡德爵士和米琪．哈卡索走了過來，他們在一起說著、笑著。

看到圍著游泳池的人群，亨利爵士突然停下腳步，驚愕地叫道：「出了什麼事？發生什麼事了？」

他的妻子回答道：「吉妲……」她猛地打住。「我的意思是，約翰已經……」

吉妲用她那單調困惑的聲音說：「約翰被槍殺了，他已經死了。」

他們都望著她，感到困窘。

接著安卡德夫人迅速地說：「我親愛的，我認為你最好回去並且……並且躺下。也許我們最好都回屋裡去？亨利，你和白羅先生可以留在這兒……等候警察。」

「我想，這樣的安排再好不過了，」亨利爵士說。他轉向格傑恩，說：「你能打個電話給警察局嗎，格傑恩？確切敘述一下剛才發生的事。當警察到達後，把他們直接領到這兒。」

格傑恩略微點了一下頭說：「是，亨利爵士。」他看上去有點兒害怕，但他仍然是最完美的傭人。

那個高個子年輕女子說：「來吧，吉妲。」

她挽起吉妲的手臂，領著毫不抗拒的她離開了，順著小路走向房子，吉妲就像在夢遊似的。格傑恩向後退了一點兒，讓她們通過，然後挽著一籃雞蛋跟在後面。

亨利爵士猛地轉向他的妻子。

「露西，這一切是怎麼回事？到底發生了什麼？」

安卡德夫人茫然地攤開雙手，一個可愛無助的姿勢。赫丘勒．白羅感受到它的魅力和辯解。

「我親愛的，我根本不知道。我和母雞們待在一起，然後聽到一聲似乎很近的槍聲，但我並沒有聯想到任何事情。畢竟，」她向他們解釋道，「誰會這樣做接著我沿著小路來到游泳池，就看到約翰躺在那兒，吉妲拿著左輪手槍站在他旁邊。荷立塔和愛德華幾乎同時趕到……從那邊。」

她向游泳池較遠的那一邊點點頭，那兒有兩條穿過樹林的小路。

赫丘勒．白羅清了清嗓子。

「他們是誰，約翰和吉妲？如果我可以知道的話。」他抱歉地加了一句。

「哦，當然。」安卡德夫人帶著歉意轉向他。「約翰是約翰．克里斯托醫生。吉妲．克里斯托是他的妻子。」

「那個和克里斯托夫人一起走進房子的女士呢？」

「我的表妹，荷立塔．薩弗納克。」

白羅左邊的那個男人極其輕微地動了動。

「荷立塔．薩弗納克，」白羅心想，「他不願她說出來，但這畢竟是我該了解的……」

（「荷立塔……」那個垂死的男人曾說。他曾以一種極其古怪的方式說話，讓白羅想起某種東西、某個事件……那是什麼？無論是什麼，他會再想起來的。）

安卡德夫人正在繼續說話，決心完成她的社交職責。

「這是我們另一個表弟，愛德華．安卡德。還有哈卡索小姐。」

白羅聆聽這些介紹時，禮貌地鞠躬致意。米琪突然很想歇斯底里地大笑，但她努力控制住自己。

「現在，我親愛的，」亨利爵士說，「我認為就像你建議的那樣，你最好回到屋子裡去。我將和白羅先生在這兒談一談。」

安卡德夫人若有所思地看著他們。

「我真的希望，」她說，「吉妲已經躺下休息了。那是正確的建議嗎？我真的想不出該說些什麼。我的意思是，沒有任何先例可循。對一個射殺自己丈夫的女人該說些什麼呢？」

她望著他們，似乎希望他們對她的問題會有某種權威性的答案。

接著她順著那條路走去。米琪尾隨著她，愛德華殿後。

白羅隨著男主人離開了。

亨利爵士清了清嗓子，他似乎有點兒不確定該說什麼。

「克里斯托，」最後他說道，「是個非常能幹的傢伙……非常能幹。」

白羅的眼睛再次停留在那個死去的男人身上。他仍然有著那種古怪的印象，覺得那個死去的男人比活著的人更具有生命力。
他感到奇怪，究竟是什麼給了他這種印象。
他禮貌地對亨利爵士的話做出回應。
「像這樣的悲劇真是不幸。」他說。
「這類事情你比我在行，」亨利爵士說，「我從沒想到我會和謀殺犯離得這麼近。我希望到目前為止我沒做錯什麼事？」
「程序非常正確，」白羅說，「你叫了警察，在他們到達並接管這兒之前，我們沒有任何事可做……除了確保沒人移動屍體和擅自亂動證據之外。」
當他說出最後一個字之後，他向下望著游泳池。他能看到那把左輪手槍正躺在混凝土的池底，被藍色的池水微微觸動。
這項證據，他想，也許在他能夠阻止之前，已經被擅自亂動了。
不……那只是一個意外。
亨利爵士厭惡地嘀咕著：「我們不得不站在池邊嗎？有一點兒寒意。我想如果我們到涼篷裡，應該無妨吧？」
白羅已經感受到腳底的溼氣和發抖的感覺，於是高興地同意了。涼篷坐落在游泳池畔離房子最遠的一邊，通過它敞開的門，他們可以俯視游泳池及屍體，還有那條通向房子的小徑，那是稍後警察走過來的路。

涼篷裡豪華地布置著有靠背及扶手的舒適長椅，以及色彩繽紛的本地地毯。在上了漆的鐵茶几上，一個托盤裡放置著幾個玻璃杯和一瓶雪利酒。

「我很想請你喝一杯，」亨利爵士說，「但在警察到來之前，我想我最好還是不要動任何東西……我想這兒沒有任何東西會使他們感興趣。但為了保險起見，最好還是不要動吧。格傑恩還沒拿雞尾酒過來，我看他正在等你大駕光臨呢。」

他們兩個相當小心地坐在靠近門的兩張柳條椅裡，這樣他們就能夠看到通向屋子的那條小路了。

有種拘束感瀰漫在他們之間。這是一個很難進行任何談話的場合。

白羅環視涼篷內，注意是否有任何不尋常、能吸引他的東西。一條昂貴的白狐披肩不經意地搭在其中一把椅子的靠背上。他想知道那是誰的。它那種招搖的富麗堂皇，和他到目前為止看到的任何一個人都不搭調。例如，他無法想像它環繞在安卡德夫人的肩頭上。

這條披肩困擾著他。它散發出一種炫富和自我標榜的混合氣息，而這些特徵是他迄今為止見過的任何人都缺乏的。

「我想我們可以抽菸。」亨利爵士說，將他的菸盒遞向白羅。

在拿菸之前，白羅嗅了嗅周遭空氣。

法國香水……一種昂貴的法國香水。

它只留下了一絲餘韻，但確實存在空氣中，而且就他記憶所及，這種香味和空幻莊園裡的任何一個人都聯想不上。

白羅側身向前，用亨利爵士的打火機點菸時，他的目光落在一小堆火柴盒上……一共是六盒，就放在靠近一張長椅的一個小茶几上。

這個小細節著實令他覺得很奇怪。

12

「兩點半。」安卡德夫人說。

她待在客廳和米琪、愛德華一起。從亨利爵士書房那緊閉的門後，傳來了小小的嘀咕聲。赫丘勒・白羅、亨利爵士和格蘭奇探長在裡面。

安卡德夫人嘆息道：「你知道的，米琪，我仍然覺得一個人應該吃點什麼當午餐。當然，現在不太適合圍坐在桌邊，假裝什麼事都沒發生過。但畢竟白羅先生是受邀來用餐的……而且也許他已經餓了。可憐的約翰・克里斯托被殺這件事對他來說，不可能讓他像我們一樣煩惱不安。我自己並不想吃東西，可是我必須說，亨利和愛德華整個上午都在外邊射擊，現在一定餓極了。」

愛德華・安卡德說：「別為我擔心，露西，親愛的。」

「你總是很會體諒別人，愛德華。還有大衛……我注意到他昨天在晚宴吃了很多東西，聰明的人似乎需要大量食物。順便問一下，大衛在哪兒？」

「他上樓回自己的房間了，」米琪說，「當他聽說發生不幸的事件之後。」

「是的……嗯，他相當聰明。我敢斷言，這使他感到侷促不安。當然，無論怎麼說，謀殺案都是令人不安的。它讓傭人們心煩意亂，打亂了正常的生活步調，我們午餐本來準備吃鴨子的……好在鴨肉冷了吃起來也十分美味。應該為吉妲做些什麼，你認為呢？在碟子上放一些點心？也許一點濃湯？」

「的確，」米琪想，「露西好殘忍！」伴隨著一陣疑惑，她思考著，也許是因為露西太有人性，才會讓別人如此震驚！難道這不是一個很單純的事實嗎……所有的災難都被細小豐富的疑惑和猜測所包圍，露西只不過說出了大家不敢承認的想法而已。大家確實想到了傭人們，並且為飯菜擔心，大家甚至覺得餓了。她自己就在那一刻感到飢餓，同時還相當噁心。一種古怪的混合。

毫無疑問，存在彼此之間的是一種普遍的尷尬，不知該如何反應。就在昨天，人們提到她時還稱呼她為「可憐的吉妲」，表現出一種憐憫之情；而現在，可能不久之後，她就必須站在被告席上被指控謀殺。

「這種事會發生在別人身上，」米琪想，「但絕不可能發生在我們身上。」

她的目光穿過屋子注視著愛德華。「這種事不應該，」她想，「發生在像愛德華這樣的人身上，他是這麼反對暴力的人。」看著愛德華，令她頗感安慰。愛德華是如此安靜、如此理智、如此平和並且鎮定。

格傑恩走了進來，令人信賴地低下身子，以一種合宜的低調聲音說：「我已經在客廳擺了一些三明治和咖啡，夫人。」

「哦，謝謝你，格傑恩！」

「的確，」當格傑恩離開房間後，安卡德夫人說，「格傑恩表現得非常出色，少了他，我真不知道該如何是好，他總是知道該做些什麼事。一些扎實的三明治就像午餐一樣……這無所謂無情，如果你懂我的意思！」

「哦，露西，的確如此。」

米琪突然感覺到溫暖的淚珠淌下了她的臉頰。安卡德夫人看起來很驚奇，嘀咕著：「可憐的寶貝，這種事對你來說太沉重了。」

愛德華穿過屋子來到沙發前，他坐在米琪身邊，用胳臂環繞著她。

「別擔心，小米琪。」他說。

米琪將臉埋在他的肩膀裡，在他懷裡舒服地抽泣著。她憶起了某個在安斯威克的復活節假期，那時她的兔子死了，愛德華對她是那麼的好。

愛德華溫柔地說：「只是受驚了而已。我能幫她拿一些白蘭地嗎，露西？」

「在客廳的櫥櫃裡。我不認為……」

當荷立塔走進屋子時，她打住了。米琪站起身。她感覺到愛德華的身體挺直了，並且一動不動地坐著。

米琪想，荷立塔會有什麼樣的感覺呢？她不太想去看她的表姐，有什麼好看的。如果荷立塔看上去有什麼異樣，就是她像處於交戰狀態。她進來時高揚著下巴，氣色不錯，帶著某種機敏。

「哦，你在這兒，荷立塔，」安卡德夫人叫道，「我一直很疑惑，警察正和亨利與白羅先生在一起，你給了吉妲什麼？白蘭地嗎？還是茶和阿斯匹靈？」

「我給了她一點白蘭地……還有一個熱水袋。」

「很對，」安卡德夫人讚許道，「那是在急救課學的，我的意思是，他們說熱水瓶對於受驚是有用的，而不該是白蘭地。如今人們對刺激品的觀感不佳，但我認為那只是一種風尚。當我在安斯威克時還是個女孩，我們總是用白蘭地壓驚。我想即使吉妲不完全是受驚……我真的不知道，一個人殺了她的丈夫後會有什麼感覺……這是人們無法想像的事。但這不會只是一場驚嚇而已，我的意思是，其中並沒有任何震驚可言。」

荷立塔的聲音冷冰冰的，刺破了寧靜的氣氛。

她說：「為什麼你們所有人都這麼肯定是吉妲殺了約翰？」

大家沉默了片刻，米琪感受到一種奇怪的氛圍變化。那裡面有困惑、緊張，還有一種遲鈍的警覺。

然後安卡德夫人開口了，她的聲音盡量不帶情緒。

「這似乎是……不言可喻，擺明了嘛。你有什麼其他看法嗎？」

「難道不可能是吉妲走到游泳池邊，發現約翰躺在那兒，於是她撿起了那把左輪手槍，而我們正好來到現場？」

又是一陣沉默。

接著安卡德夫人問：「吉妲是這麼說的嗎？」

「是的。」荷立塔說。

這可不是一句簡單的認同，它的後面有股巨大的力量，就像左輪手槍發出的槍響一樣。

安卡德夫人揚起眉毛，說了些明顯毫不相干的話。

「客廳裡有三明治和咖啡。」

當吉妲．克里斯托從敞開的屋門走進來的時候，安卡德夫人中斷了講話，微微喘了口氣。吉妲匆忙而抱歉地說：「我……我真的覺得我不能再躺下去了，特別是當一個人如此極度不安的時候。」

安卡德夫人叫道：「你必須坐下……你必須立刻坐下。」

她把米琪從沙發上移走，將吉妲安置在那兒，在她的後背放了一個靠墊。

「你這可憐的寶貝。」安卡德夫人說。

她說話的時候特別加重了語氣，但這些話似乎沒有任何意義。

愛德華走到窗前，站在那兒向外張望。

吉妲將淩亂的頭髮從額前攏了回去，她用一種憂慮困惑的語調說：「我……我真的是才開始意識到這個事實。你們知道，我一直不能感覺……我仍然不能感覺到……這是真的……約翰……死了。」她開始有點發抖。「是誰殺了他？可能是誰殺了他？」

安卡德夫人深吸了一口氣，接著她猛地轉過頭。亨利爵士打開房門，走了出來。陪在他身邊的是格蘭奇探長，他是個塊頭很大、體格厚實的男人，長著一撇下垂、陰鬱的小鬍子。

「格蘭奇探長，這是我妻子。」

格蘭奇鞠了躬，並說：「我想，安卡德夫人，我是否能和克里斯托夫人說幾句話……」

當安卡德夫人指著坐在沙發上的人之後，他便打住不說了。

「你是克里斯托夫人嗎？」

吉妲熱切地說：「是的，我是克里斯托夫人。」

「我不願讓你難過，克里斯托夫人，但我想問幾個問題。當然了，你可以要求律師在場，如果你願意的話……」

亨利爵士插了一句：「這有時是明智的，吉妲……」

她打斷了他的話：「律師？為什麼要有律師？為什麼律師會知道有關約翰死去的事情？」

格蘭奇探長咳了一下。亨利爵士似乎想說些什麼。荷立塔插話道：「探長只是想知道今天上午發生的事情。」

吉妲轉向他。她用一種疑惑的口氣說：「這一切似乎就像一場噩夢般不真實，我……我叫不出聲，也不能做任何事，我只是什麼都感覺不到。」

格蘭奇平靜地說：「那是因為震驚，克里斯托夫人。」

「是的，是的，我想是的。但你知道，這是多麼突發的狀況。我從房子裡出來，沿著那條通向游泳池的小路……」

「在什麼時候，克里斯托夫人？」

「當時剛好在一點鐘前……大約差兩分一點。我知道時間，因為我看了時鐘。當我到達那裡時……約翰躺在地上……血在混凝土的池邊上流淌。」

「你聽到槍響了嗎，克里斯托夫人？」

「是的……不，我不知道。我知道亨利爵士和愛德華在外頭射擊。我……我只是看到約翰……」

「如何呢，克里斯托夫人？」

「約翰……還有血和一把左輪手槍。我撿起了左輪手槍……」

「為什麼？」

「對不起，能再說一遍嗎？」

「你為什麼要拾起左輪手槍，克里斯托夫人？」

「我……我不知道。」

「你不該碰它的，你知道。」

「我不該嗎？」吉妲顯得很茫然，臉上一片空白。「但我這樣做了，將它握在手中。」

她低頭看了看自己的手，好像她正在幻想中看到自己握著左輪手槍。

她猛地轉向探長，聲音突然尖銳且痛苦。

「誰殺了約翰？沒人想殺他。他是……他是最好的人，那麼和善、那麼無私……他做的每一件事都是為了別人。每個人都愛他，探長先生。他是個極為出色的醫生，也是最和氣的丈夫。這一定是一場意外……這一定是，一定是！」

她朝屋內甩了甩手。

「去問任何人，探長先生。沒人想殺約翰，可不是嗎？」

她向他們每一個人求助。

格蘭奇探長闔上他的記事薄。

「謝謝你，克里斯托夫人，」他用絲毫不帶感情的聲音說，「暫時就到此為止。」

赫丘勒・白羅和格蘭奇探長一起穿過栗樹林來到游泳池。那個曾經叫作約翰・克里斯托的軀體，如今只是一具屍體，已經被警察局的法醫拍照、測量、記錄、檢查，並且運到停屍間了。白羅想，這個游泳池看起來有一種古怪的純潔。今天的每一件事，他想，都是奇怪、不安定的，除了約翰・克里斯托……他不是不安定，即使死了之後，他也是有目的和客觀的。這座游泳池現在已經不再卓越頂尖，而是約翰・克里斯托的屍體曾經躺過的地方，就在這裡，他身體中的鮮血曾緩緩地流出，從混凝土的池邊滴入人工的藍色池水。

人工的……白羅立刻緊緊抓住這個詞。是的，關於這件事，當中有一些人為的東西。就好像……

一個身穿游泳衣的男人走向探長。

「這是那把左輪手槍，長官。」他說。

格蘭奇極為小心地接過那把還在滴水的槍。

「現在不可能查到指紋了，」他說，「幸運的是，在這樁案子裡這並不重要。當你趕到時，克里斯托夫人手裡確實握著左輪手槍，不是嗎，白羅先生？」

「是的。」

「接下來是鑑定左輪手槍，」格蘭奇說，「我想，亨利爵士能為我們做這件事。她是從他的書房裡拿出來的，我能斷定。」

他對游泳池投以一個環視的目光。

「現在，讓我們再釐清一下。那條低於游泳池的小路通往農場，這是安卡德夫人走過來的路徑。另外兩個人，愛德華．安卡德先生和薩弗納克小姐，是從樹林來的，但不是一起走。他走的是左邊的路，而她走的則是右邊那條通向房子那邊花間小徑的路。當你抵達的時候，他們都站在游泳池較遠的一邊？」

「是的。」

「另外這邊的這條路，在涼篷旁邊，通向波德巷。好吧，我們就走這條。」

當他們走在路上時，格蘭奇說著話，沒有一絲興奮，只有理解和平靜的悲觀主義。

「這些案子向來不是很相似。」他說，「去年有一樁，在阿胥里奇附近。有個退休軍人，戰功彪炳。他的妻子和善文靜，是很傳統的那種婦女，六十五歲，灰髮……相當漂亮的波浪頭。她做很多園藝工作。一天，她走進他的房間，取出他服役時的左輪手槍，然後來到花園朝他開槍。就這樣！這背後有很多故事，當然啦，人們不得不去挖掘。有時他們會想像出一個有關流浪漢的愚蠢故事！我們暫且假裝接受這個假設，當然，在進行調查時必須保持鎮靜，但我們明白事情是怎麼回事。」

「你的意思是，」白羅說，「你已經斷定是克里斯托夫人向他的丈夫開槍的？」

格蘭奇詫異地看了他一眼。

「那麼，難道你不這樣認為嗎？」

白羅緩緩地說：「事情很可能就照她所說的那樣發生了。」

格蘭奇探長聳了聳肩。

「事情可能如何如何，是的，但這是那種一眼即能看穿的說辭。他們都認為是她殺死他的！他們知道一些我們不知道的事情。」他奇怪地看著他的同伴。「當你到達現場時，你就一直認為是她幹的？不是嗎？」

白羅半閉上眼睛。沿著那條小路而來……格傑恩邁步前行……吉妲．克里斯托站在他丈夫身邊，手裡握著左輪手槍，她臉上的神色一片空白。是的，正如格蘭奇所說，他曾經以為是她幹的……曾經以為，至少，那是他原本得到的印象。

是的，但這並不是那麼一回事。

一幕好戲登場了……預謀欺騙。

吉妲・克里斯托看起來像是一個剛槍殺了丈夫的女人嗎？這是格蘭奇探長想知道的。伴隨著一陣突然升起的驚奇，赫丘勒・白羅意識到，在他漫長處理暴力事件的經歷中，他從未親身和一個剛殺死丈夫的女人面對面地相遇過。一個女人在這樣的境況下看起來會如何呢？慶賀的，驚恐的，滿意的，暈眩的，不敢置信的，還是空洞的？

是其中任何一種吧，他想。

格蘭奇探長正在講話。白羅聽到他的話尾。

「……一旦你掌握了這個案件的所有事實，通常能從傭人們那裡得到所有的一切。」格蘭奇探長說。

「克里斯托夫人將要返回倫敦嗎？」

「是的。那兒還有兩個孩子，所以不得不讓她走。當然了，我們將密切監視她，但她不會知道，她還以為她已經順利地脫罪了。我覺得，她看起來是個相當愚蠢的女人……」

白羅想，吉妲・克里斯托了解警察們的想法了嗎？安卡德夫婦是怎麼想的？她看起來好像沒有意識到任何東西。她看起來像個反應遲鈍、嚇暈的婦人，而且正為丈夫的死而心碎。

他們踏上了波德巷。白羅在自己的門前停下腳步。

格蘭奇說：「這是你的小天地嗎？漂亮而舒適。那麼，現在就此別過吧，白羅先生。謝謝你的合作，我將會去拜訪你並告訴你調查進度的內幕消息。」

他的眼睛在路上四處張望。

「你的鄰居是誰？那不是某位新貴居住的地方嗎？」

「維若妮卡．克雷小姐，女演員，她是來這兒度週末的，我猜。」

「當然，那是她的鴿舍。我喜歡她在〈騎在老虎背上的女人〉中的表演，但對於我的品味來說，她有點過於高雅了。」

「嗯，我必須回去工作了。再見，白羅先生。」

他轉過身去。

§

「認得出這個嗎，亨利爵士？」格蘭奇探長將左輪手槍放在亨利爵士面前的桌子上，並且期待地看著他。

「我能拿一下嗎？」亨利爵士的手在左輪手槍上面猶豫著。

格蘭奇點點頭。

「它曾泡在游泳池裡，留在上面的任何指紋都被毀掉了。真遺憾，請容我這麼說，薩弗納克小姐讓它從她的手中滑出來了。」

「是的，是的……不過，那對我們所有的人來說，都是一個緊張的時刻。女人們容易慌亂並且……嗯，容易掉東西。」

格蘭奇探長再次點點頭。他說：「大致上看來，薩弗納克小姐似乎是一位冷靜能幹的年輕女士。」

這些話沒有強調什麼，但其中的某些含義使亨利爵士猛地抬起頭。格蘭奇繼續著：「現在，您認得出來嗎，先生？」

亨利爵士拿起左輪手槍，檢查了一下，他記下上面的號碼，並打開一個真皮裝幀的小本子，和上面的紀錄對照了一下。接著，在嘆息聲中闔上了本子，他說：「是的，探長先生，這是我這裡的收藏品。」

「你最後看到它是什麼時候？」

「昨天下午。我們在花園中對著一個靶子進行了一些射擊，而且這就是我們當時所用的輕型武器之一。」

「在那個場合中，有誰確實用過它？」

「我認為每個人至少都用它開了一槍。」

「包括克里斯托夫人嗎？」

「包括克里斯托夫人。」

「那麼在你射擊完之後呢？」

「我把這把左輪手槍放回平日的位置，這兒。」

他打開一個大櫃子的抽屜，裡面放了半抽屜的槍。

「您收集了很多輕型武器，亨利爵士。」

「這是我多年來的嗜好。」

格蘭奇探長的眼睛若有所思地停留在這個空幻群島的前任總督身上。他是個長相英俊、出色的男人，是那種讓他非常樂意在其手下服務的男人。實際上，和現任警察局長相比，他更喜歡眼前這個男人。格蘭奇探長對威爾德郡的警察局長評價不高……一個大驚小怪的專制統治者，一個專門注意雞毛蒜皮小事情的人……他的腦子又回到了手頭的工作上。

「當你收好這把左輪手槍時，當然，那時槍裡沒有子彈吧，亨利爵士？」

「當然沒有。」

「那你的彈藥保存在哪裡？」

「這兒。」亨利爵士從一個文件架的格架裡拿出了一把鑰匙，並打開桌子底層的抽屜。

「簡單極了。」格蘭奇心想。那個姓克里斯托的女人曾看過收藏槍枝的地方，她可以隻身前來並且自己行動。嫉妒，愚弄著女人們，他敢打賭，十之八九是因為嫉妒。在他完成這兒的日常工作、去哈利大街調查之後，這件事就會水落石出了。但你得按正常流程來辦事。

他站起來說：「嗯，謝謝你，亨利爵士。我會讓你知道有關審訊的消息。」

╱13

他們的晚餐吃的是冷鴨子。鴨子之後，上了一道焦糖乳蛋糕。安卡德夫人說，這恰好顯示出梅德韋太太正確的判斷力。

她說，烹飪的確是培養美食鑑賞力極好的機會。

「正如她所知道的，我們只是剛好喜歡焦糖乳蛋糕。就在一個朋友剛死之後，吃自己喜歡的布丁是有點粗俗。但焦糖乳蛋糕是這麼鬆軟滑口，如果你們明白我的意思，那麼就在自己的盤裡留一點。」

她嘆了口氣，然後表示她希望能讓吉妲回倫敦這件事做得沒錯。

「至少，亨利陪她一起回去是非常正確的。」

因為亨利堅持開車送吉妲回哈利大街。

「她會回到這兒接受審訊的，當然。」安卡德夫人繼續說，一邊沉思地吃著焦糖乳蛋糕。「但是，自然而然，她會把情況透露給孩子們，也許他們會在報紙上看到，而且家裡只有一個法國女人——她們是多容易激動——但亨利會幫她料理的，我真的認為吉姮會安然無恙。她也許會派人去請一些親戚……也許是姐妹，想必吉姮是那種有姐妹們的人，三個或四個，我可以設想，也許住在坦布里奇韋爾斯。」

「你說的話多離奇啊，露西。」米琪說。

「喔，親愛的，如果你覺得比較像是住在托基也可以……不，不是托基，想必他們至少六十五歲了，如果住在托基不太方便……伊斯特本，或是聖雷奧納茲。」

安卡德夫人看著最後一勺焦糖乳蛋糕，似乎為它深表哀悼，沒有吃就十分輕柔地把它放下了。

大衛只喜歡吃正餐，他陰鬱地低頭看著自己空蕩蕩的盤子。

安卡德夫人站起身來。

「我想我們今晚都想早點上床，」她說，「發生了這麼多事，不是嗎？一般人光是閱讀報紙，對這種事情的了解不會很多，無法想像這是多麼累人。你們知道，我感覺就好像步行了大約十五英里。雖然實際上沒有做任何事，只是坐著，但那也夠累人的，因為大家也不會想去讀一本書或一份報紙……這看上去太無情無義了。即使我認為《觀察者》的社論也許不錯，但《世界新聞》就不一定了。你同意我的看法嗎，大衛？我樂於知道年輕人的想法，這使一個人能與外界保持聯繫。」

大衛用粗暴的聲音說他從不讀《世界新聞》。

「我一直喜歡讀這些報紙，」安卡德夫人說，「我們假裝是為傭人才訂的，但格傑恩十分聰明，總是等大家喝完午茶後才取走。那是一份最有趣的報紙，全是有關女人們如何將自己的腦袋伸進煤氣爐……人數多得令人難以置信！」

「在未來電氣化的房子裡，她們將會做些什麼？」愛德華·安卡德帶著一絲淡淡的微笑問道。

「我想她們會盡量利用那些東西，也會明智得多。」

「我不同意，」大衛說，「你那關於未來房屋電氣化的說法。我認為，屆時會有公共暖氣設備接通中央暖氣系統，每一個勞工階級的房子都將徹底地減輕人力的負擔。」

愛德華·安卡德連忙表示，這是一個他不太在行的話題。大衛的嘴唇輕蔑地撇著。

格傑恩用托盤端來了咖啡，動作比平常稍微緩慢，用來表達一種哀悼。

「哦，格傑恩，」安卡德夫人說，「關於那些雞蛋，我打算像往常一樣用鉛筆在上面記下日期。你能請梅德韋太太處理一下嗎？」

「我認為您會發現，夫人，每件事都已經非常令人滿意地照料好了。」他清了清喉嚨。

「我已經親自關照過這些事。」

「哦，謝謝你，格傑恩。」

當格傑恩走出去時，她嘀咕著：「的確，格傑恩棒極了，這些傭人都十分出色。他們真可憐，因為警察在這兒……這對他們來說，一定很可怕。順便問一句，他們離開了嗎？」

「你指的是警察？」米琪問。

「是的。他們不是常常會留下一個人站在大廳裡嗎？或者此刻有人正在外邊的灌木叢監視著前門。」

「為什麼他會監視前門？」

「我不知道，但我能肯定，在小說裡他們是這樣做的。而且，接著還會有人在夜裡遭謀殺。」

「哦，露西，別這麼說。」米琪叫道。

安卡德夫人奇怪地看著她。

「親愛的，真是對不起。我真蠢！當然沒有其他人會遭謀殺，吉妲已經回家了，我的意思是……哦，荷立塔，親愛的，對不起，我不是故意那麼說的。」

但荷立塔沒有回答。她正站在圓桌邊，低頭盯著她昨晚保存的橋牌得分紀錄。

她振作起精神，說：「對不起，露西，你說什麼？」

「我感到好奇，是否還有警察留下來。」

「就像大拍賣後的剩貨？我不這樣認為。他們已經都回到警察局了，用適當的警方用語記錄我們所說的話。」

「你在看什麼，荷立塔？」

「什麼也沒看。」

荷立塔移向壁爐台。

「你認為維若妮卡・克雷今晚在做些什麼？」她問。

一種驚慌的表情掃過安卡德夫人的臉。

「我親愛的！你該不會認為她會再次到這兒來吧？她現在一定已經聽說了。」

「是的，」荷立塔沉思著說，「我想她已經聽說了。」

「這提醒了我，」安卡德夫人說，「我真的必須給克里夫婦打電話了。我們明天不能招待他們來吃午餐，就像什麼都沒發生一樣。」

她離開了房間。

大衛憎惡他的親戚們，他嘀咕著想去翻《大英百科全書》查點東西。他想，書房是個寧靜的地方。

荷立塔走向落地窗，打開它們，走了出去。在片刻猶豫後，愛德華跟了上去。

他發現她正站在外邊，仰望著天空。她說：「不像昨晚那麼暖和了，是嗎？」

愛德華用悅耳的聲音說：「是的，明顯地變冷了。」

她正站著注視著房子。她的眼睛在窗戶上掃視。接著她轉過身，面對樹林。他對她腦子裡所想的東西一無所知。

他走向敞開著的窗戶。

「最好進去，天氣很冷。」

她搖了搖頭。

「我要去散步，到游泳池去。」

「哦，我親愛的，」他快步走向她。「我和你一起去。」

「不，謝謝你，愛德華。」她的聲音尖利地劃破了空氣中的寒意。「我想和我那死去的愛人單獨相處。」

「荷立塔！我親愛的……我什麼都沒說，但你知道我有多麼難過。」

「難過？為約翰·克里斯托的死嗎？」

她的聲音中仍有那種一觸即發的尖銳。

「我的意思是……我為你難過，荷立塔。我明白你一定極為震驚。」

「震驚！哦，但我十分堅強。愛德華，我能承受震驚。這對你也是一個震驚嗎？當你看到他躺在那兒的時候，你有什麼感覺呢？高興嗎？我想是的。你不喜歡約翰·克里斯托。」

愛德華低聲說：「他和我……沒有什麼共同點。」

「你真會說話！用這麼一種節制的口氣。但實際上，你們確實有一個共同點。我！你們都喜歡我，不是嗎？只是這點不能讓你們成為朋友，反而彼此對立。」

月亮閃爍不定地穿過一片雲。他突然看到她的臉正注視著他，他感到震驚不已。不知不覺中，他總是將現在的荷立塔當成是那個他在安斯威克認識的荷立塔。對他來說，她一直是個笑臉盈盈、充滿熱切期望、眼睛會跳舞的女孩。他現在看到的這個女人，對他來說彷彿是個陌生人，那雙眼睛雖然明亮，卻冷冰冰的，而且正不懷好意地盯著他。

他認真地說：「荷立塔，我最親愛的，請相信我，我的確同情你……為你的悲痛，你的損失。」

「是悲痛嗎？」

這個問題使他為之一震。她提出這個問題，似乎不是在問他，而是在問她自己。

她用低沉的聲音說：「這麼快，發生得這麼快。這一刻還活著，呼吸，而下一刻就死亡，離去，空虛。哦，空虛！但我們在這兒，我們所有的人，吃著焦糖乳蛋糕，並稱呼我們自己是活著的人……但約翰，一個比我們任何人都具有生命力的人卻死了。我說著這個字眼，你知道，一遍又一遍地對自己說：死亡，死亡，死亡，死亡，死亡。很快地它就失去了任何含義，什麼意義也沒有了。它只是個可笑微小的字彙，就像一根腐爛的枝條折斷了。死亡，死亡，死亡，死亡。它就像一面唐唐鼓[14]，難道不是嗎？在叢林中敲擊著。死亡，死亡，死亡，死亡，死亡……」

「荷立塔，住口！看在上帝的份上，住口！」

14　唐唐鼓（tom-tom），一種在非洲及印度等地用手敲擊的鼓。

她奇怪地看著他。

「難道你不知道我會有這樣的感覺嗎？你是怎樣想的？你以為當你握住我的手，我會坐著並溫柔地用一條漂亮的小手絹掩面哭泣嗎？這僅僅是一個巨大打擊，不久我就會恢復，同時你會非常體貼地安慰我嗎？你是很體貼，愛德華。你非常體貼，不過你是那麼……那麼不中用。」

他退後了一步，面孔僵硬起來。他用一種乾巴巴的聲音說：「是的，我一直很明白。」

她繼續痛恨地說：「你認為今天整個晚上像什麼？大家圍坐在一起，約翰死了，而除了我和吉妲之外沒有一個人在意！你高興，大衛困窘不安，米琪苦惱，而露西優雅地翻閱《世界新聞》，從印刷品上欣賞真實的人生！難道你不認為這一切多像一個奇異的噩夢？」

愛德華沒有說話。他向後退了一步，退到了陰影裡。

荷立塔望著他說：「今晚似乎沒有任何事對我來說是真實的，沒有任何人是真實的……除了約翰！」

愛德華平靜地說：「我明白……我非常不真實。」

「我是多麼殘忍，愛德華，但我忍不住，我忍不住怨恨，約翰是那麼有生命力的人，如今卻死了。」

「而我這個半死的人，卻活著。」

「我不是這個意思，愛德華。」

「我認為你就是這個意思，荷立塔。我認為，也許你是對的。」

但她正自顧自地說著話，若有所思地回到先前的話題。

「但這不是悲痛，也許我感受不到悲痛。也許我將永遠不能。然而……我願意為約翰悲痛。」

她的話對他來說似乎很神奇。接著她突然用一種就事論事的口吻加了一句：「我必須去游泳池。」

她悄悄走開，鑽進了樹林。

愛德華覺得更震驚了，他僵硬地邁著步子走進屋裡。

當愛德華視而不見地穿過落地窗時，米琪抬頭看著他。他的臉色灰白，因痛苦而扭曲，看上去沒有血色。

他沒有聽到米琪當下因呼吸困難而發出的喘息聲。

幾乎是機械性地，他走向一把椅子並坐了下來，感受到某些東西正在期待著他。他說：

「天氣很冷。」

「你很冷嗎，愛德華？我們……我……我來生個火好嗎？」

「什麼？」

米琪從壁爐台上拿了一盒火柴。她跪下來，擦燃一根火柴伸向火爐。她從側面小心地看著愛德華。她想，他對周遭的事都毫不注意了。

她說：「有火真好，讓人暖和。」

「他看起來好冷，」她想，「屋裡不可能和外面一樣冷啊？是荷立塔！她對他說了些什麼呢？」

「把你的椅子拉近些，愛德華，靠近爐火。」

「什麼？」

「哦，沒什麼，我只是說，靠近爐火。」

她現在正緩慢地大聲對他說話，就好像對著一個聾子。

突然地，她的心因解脫而整個翻轉過來。愛德華，那個真實的愛德華，又在那兒了，溫柔地衝著她笑。

「你是在跟我講話嗎，米琪？對不起，我正在想……想一些事情。」

「哦，沒什麼，只是爐火而已。」

木柴正在劈啪作響，而一些冷杉果燃燒後產生了明亮潔淨的火焰。愛德華看著它們，說：「爐火真是漂亮。」

他伸出瘦長的雙手，指向火焰，感覺到從緊張中得到了解脫。

米琪說：「在安斯威克，我們總是會燒冷杉果取暖。」

「現在我仍然這樣，每天都要採一籃，放在壁爐旁邊。」

在安斯威克時的愛德華……米琪半閉上她的眼睛想像著。她想，他會坐在房子西邊的書房裡。那兒有一盆幾乎遮住了一扇窗戶的木蘭，下午的時候，它使整個房間充滿了一種金綠色的光彩。從其他的窗戶可以向外看著草地，還有一棵高大如守衛般直立的威靈頓樹。而右邊則是一株銅菊。

哦，安斯威克……安斯威克。

她能夠在溼潤的空氣中聞到從木蘭飄來的柔和氣味，它在九月依然能開出一些散發甜香、有著蠟狀表面的白色花朵。火爐裡燒著松果。還有一股從那些愛德華預定要讀的書本中傳來的淡淡霉味。他會坐在那把鞍形靠背的椅子裡，眼睛不時地從書本轉向爐火，而且他會想起……只是一會兒……會想起荷立塔。

米琪動了一下，問：「荷立塔在哪兒？」

「她去游泳池了。」

米琪盯著他。

「為什麼？」

她的聲音唐突而深沉，將愛德華稍微喚醒了。

「我親愛的米琪，你當然明白……哦，嗯，你猜出來了吧？她和克里斯托的關係非常密切。」

「哦，大家知道。但我不明白她為什麼會踏著月光離開，去他被槍殺的地方。這一點也不像荷立塔，她從來不會胡亂行事。」

「我們真的知道另一個人是什麼樣的嗎？例如，荷立塔。」

米琪皺著眉。她說：「愛德華畢竟真的，你和我認識她一輩子了。」

「可是她已經變了。」

「我不認為一個人會變。」

「但荷立塔已經變了。」

米琪奇怪地看著他。

「比我們——比你和我——變得更多？」

「哦，我靜靜站著，我對這了解得很深。還有你……」

他的眼神突然聚焦起來，看著她跪在火爐的圍欄邊上。他好像正從一個距離很遠的地方看著她，一眼看到了那方方的下巴、深色的眼睛，以及剛毅的嘴巴。他說：「我希望我能更常見到你，米琪，我親愛的。」

她對他露出了微笑。她說：「我明白。這年頭要保持聯繫並不容易。」

外面傳來一記聲響。愛德華站起來。

「露西是對的，」他說，「這是疲憊的一天，我們對謀殺都有初步認識了。我要睡覺了。晚安。」

他離開了房間，就在那時荷立塔穿過落地窗進來了。

米琪質問她。

「你對愛德華做了些什麼？」

「愛德華？」荷立塔感到有些茫然。她的前額皺成一團。她似乎在思考著一些很遙遠的事情。

「對，愛德華。他走進來時看上去很可怕……那麼冷，那麼憂鬱。」

「米琪，如果你這麼關心愛德華，為什麼不為他做點什麼呢？」

「做點什麼？你的意思是什麼？」

「我不知道，站在椅子上，然後大叫！吸引他的注意力。難道你不明白，對愛德華這樣的男人來說，這是唯一的希望？」

「愛德華永遠不會在意任何人，除了你，荷立塔。他從來不在意任何人。」

「那麼是他太不聰明了。」她迅速瞥了一眼米琪那蒼白的面孔。「我傷害了你，對不起。但今晚我憎恨愛德華。」

「憎恨愛德華？你不能。」

「哦，是的，我能！你不明白……」

「什麼？」

荷立塔緩緩地說：「他使我想起了很多我想忘掉的事情。」

米琪問：「什麼事情？」

「喔，比如說安斯威克。」

「安斯威克？你想忘掉安斯威克？」米琪的語調顯得難以置信。

「是的，是的，是的！我在那兒很愉快，只是現在，我不能承受回想起那些愉快的時光。難道你不理解嗎？當你不知道什麼會降臨的時候！當一個人信心十足地說，每件事都會很美好的時候！有些人是明智的……他們從不企盼過得愉快。但我曾經企盼過。」接著她唐突地說：「我將永不回安斯威克。」

米琪緩緩地說：「我懷疑這一點。」

14

星期一的早晨，米琪突然醒了過來。

有好一陣子，她躺在床上發呆。她的目光困惑地望著門口，因為她有點希望安卡德夫人出現。當露西在第一天早晨飄進這裡的時候，她說了些什麼？

一個會有麻煩的週末？她曾擔心會有一些令人不愉快的事情可能會發生。

的確，一些令人不愉快的事情發生了。米琪的心理和精神上像是壓著一塊厚重的烏雲。有些事她不想思考，也不想記住。有些事情，毫無疑問地嚇壞了她……一些和愛德華有關的事情。

回憶奔湧而來。冒出一個醜惡僵硬的字眼：謀殺！

「哦，不，」米琪想，「這不可能是真的，這是夢。約翰·克里斯托遭謀殺，他被槍殺了，躺在游泳池邊。鮮血和藍色的池水……像一本偵探小說的精裝封面。怪誕，不真實，那種事情不可能發生在自己身邊。如果我們現在還在安斯威克，這一切就不可能發生。」

那個黑色的重負從她的額頭向下移動，停留在她的胃部，使她感覺到有點噁心。

這不是個夢。這是一件真實的事，一件類似《世界新聞》上所登載的事，而且她和愛德華、露西、亨利及荷立塔全都捲入其中。

不公平，確實不公平，因為如果是吉妲殺了她的丈夫，這和他們都無關。

米琪不安地抖動著。

安靜的、愚蠢的、略帶傷感的吉妲……你無法將吉妲和通俗鬧劇、暴力聯想在一起。

吉妲，無疑地，不可能槍殺任何人。

那種體內的不安再次升起了。不，不，不能那樣想。因為又有誰可能殺了約翰呢？而且吉妲當時就站在他的屍體旁邊，手裡握著一把左輪手槍，那把她從亨利的書房裡取得的左輪手槍。

吉妲曾說她發現約翰死了，然後撿起那把左輪手槍。喔，她還能說什麼呢？她不得不說些什麼，可憐的東西。

荷立塔保護著吉妲，保護得非常好……她說吉妲的陳述完全是可能的，認定那是有可能的。

荷立塔昨晚表現得十分古怪。

當然，那是因為約翰·克里斯托之死而受驚的結果。

可憐的荷立塔，她是那樣瘋狂地喜歡著約翰。

但她會及時從中恢復過來的……每個人都能夠從任何事中恢復過來。接著她會嫁給愛德華，然後住在安斯威克。愛德華最後會得到快樂的。

荷立塔一直極喜歡愛德華。只是約翰·克里斯托那進取、優越的人格阻礙了他們。他使愛德華相形之下顯得那麼蒼白。

那天早晨，當米琪下樓吃早餐時，她感覺愛德華的個性已經從約翰·克里斯托的籠罩下解放出來了，並且開始表現出自己的權威。他似乎自信多了，少了猶豫和倦怠。

他正愉快地和那個怒目而視、沒有反應的大衛談話。

「你一定要常去安斯威克，大衛。我希望你在那兒就像在自己家裡一樣，而且了解那整個地方。」

取用了一些果醬後，大衛冷冷地說：「這些龐大的產業十分可笑，它們應該被分割。」

「我希望這不會在我活著的時候發生，」愛德華微笑著說，「我的佃農是一些很滿足的人。」

「他們不應該這樣，」大衛說，「沒有人應該滿足。」

「如果猴子對牠們的尾巴一直很滿意……」安卡德夫人嘀咕著，她正站在餐具櫃旁邊，茫然地看著一盤腰子。「那是我在幼稚園學的一首詩，但我完全不記得後面怎麼唸了，我應該和你聊一聊，大衛，好學習一些新觀念。就我所知，一個人會憎恨他人，但同時又給他們免費的醫療關懷和許多額外的教育（可憐的傢伙們，所有那些無助的孩子們每天都被成群結隊地驅趕到校舍中）；而魚肝油那麼難聞的東西被強灌下嬰兒的喉嚨，全然不管他們喜歡與否……」

米琪想，露西的舉止一如往常。

還有格傑恩。當她在大廳裡經過格傑恩身邊時，他看上去也和平常一樣。如今空幻莊園的生活似乎按照正常的節奏繼續著，伴隨吉妲的離去，整個事件似乎就像一場夢。

接著，外邊傳來一聲車輪輾在砂礫上的沙沙聲，是亨利爵士在停車。他在所屬的俱樂部過夜，並早早就驅車回來。

「喔，親愛的，」露西說，「一切都順利嗎？」

「是的。約翰的祕書是個能幹的女孩，她接手處理各項事務。那個祕書打了電報給吉妲的妹妹。」

「我就知道她會有姐妹，」安卡德夫人說，「是住在坦布里奇韋爾斯嗎？」

「我想，是在貝爾斯希爾。」亨利爵士說，看起來困惑不解。

「我敢斷定……」露西評估著貝爾斯希爾。「是的，非常可能。」

格傑恩走上前來。

「格蘭奇警探打過電話來，亨利爵士。審訊將於星期三的十一點開始。」

亨利爵士點點頭。安卡德夫人說：「米琪，你最好撥個電話給你工作的服裝店。」

米琪慢慢走向電話。

她的生活一直是那麼普通平凡，以至於她不知如何向雇主解釋，由於她捲入一樁謀殺案，在四天的假期之後，她不能按時回去工作。

這聽起來非常不可思議，甚至連感覺起來也不太可信。

而且艾弗蕾芝夫人一向不是個容易聽進解釋的人。

米琪堅毅地動了動下巴，拿起了話筒。

事情就像她想像的那麼令人不愉快。那個尖酸矮小的猶太女人發出憤怒、沙啞的聲音，並從電話線傳了過來。

「這是什麼，哈卡索小姐？一個死訊？一場葬禮？你應該很清楚我正缺少人手吧？難道你認為我會接受這些藉口嗎？哦，是的，你玩得很愉快，我敢肯定！」

米琪打斷她，尖銳而清晰地解釋著。

「警察？警察，你說的是？」對方幾乎是尖叫。「你扯上了警察？」

米琪下定決心堅持到底，繼續解釋著。奇怪，電話另一頭的那個女人讓整件事顯得似乎非常骯髒，像是一樁粗俗的案件，人類的煉金術多麼神奇！

愛德華打開門走了進來，看到米琪在打電話，他正想出去時，她阻止了他。

「一定要留下來，愛德華，拜託。哦，我希望你留下來。」

愛德華在場，這給了她力量……消解那個老太婆的惡毒。

她把捂在話筒上的手拿開了。

「什麼？是的。對不起，夫人，但畢竟，這根本不是我的錯……」

那個醜惡沙啞的聲音正在憤怒地尖叫：「你的朋友都是些什麼人？他們是哪種人，能把警察弄到哪兒去，還有一個男人遭到槍殺？我很不想讓你回來了！我立下的規矩不能被人破壞。」

米琪又做了一些卑順而沒有承諾的回答。最後她重新放好話筒，發出了解脫的嘆息聲。她感到噁心並顫抖不已。

「那是我工作的地方，」她解釋道，「我得讓他們知道，我在星期三之前不能回去，由於審訊和那些……警察。」

「希望他們表現得合情合理。你工作的那家服裝店是什麼樣的店？那個經營店鋪的女人親切嗎？對於為她工作的人有同情心嗎？」

「你用的形容詞絕不適合她。她是懷特查佩爾區的猶太女人，頭髮曾經染色，聲音就像一隻秧雞。」

「但是我親愛的米琪……」

愛德華臉上的驚恐之情幾乎使米琪笑出聲來。他是那麼的關心。

「但是我親愛的孩子，你不該受那種氣。如果你必須有一份工作，一定得找一處環境和諧、同事容易相處的地方。」

米琪看著他，片刻間無言以對。

該如何解釋，她想，對一個像愛德華這樣的人？關於勞力市場，或是工作，愛德華了解些什麼？

突然一陣辛酸湧了上來。露西、亨利、愛德華——是的，甚至荷立塔——他們所有人都被一條無法逾越的鴻溝和她劃分開了，那是一條將有閒階級和勞動階級分離的鴻溝。

他們對找工作的困難一無所知，也不知道一旦你得到了它，就必須保住它！也許有人會說，她沒必要賺錢養活自己，露西和亨利會愉快地給她一個家，還會同樣愉快地讓她得到一筆津貼。愛德華也會樂意地給予資助。

但米琪心中的某些東西，反對她接受那些慷慨親戚們提供給她的安逸生活。偶爾造訪、沉浸在露西那井井有條的奢侈生活中是很愉快，她能以此為樂。但某種堅強的獨立精神，卻阻止她接受這樣的生活當作禮物。同樣的感覺，也令她不願向親戚朋友們借錢來經營自己的生意。她已經看過太多那樣的事。

她不借錢，不運用任何影響力，自己找到了一份每週四英鎊的工作，如果她得到這份工作，是因為艾弗蕾芝夫人希望米琪會帶她那些「社會名流」的朋友來買東西，那麼艾弗蕾芝夫人一定大失所望。米琪從不鼓勵她的朋友們有這種念頭。

她對工作沒有奇特的幻想。她憎惡那家商店，憎惡艾弗蕾芝夫人，憎惡對那些壞脾氣、無禮的客人永遠都得卑躬屈膝，但她很懷疑自己是否能找得到其他更喜歡的工作，因為她沒有那種必要的資歷。

愛德華以為有許多工作機會為米琪敞開大門的假設，徒然令人無法忍受，這個上午變得讓人感到惱火。愛德華有什麼權利居住在一個遠離現實的世界裡呢？

他們是安卡德家族，他們所有人都是。而她……只是半個安卡德！而且有時候，就像今天早晨，她一點兒也不覺得自己像個安卡德族人！她是父親的女兒。

就像過去一樣，她帶著那種愛的痛楚和懊悔，想起了她的父親，一個頭髮花白、滿臉勞累的中年男人。一個奮鬥多年、支撐著一份小小的家傳事業的男人。即使他付出關心和努力，也注定慢慢走下坡。這不是因為他的無能，而是社會進步的結果。

非常奇怪的是，米琪的熱愛總是獻給她那安靜、疲憊的父親，而不是顯赫、姓安卡德的母親。每當她去安斯威克，她都玩得很開心。回來時，她會用胳膊摟著父親的脖子，對他疲倦的臉上略帶反對的質問回答說：「我真高興……我真高興回到家裡了。」

當米琪十三歲時，她的母親去世了。米琪有時覺得她對母親幾乎一無所知。她是那麼模糊、迷人、快樂。她後悔自己的婚姻了嗎，那個使她離開安卡德家族圈子的婚姻？米琪對此一無所知。她的父親在妻子去世後，變得更加灰暗和安靜。他那阻止事業下沉的努力也變得更加無用。米琪十八歲時，他悄然故去了。

米琪曾和不同的安卡德親戚們住在一起，她接受安卡德家人的禮物，和牠們一起度過了快樂的時光，但她拒絕在經濟上依靠他們的援助，即使她很愛他們。很多次她會突然而強烈地感受到，她和他們之間南轅北轍。

她滿懷怨恨地想：「他們什麼也不知道！」

愛德華和往常一樣敏感，他滿臉困惑地看著她，溫柔地問：「我讓你難過嗎？為什麼？」

露西飄進屋裡。她正在自問自答：「……你們瞧，沒人知道她是喜歡白牡鹿莊園還是喜歡我們？」

米琪茫然地看著她，接著又看看愛德華。

「看愛德華沒用，」露西．安卡德說，「愛德華完全不會明白的。而你，米琪，總是那麼務實。」

「我不明白你在說什麼，露西。」

露西看起來很驚奇。

「當然是審訊，親愛的。吉妲不得不來這裡接受審訊。她會待在這裡，或是去白牡鹿莊園？當然，這裡會引起痛苦的聯想，然而在白牡鹿莊園，那裡將會有盯著她看的人們和大量記者。星期三，你知道，十一點或是十一點半？」一抹微笑使得安卡德夫人的臉明媚起來。「我從未參加過審訊！我認為我應該穿灰色衣服，當然，還要戴頂帽子，就像去教堂……但不戴手套。」

「你知道，」安卡德夫人穿過屋子，拿起電話話筒認真注視著。她接著說：「我不認為除了園藝手套外，我還有別的手套！當然，自從住進總督府，我是儲存了很多長長的晚禮服手套。手套相當愚蠢，你不這樣認為嗎？」

「唯一的用處是避免在犯罪時留下指紋。」愛德華微笑著說。

「哦，你這樣說真有趣，愛德華，非常有趣。我該如何處理這件事呢？」安卡德夫人帶著一絲厭惡瞅著電話話筒。

「你要打電話給什麼人嗎？」

「不。」安卡德夫人茫然地搖了搖腦袋，並極為小心地將話筒放回到電話上。

她的目光從愛德華身上移向米琪。

「我認為，愛德華，你不應該惹米琪難過。米琪比我們更在意突發的死亡事件。」

「我親愛的露西，」愛德華叫道，「我只是在擔心米琪工作的地方，那地方聽起來簡直糟糕透了。」

「愛德華認為，我應該有一個欣賞我、友善又富於同情心的雇主。」米琪明白地說。

「親愛的愛德華！」露西帶著十足的讚許說。

她對著米琪笑笑，然後出去了。

「我是認真的，米琪，」愛德華說，「我很擔心。」

她打斷了他：「那個該死的女人每週付我四英鎊，這就是關鍵所在。」

然後她出去，走進了花園。

亨利爵士正坐在矮牆下的老位子，但米琪轉過身，朝那條花間小徑走去。

她的親戚們都很有魅力，但今天上午他們的魅力對她一點也沒有用。

大衛．安卡德正坐在小路盡頭的一張凳子上。

大衛沒有過分誇張的魅力，米琪徑直走向他，坐在他身邊。她看到他那苦惱的表情，心中升起一種惡意的快樂。

大衛想要設法避開這些人是多麼困難。

臥室裡有女僕在打掃。

書房……還有《大英百科全書》，並未如他所願地成為避難所。安卡德夫人曾進進出出兩次，友好地和他講話，而他卻無法對她的談話做出任何知性的回答。

他到這兒是為了考慮自己的處境。他老大不情願地答應來這裡度週末，現在卻牽扯上突發暴力死亡案件，這個週末不得不延長了。

大衛是個喜歡思考學院的過去或認真討論左翼未來的人，但他沒有任何處理暴力和現實的能力。正如他曾告訴安卡德夫人的，他不讀《世界新聞》。但現在，《世界新聞》似乎已經自行來到空幻莊園了。

謀殺！大衛厭惡地戰慄著。他的朋友們會怎麼想？凶手是如何進行謀殺的？凶手的心態如何？反感、厭惡，還是略微感到開心？

由於正用心思考著這些問題，他很不高興被米琪打擾。當她坐在他身邊時，他不安地看著她。

他那種公然拒絕的注視令她相當震驚，好像自己是個不討人喜歡、毫無智慧可言的女孩。

她說：「你認為你的親戚們怎麼樣？」

大衛聳了聳肩膀，他說：「一個人非得惦記著他的親戚們嗎？」

米琪說：「一個人非得思考任何事情嗎？」

毫無疑問，大衛心想，她是不思考的。他幾乎是大方地說：「我正在分析我對謀殺的反應。」

「當然，很古怪，」米琪說，「牽扯進一樁謀殺案當中。」

大衛嘆了口氣，說：「真是令人厭煩，」這在某種程度上是最好的態度。「所有只存在於偵探小說裡的陳腔濫調！」

「你一定很後悔來這兒。」米琪說。

大衛嘆息著。

「是的，我本來可以和朋友一起待在倫敦。」他加上一句：「他經營一家左翼書店。」

「我想這兒更舒適一些。」米琪說。

大衛輕蔑地問：「過得舒適真的那麼重要嗎？」

「有時候，」米琪說，「我覺得我並不在意任何別的東西。」

「驕縱的生活態度，」大衛說，「如果你是個勞動者……」

米琪打斷他。

「我是一個勞動者。這恰恰就是為什麼過得舒適對我那麼有吸引力。黃楊木的床、羽絨枕頭……一大早，茶就輕輕地放在床邊，盛著許多熱水的瓷浴缸，芳香的沐浴，那種你可以完全陷進去的安樂椅……」

米琪停止羅列她的目錄。

「勞動者，」大衛說，「應該擁有這些東西。」

但他對輕輕放下的早茶略帶質疑，這聽起來對一個認真而有組織的世界來說，似乎過於奢侈。

「我再贊成不過了。」米琪衷心地說。

／15

上午的休息時間，赫丘勒・白羅正津津有味地品嘗著一杯巧克力，突然被電話鈴聲打斷了。他站起來拿起話筒。

「喂？」

「是白羅先生嗎？」

「是安卡德夫人嗎？」

「你能聽出的我聲音真是太好了！我打擾你了嗎？」

「一點也沒有。我希望你沒有因為昨天那些令人難過的事件而受到傷害。」

「沒有，完全沒有。事情的確令人難過，正如你所說。但我發現，人可以非常超脫。我打電話給你，是想知道你是否可能過來一趟。我知道這是個強求，但我真的陷入極大的煩惱之中。」

「當然可以，安卡德夫人。你的意思是指現在嗎？」

「喔，是的，的確是指現在。盡可能快，你真好。」

「那麼，我能穿過樹林而來嗎？」

「哦，當然，那是最近的路。非常感謝你，親愛的白羅先生。」

白羅刷掉上衣翻領的一些灰塵並迅速穿上大衣後，未曾逗留就出發了。他穿過鄉間小路，匆匆沿著那條小路鑽過栗樹林。游泳池已棄置不用……警察完成工作後便離開了，在秋天略帶薄霧的光線照耀下，它顯得純潔而寧靜。

白羅迅速察看了一下涼篷。他曾注意到的那條白狐披肩已經被拿走，但六盒火柴依然躺在長椅邊的茶几上，他對這些火柴更加感興趣了。

「這不是個存放火柴的好地方。這裡空氣潮溼，為了圖方便，放一盒是有可能的……但不會放六盒。」

他皺著眉，低頭看了看那個上了漆的鐵桌。放著玻璃杯的托盤已經拿走了。有人用鉛筆在桌上胡亂畫了一幅畫……一棵噩夢般的樹。它讓赫丘勒．白羅感到苦惱，擾亂了他嚴謹的頭腦。

他的舌頭發出嘖嘖聲，搖了搖頭，匆忙朝房子走去，心裡盤算著這次緊急召見的原因。

安卡德夫人正在落地窗那兒等候著他，並帶著他輕快地走進空蕩蕩的客廳。

「你能來真是太好了，白羅先生。」

她溫暖地緊握住他的手。

「夫人，我願意隨時為您效勞。」

安卡德夫人戲劇性地揮動手。她那漂亮的大眼睛瞪大了。

「你瞧，一切都那麼難辦。那個探長正在接見……不，審問、取得供詞，他們用的術語是什麼……格傑恩。我們這兒的日常生活真的都依賴著格傑恩，每個人真的是那麼同情他。對他來說，被警察審問自然是糟糕極了……即使是格蘭奇探長，我確實覺得他不錯，而且覺得他很可能是個居家型男人，有好幾個男孩，晚上和他們一起玩麥克納組合玩具，還有一個讓家中一塵不染的妻子，但房子太小，有一點點擁擠……」

當安卡德夫人完成想像中的格蘭奇探長的家庭生活時，赫丘勒・白羅眨了眨眼睛。

「順帶說一句，他的鬍子向下垂，」安卡德夫人接著說，「一個過於無可挑剔的家庭，我認為有時也許會讓人沮喪……就像醫院的護士老是用肥皂把臉洗得光可鑑人！但在那些落後的鄉村，這種事情更多，比方在倫敦的療養院裡，她們的粉擦得很厚，而且使用非常鮮豔的口紅。不過我說啊，白羅先生，等所有這些荒謬的事情都結束後，你真的一定要專程來吃午飯。」

「你真好。」

「我個人並不在意那些警察，」安卡德夫人說，「我真心覺得這一切非常有趣。我告訴格蘭奇探長：『我一定盡力幫助你。』他似乎是個相當容易困惑的人，但做事有條有理。」

「對警察來說，動機似乎非常重要，」她接著說，「剛才談到醫院的護士，我相信對一個紅頭髮、翹鼻子的護士來說，約翰．克里斯托十分有吸引力。當然，這是很久以前的事了，警察也許不會感興趣。誰都無法確切知道，可憐的吉妲已經忍受了多久。她是那種忠實型的妻子，你認為是這樣嗎？或許她可能聽信了別人告訴她的一些閒話……我認為，如果一個人不是很聰明，那樣做是明智的。」

相當突然地，安卡德夫人使勁地打開了書房門，並領著白羅走進去，高興叫道：「白羅先生。」

她輕快地繞著他轉了一圈，然後便出去了，並關上門。格蘭奇探長和格傑恩正坐在桌邊。一個拿著記事簿的年輕小夥子坐在一個角落裡。格傑恩表示尊敬地趕緊站起身來。

白羅急忙道歉。

「我立刻退出去。我向你們保證，我不知道安卡德夫人……」

「不，不，你不用。」今早格蘭奇的鬍子看起來比以往更加了無生氣。

「也許，」白羅被剛才安卡德對格蘭奇的描繪蠱惑了，他想。「家裡有太多清潔工作，或是家裡添購了一張貝拿勒斯的黃銅桌子，以至於這個好探長真的沒有空間可以移動。」

他生氣地趕走了那些念頭。格蘭奇探長整潔但過於擁擠的家、他的妻子、他的兒子們，以及他們對麥克納組合玩具的沉迷……這都是安卡德夫人忙碌腦袋裡的想像。

但這些假設被敘述得那麼明確且栩栩如生，這倒使他很感興趣。這真是了不起的成就。

「請坐，白羅先生，」格蘭奇說，「我想問你一些事情，這裡幾乎快問完話了。」

他將注意力轉回到格傑恩身上，格傑恩順從地……幾乎是抗議地重新回到座位上。接著將一張毫無表情的臉轉向格蘭奇。

「這就是你記得的全部東西嗎？」

「是的，長官，每一件事，完全像平常一樣，沒有任何令人不愉快的東西。」

「有一件皮裘的披肩，就放在游泳池邊的涼篷裡。這是哪位女士的？」

「長官，您指的是一件白狐皮的披肩嗎？昨天我把杯子送到涼篷裡的時候也注意到了。但它不是這棟房子裡任何一個人的東西，長官。」

「那麼是誰的呢？」

「可能是克雷小姐的，長官。維若妮卡．克雷小姐，電影女演員。她曾披著這種披肩。」

「什麼時候？」

「前天晚上她來這兒的時候，長官。」

「你沒有提到她曾來此做客吧？」

「她不是客人，長官。克雷小姐住在鴿舍，那座……嗯，鄉間小路盡頭的農舍，她是晚飯後過來的，她的火柴用完了，所以過來借火柴。」

「她拿走了六盒嗎？」白羅問道。

格傑恩轉向他。

「完全正確，先生。夫人在問過我們是否還夠用之後，堅持讓克雷小姐拿走半打火柴。」

「她忘在涼篷裡了？」白羅說。

「是的，先生，我昨天上午看見火柴在那兒。」

「那個男人幾乎什麼都觀察到了。」在格傑恩離開並輕柔恭敬地把門掩上之後，白羅評論道。

格蘭奇探長只說那些傭人是魔鬼！

「然而，」他帶著一點重新露出的喜悅說，「那些廚房裡的女傭們總是願意吐實，不像這些傲慢的高級傭人。」

「我派了人去哈利大街調查，」他接著說，「我今天晚一點也會去。我們應該在那兒打聽一些消息。你是知道的，我敢說，克里斯托的妻子肯定忍受了很多東西。這些時髦的醫生和他們的女病人……哦，你會很吃驚！而且我從安卡德夫人那裡聽說，他和一個醫院護士有所牽扯。當然，她講得非常含糊。」

「是的，」白羅表示贊同。「她是很含糊。」

一幅建構得很巧妙的畫面。約翰·克里斯托和那些醫院女護士們的韻事，一個醫生生活中唾手可得的良機……這些原因足以解釋吉妲·克里斯托那終於積聚成謀殺的嫉妒。

是的，一幅暗示得很有技巧的畫面，把注意力轉移到哈利大街的背景……離開了空幻莊園，離開了荷立塔·薩弗納克，離開跨步向前、從吉妲·克里斯托毫無反抗的手中拿過左輪手槍的那一刻……也離開了約翰・克里斯托垂死時說出「荷立塔」的那一刻。

突然，一直半閉著眼睛的赫丘勒・白羅睜開雙眼，帶著無法抗拒的好奇心問：「你的兒子們玩麥克納組合玩具嗎？」

「嗯，什麼？」格蘭奇警探從皺著眉頭的幻想中回到現實，注視著白羅。「什麼，究竟是什麼？事實上，他們太小了，但我正在考慮送給特迪一組麥克納當作聖誕節禮物。你為什麼會問？」

白羅搖了搖頭。

他想，讓安卡德夫人顯得危險的，就是她那些直覺式的猜想經常可能是正確的。她老用一個不經心的詞句（看上去似乎是不經心的），勾勒出一幅畫面……如果這幅畫面有一部分是真實的，難道你不會相信畫面的其他部分也是真實的……

格蘭奇探長正在講話。

「有一點我想向你提起，白羅先生。女演員克雷小姐……她疲憊地到這兒來借火柴。如果她想借火柴，為什麼她不去你那兒，你家離她家只有一兩步遠？為什麼她要跑去一個半英里外的地方？」

赫丘勒・白羅聳了聳肩。

「其中一定有一些什麼原因。勢利眼的緣故吧，我們能這麼說嗎？我的小農舍又小又不起眼，我只是個來度週末的人，但亨利爵士和安卡德夫人是名人，他們住在這兒，也是鄉下人求助的對象。維若妮卡·克雷小姐可能想認識他們……畢竟，這是一種途徑。」

格蘭奇探長站起身來。

「是的，」他說，「當然，這也有可能。但我們不能忽略任何事情。我仍然認為，每件事都會按照正常的軌道運行。亨利爵士已經確認那把槍是他的收藏品之一，前天下午他們練習時似乎確實用了那把槍。克里斯托夫人只要進入書房，並從她所知的地方把槍和彈藥拿走就行了。這一切非常簡單。」

「是的，」白羅嘀咕著，「似乎一切都非常簡單。」

就是這樣，他想，一個像吉妲·克里斯托那樣的女人犯了罪，沒有詭計或複雜的原因，只是被狹隘但深情的天性所造成的劇烈痛苦驅使，才走上暴力犯罪這條路。

然而毫無疑問，當然，她有一些自我保護的意識。或許她是在盲目中——那種心靈上的黑暗——動手的，而在那種時候，動機就不是那麼重要了。

他回想起她那茫然、暈眩的面孔。

他不明白……他確實不明白。

但他覺得，他應該要明白。

16

吉妲·克里斯托脫下黑色洋裝，放在一張椅子上。

她的眼神令人憐憫，帶著某種不確定的東西。

她說：「我不知道，我真的不知道，好像沒有什麼是要緊的。」

「我明白，親愛的，我明白。」帕特森夫人很友好，但很堅定，她很清楚如何照顧那些剛承受喪親之痛的人。「艾喜在緊要關頭很了不起。」她的家人總是這樣說起她。

現在她坐在她姐姐吉妲的臥室裡。艾喜·帕特森又高又瘦，舉止充滿了活力。她正帶著一種惱火和愛憐的複雜感情注視著吉妲。

可憐的親愛的吉妲……以這樣一種可怕的方式喪夫，對她來說真是悲劇。無疑地，即使現在，嚴格說來，她似乎還沒有接受那個……呃，那個涉案的事實。當然，帕特森夫人想起吉妲總是遲鈍得要命，而且現在還得加上受驚的因素。

她用活潑的聲音說：「我認為我們應該買那種十二基尼的黑絲綢。」

人們總是不得不為吉妲做出決定。

吉妲一動不動地站著，她的眉心皺成一團。她猶豫了一下說道：「我真的不知道約翰是否喜歡哀悼，我曾經聽他說過他不喜歡。」

「約翰，」她想，「要是約翰在這裡，告訴我該做些什麼，那該有多好。」

但約翰將永遠不會再出現了，永遠不會，永遠不會……冷凝的羊肉在桌子上，肉汁凝結……診療室的門發出砰的一聲，約翰跑上樓來，一次跨兩級台階，總是匆匆忙忙，那麼有活力……

充滿生氣。

仰臥在游泳池邊……池邊慢慢滴落的鮮血……她手中握著那把左輪手槍的感覺……

一場噩夢，一個不好的夢，現在她要醒過來了，而這些都不會是真實的。

她妹妹清脆的聲音打斷了她那些含糊不清的思緒。

「出庭時，你必須穿上黑衣服。如果你穿天藍色的，會讓人覺得古怪。」

吉妲說：「可怕的出庭！」她半閉上雙眼。

「這對你來說很糟糕，親愛的，」艾喜・帕特森迅速地說，「但審訊結束後，你可以直接來找我們，我們會全力照顧你。」

吉妲・克里斯托思想中那些含糊不清的東西更加堅固了。而她的聲音則是恐懼的，幾乎是驚慌失措。她說：「沒有約翰，我該怎麼辦？」

艾喜．帕特森知道這個問題的答案。

「你還有孩子，你得為他們活著。」

芝娜抽泣並哭喊著：「我的爸爸死了！」然後倒在自己的床上。

特倫斯則面色蒼白、帶著詢問的神色，沒有掉一滴眼淚。

一把左輪手槍引發一場意外。她這樣告訴他們：可憐的爸爸遇到一場意外。

貝兒．柯林斯（她設想得那麼周到）已經沒收了早報，這樣孩子們就不會看到。她也警告過傭人們。的確，貝兒是最和善、考慮最周到的人。

特倫斯在那個黯淡的客廳裡走到母親身邊，嘴唇緊緊抿著，他的面孔蒼白得幾乎發青。

「父親為什麼遭到槍殺？」

「一個意外，親愛的。我……我沒辦法談這件事。」

「這不是一樁意外。為什麼你要說謊？父親被殺死了，這是謀殺，報上是這麼說的。」

「特倫斯，你是怎麼拿到報紙的？我告訴過柯林斯小姐……」

他點點頭……奇怪地重複點頭，就像個小老頭。

「我出去買了一份，我知道上面一定有些你不願告訴我們的事情，要不然為什麼柯林斯小姐把它們都藏起來？」

對特倫斯隱瞞真相是沒用的。他那種奇特的、客觀的、科學的好奇心總是要得到滿足。

「為什麼他被殺死了，母親？」

她在那瞬間崩潰了，變得歇斯底里起來。

「別問我，別談這個，我沒辦法談這個……這一切太可怕了……」

「不過他們會查出來的，不是嗎？我的意思是，他們必須查出來。」這麼理智，這麼冷靜。這讓吉妲想要尖叫、大笑和痛哭。她想：「他不在意，他不可能在意……他只是繼續問問題，天哪，他甚至沒哭。」

特倫斯已經走了，躲開艾喜姨媽的照顧，他是個有一張僵硬、受傷臉孔的孤獨小男孩。他總是感覺到孤獨，但在今天之前，這並不要緊。

可是今天不一樣，要是有人能夠理智而機敏地回答他的問題，該有多好。

明天，星期二，他和尼科森·邁納將要製造硝化甘油。他曾一直懷著激動的心情嚮往這一天，現在激動消失了，他已不在乎能不能製造硝化甘油了。

特倫斯覺得自己幾乎要休克了。他不再在乎任何有關科學實驗的一切，父親被謀殺了！他想：「我的父親……被謀殺了。」

同時在他心裡有什麼東西攪動了一下……生根，成長……一股慢慢升起的怒火。

貝兒·柯林斯輕輕敲了一下臥室的門，走了進來。她面色蒼白，神情鎮定，顯得十分能幹。她說：「格蘭奇探長到了。」當吉妲喘了口氣、可憐地看著她時，貝兒迅速接著說：「他說他沒必要打擾您。他將在離開前和你說句話，但那只是有關克里斯托醫生日常工作的例行問話，我可以告訴他想知道的事情。」

「哦，謝謝你。」

貝兒迅速地退了出去。

吉妲嘆息著說：「貝兒真是個好幫手，她是這麼老練。」

「是的，確實如此，」帕特森夫人說，「我敢說，她是一個出色的祕書。一個非常平凡、姿色平平的女孩，不是嗎？嗯，我總認為這樣最好，尤其是和一個像約翰那樣有吸引力的男人在一起。」

吉妲對她勃然大怒。

「你是什麼意思，艾喜？約翰永遠也不會……他絕不會……你的意思好像是說，如果他有一個漂亮的女祕書，就會和她調情或做出一些噁心的事情。約翰才不會這樣！」

「當然不，親愛的，」帕特森夫人說，「但畢竟，我們都知道男人們是什麼德性！」

診療室裡，格蘭奇探長面對著貝兒．柯林斯那冷冷的、好戰的目光。是好戰的，他注意到這點。喔，也許這是天生的。

「相當普通的女孩，」他想，「她和醫生之間應該沒有什麼，我不應該這樣想，不過她也可能愛上了他，有時候會發生這種事。」

但這次不是，經過十五分鐘後，他得到了結論。貝兒．柯林斯對問題的回答堪稱是清晰的典範。她回答迅速，而且顯然非常熟悉醫生工作的每一個細節。他改變了立場，並開始試探約翰・克里斯托和他妻子之間的關係。

貝兒說，他們的關係一向很好。

「我想他們也像大多數的夫妻一樣，不時有些爭吵吧？」探長的話聽起來輕鬆而自信。

「我不記得有任何爭吵。克里斯托夫人非常愛她的丈夫，算得上是百依百順。」

她的聲音中有一絲淡淡的鄙視，格蘭奇探長聽出來了。

「這女孩是個相當堅定的女權主義者。」他想。

他大聲說：「她一點也不考慮自己嗎？」

「是的，每件事總是圍繞著克里斯托醫生。」

「他就像暴君，嗯？」

貝兒細思後答道：「不，我不能那麼說。但我認為，他是一個非常自私的男人。他總認為，克里斯托夫人順從他是理所當然。」

「他和病人之間有什麼麻煩嗎……我指的是女人們？你不必考慮是否應該坦白，柯林斯小姐，大家都了解，醫生在這個行業中有他們的麻煩。」

「哦，那種事！」貝兒的聲音充滿了蔑視。「克里斯托醫生處理任何麻煩時都是非常持平，他對病人的態度十分和藹。」她加上一句：「他確實是個了不起的醫生。」

一種幾近不情願的仰慕蘊含在她的聲音中。

格蘭奇說：「他和某個女人糾纏不清，對吧？別自欺欺人了，柯林斯小姐，這很重要，我們得知道。」

「是的，我能理解。據我了解，沒有這種事。」

有一點點過於唐突，他想。她並不知道，但也許她猜到了什麼。

他突然問道：「荷立塔・薩弗納克小姐呢？」

貝兒的雙唇緊緊閉著。

「她是這家人的密友。」

「醫生和克里斯托夫人之間不曾因她而起勃谿嗎？」

「當然沒有。」

這個回答是刻意強調的。（過於強調了嗎？）

探長又換了個問法。

「維若妮卡・克雷小姐呢？」

「維若妮卡・克雷？」

貝兒的聲音裡有種純粹的驚奇。

「她是克里斯托醫生的一個朋友，不是嗎？」

「我從來沒有聽醫生提起過她。但我好像聽過這個名字……」

「一名電影女演員。」

貝兒的眉頭展開了。

「怪不得！我正納悶為什麼這個名字這麼熟悉。但我不知道克里斯托醫生認識她。」

她似乎對這個問題太感興趣，以致探長立刻轉移話題，繼續詢問上週六克里斯托醫生的舉止。在這個問題上，貝兒的自信首度動搖，她緩緩說：「他的舉止和往常不太一樣。」

「有什麼不同呢？」

「他似乎有點心不在焉，在他按鈴叫最後一名病人之前有很長的一段空檔。通常當他要外出的時候，他總是急忙把事情處理好。我認為……是的，我確定他好像有什麼心事。」

但她無法再更進一步確定什麼別的了。

格蘭奇探長對他的調查並不是很滿意。他還沒有找到確定犯罪動機的基礎……動機必須在案子送到檢查官之前確立。

就他個人而言，他非常肯定是吉妲．克里斯托槍殺了她的丈夫。他懷疑嫉妒就是動機，但到目前為止，他沒有找到任何有力的證據。庫姆斯警官一直在詢問女傭，但她們說的話都一樣：克里斯托夫人對他丈夫崇拜得五體投地，無以復加。

他想，無論發生什麼事，一定是發生在空幻莊園。此外，他記起來了，在空幻莊園他感到一種模模糊糊的不安。他們那兒所有的人都很古怪。

桌上的電話響了，柯林斯小姐拿起話筒。

她說：「是您的，探長先生。」並把話筒遞給了他。

「喂，我是格蘭奇。你是誰？」

貝兒聽出他語氣中的變化，奇怪地望看他。那張神色木然的臉上同往常一樣毫無表情，他正嘀咕著……傾聽著。

「是的……是的，我知道了。絕對沒錯，是嗎？一定沒錯？是的，是的……我就回去。我這邊的事差不多辦完了。是的。」

他放下話筒，一動不動地坐了片刻。貝兒奇怪地看著他。

他縮成一團，用一種和先前詢問時完全不同的聲音問道：「你有沒有什麼看法，柯林斯小姐，關於這件事？」

「你的意思是……」

「我的意思是關於誰殺了克里斯托醫生，你有什麼看法嗎？」

她直率地說：「我一點兒想法也沒有，探長先生。」

格蘭奇緩慢地說：「當屍體被發現的時候，克里斯托夫人正站在他旁邊，手裡握著左輪手槍……」

他刻意不把話說完，留下一個沒說完的句子。

她反應迅速，但並不激烈，而是冷冷的、審慎的。

「如果你認為是克里斯托夫人殺了她丈夫，那麼我敢保證你錯了。克里斯托夫人絲毫不是個有暴力傾向的女人。她非常溫順謙卑，並且完全處在醫生的支配之下。對我來說，只要任何人想像是她槍殺了醫生，都很荒謬，即使表面上有很多東西可能對她不利。」

「那麼，如果不是她，那又是誰呢？」他敏捷地問。

貝兒慢慢地說：「我不知道。」

探長走向門口。貝兒問：「你想在離開之前見一下克里斯托夫人嗎？」

「不……好，也許我還是見見她。」

貝兒再次感到奇怪，這不是在電話鈴響之前詢問他的那個格蘭奇探長嗎，他聽到了什麼消息，使他轉變這麼大？

吉妲緊張地走進屋裡。她看上去不快且困惑。她用低低的、顫抖的聲音問：「案子有什麼進展嗎？」

「還沒有，克里斯托夫人。」

「這是多麼不可能……多麼不可能。」

「但確實發生了，克里斯托夫人。」

她點點頭，低頭往下看，將一條手絹揉成一小團。

他平靜地說：「你丈夫有沒有仇人，克里斯托夫人？」

「約翰？哦，不。他非常了不起。大家都敬重他。」

「難道你想不起誰對他心懷怨恨嗎？」他停了一下又問：「或是對你？」

「對我？」她似乎很驚奇。「哦，不，探長先生。」

格蘭奇探長嘆了口氣。

「關於維若妮卡·克雷小姐呢？」

「維若妮卡·克雷？哦，你指的是那天晚上來借火柴的那個人嗎？」

「是的，就是她。你認識她嗎？」

吉妲搖了搖頭。

「我以前從未見過她。約翰是很多年以前認識她的……那是她說的。」

「我猜，她也許對他心懷怨恨，而你不知道。」

吉妲充滿尊嚴地說：「我不認為任何人會對約翰懷有惡意。他是最和善、最無私的人，同時也是一位最高尚的人。」

「嗯，」探長說，「是的，我相信。那麼，再會吧，克里斯托夫人。你知道審訊的事吧？星期三上午十一點在瑪格特戴普里奇，應該很簡單，沒什麼好操心的。審訊可能會持續一星期，這樣我們就能進行更深入的調查。」

「哦，我明白，謝謝你。」

她站在那兒，目送他離去。即使現在，他仍懷疑她是否知道自己被列為主嫌這件事。

他叫了一輛計程車……鑑於他剛才在電話裡被告知的緊急消息，這是正當的費用。那個消息正將他引向何處，他還不知道。從表面來看，這個消息似乎毫不相關。真是瘋狂，它完全沒有意義。然而，在某個他還不明白的面向，它必定是有意義的。

從中推斷出來的唯一結論，就是這樁案子完全不像他原先一直以為的那麼簡單明瞭。

17

亨利爵士好奇地望著格蘭奇探長。

他緩緩地說：「我不太確定我是否聽懂你的話，探長先生。」

「非常簡單，亨利爵士。我請您檢查一下您的輕型武器收藏。我相信它們都已分類並編了索引吧？」

「當然。但我已經認出了那把左輪手槍是我的收藏品之一。」

「事情沒這麼簡單，亨利爵士。」

格蘭奇暫停了片刻。他的本能不允許他洩漏任何消息，但在這個特別的案例中，他覺得有些壓力。亨利爵士是個重要人物，無疑地他會聽從自己的請求，但他也會詢問原因的。探長決定告訴他理由。

他平靜地說：「克里斯托醫生並不是被你今天早晨鑑定過的那把左輪手槍射死的。」

亨利爵士的眉毛揚了起來。

「真是不可思議！」他說。

格蘭奇隱約覺得安慰，不可思議正是他內心的感受，他感謝亨利爵士說出這種感受，也同樣感激他沒再說別的。到目前為止，這是他們所獲得最重大的進展。這件事太不可思議了，但除此之外毫無意義。

亨利爵士問：「你能確定那射出致命一擊的武器是我的收藏品嗎？」

「不能，但我必須先確定一下才能說，不過，凶槍並不是那把左輪手槍。」

亨利爵士認可地點了點頭。

「我了解你的立場。那麼，我們開始工作吧，這將會花上一點時間。」

他打開桌子，取出一本皮面的卷宗。

當他打開卷宗時，又說了一句：「清點將會花上一點兒時間……」

格蘭奇的注意力被他聲音中的某些東西吸引住了，他猛地抬頭向上看。亨利爵士的肩膀向下垂了一點兒……突然間，他似乎變得更年老、更疲憊。

格蘭奇警官皺起了眉頭。他想：「要是我知道這裡的人都是什麼樣的人就好了。」

「啊……」他不禁嘆道。

格蘭奇在屋裡轉圈子踱步，他的眼睛注視著時鐘上的時間，三十分鐘……二十分鐘……

打從亨利爵士說了「這將會花上一點時間」之後，時間分分秒秒過去。

格蘭奇機警地說：「怎麼了，先生？」

「一把口徑零點三八英寸的史密斯—韋森手槍丟了。它裝在一個褐色皮槍套裡，放在抽屜擱架的最裡面。」

「啊！」探長努力讓自己的聲音保持平靜，但他很興奮。「那麼，先生，你還記得最後一次看到它是什麼時候？」

亨利爵士只想了一下下。

「這很難確定，探長先生。我最後一次打開這個抽屜是一個星期前，而且我認為……我幾乎可以肯定……如果那時手槍丟了，我應該會注意到有個空位，但我不敢確定當時是否看到槍。」

格蘭奇探長點點頭。

「謝謝您，先生，我相當了解這種情形。喔，我必須繼續處理別的事情了。」

他離開了房間，一個忙碌而有目標的人。

亨利爵士在探長走了之後一動不動地站了一會兒，接著慢慢走了出去，穿過落地窗來到平台上。他的妻子正拿著一個園藝籃子，戴著一雙園藝手套忙碌著。她正在用一把修枝剪修剪灌木。

她愉快地對著他揮揮手。

「探長想做些什麼？我希望他不要再去騷擾那些傭人了。你知道，亨利，他們不喜歡這樣，傭人不像我們可以將這視為是有趣或新奇的事。」

「我們是這樣認為嗎？」

他的語氣吸引了她的注意。她對著他甜甜地綻開了笑容。

「你看起來好疲憊，亨利。你一定為這一切深深地憂慮著吧？」

「謀殺是令人憂慮的，露西。」

安卡德夫人思考了片刻，心不在焉地剪掉一些枝條，接著臉上的神情變得愁容滿面。

「哦，天哪！這把修枝剪真讓人頭痛，它是這麼神奇，讓人一剪起來就停不了手，而且剪掉的總是比打算要剪的還多。你剛才說什麼……關於謀殺令人憂慮的事？不過說真的，亨利，我向來不明白為什麼。我的意思是，如果一個人不得不死，可能死於癌症，或是肺結核（在那些可怕、明亮的療養院中），或是中風（真恐怖，一個人的臉全部歪向一邊），要不然也可能被射死、刺死或勒死，但最終所有的結局都一樣。我的意思是，人死了，脫離了所有的一切，所有的憂慮都結束了；親戚們則捲入無盡的麻煩中……為錢發生爭吵、是否穿黑色衣服、誰將得到賽玲娜姑媽的寫字桌……諸如這樣的事情！」

亨利爵士坐在石頭牆旁邊。他說：「這會比我們想像的還要令人沮喪，露西。」

「喔，親愛的，我們不得不忍受。當這一切結束後，我們可以離開，到某個地方去。讓我們別再為現在的麻煩而煩惱，想想未來吧！我真的對此很開心。我一直在考慮去安斯威克過聖誕節合不合適……或是等到復活節再去。你認為呢？」

「我們有充分的時間為聖誕節訂計畫。」

「是的，但我喜歡在腦海中勾勒事情。復活節，也許……」露西愉快地笑著。「想必她到那時候已經恢復正常了。」

「誰？」亨利爵士嚇了一跳。

安卡德夫人鎮靜地說：「荷立塔。我想如果他們在十二月舉行婚禮……我的意思是明年十二月，那麼我們就能去安斯威克，並留在那兒過聖誕節。我一直在想，亨利……」

「我希望你不要想了，親愛的，你想得太多了。」

「你知道那個穀倉嗎？它可以改建成一間完美的雕塑室，荷立塔需要一間雕塑室。她真的很有天賦，你知道的。我敢說，愛德華將會以她為榮。兩個男孩和一個女孩會很不錯……或是兩個男孩和兩個女孩。」

「露西，露西！你想得太過頭了。」

「但是，親愛的，」安卡德夫人睜開她那漂亮的大眼睛。「愛德華除了荷立塔之外不會娶任何人的，他非常非常固執。在這一點上，他相當像我的父親，他的腦子裡自有定見！所以荷立塔一定會嫁給他，既然約翰．克里斯托不再是障礙了……約翰的確可能是降臨在她身上最大的不幸。」

「可憐的人！」

「為什麼？哦，你的意思是因為他死了嗎？喔，每個人都不免一死。我從不為瀕臨死亡的人焦慮。」

他奇怪地看著她。

「我一直以為你滿喜歡克里斯托的，露西？」

「我覺得他很有趣，而且很有魅力。但我不認為必須太過重視任何人。」

露西溫柔地帶著一張笑臉，沒有絲毫不安繼續修剪著。

18

赫丘勒・白羅向窗外望去，看到荷立塔正沿著小路來到門前。她穿著悲劇發生那天的那套綠色花呢套裝。跟著她的還有一隻小狗。

他急忙把門打開。她站在那兒對著他微笑。

「我能進來參觀一下你的房子嗎？我喜歡觀察人們的房子。我正帶著這隻狗散步。」

「當然沒問題。英國人是多麼喜歡帶著狗散步！」

「我明白，」荷立塔說，「我想過這個。你知道那首優美的詩嗎？它這樣寫道：『日子慢慢一天天地滑過。我餵了鴨子，罵了我的妻子，用短笛吹奏了韓德爾的慢板，並帶著狗遛了一圈。』」

她又笑了，一個燦爛、虛幻的微笑。

白羅帶著她走進客廳。她環視一下那整齊而潔淨的布置，並點了點頭。

「真不錯，」她說，「每種東西都有兩件。你不會喜歡我的雕塑室的。」

「為什麼？」

「哦，很多東西都沾了黏土，我碰巧喜歡的東西只會有一樣，如果有兩件同樣的東西，其中之一就會被毀掉。」

「我能夠理解這點，小姐，你是一個藝術家。」

「你難道不也是個藝術家嗎，白羅先生？」

白羅將頭轉向一邊。

「問得好，但從整體上來看，我會說，不是。我知道有些犯罪深具藝術性……你知道，它們經過想像力最高階的鍛鍊。但偵破它們並不是藝術，它不需要創造力。它需要的只是一種對真相的熱愛。」

「一種對真相的熱愛，」荷立塔沉思著說，「是的，我看得出來，這會為你招來多大的危險。真相使你滿意嗎？」

他奇怪地看著她。

「你是什麼意思，薩弗納克小姐？」

「我能理解你想知道真相，但你獲得的資訊足夠嗎？你應該再深入一點，並將獲知的信息轉化為行動，是嗎？」

他對她進一步的解釋很感興趣。

「你是在暗示，如果我知道克里斯托醫生之死的真相，我可能會滿足於自己保留這個祕密？你知道他死亡的真相嗎？」

荷立塔聳了聳肩。

「顯而易見的答案似乎是吉妲。妻子或丈夫總是第一嫌疑犯，這多諷刺啊。」

「你不同意嗎？」

「我一向喜歡保持開放的態度。」

白羅平靜地說：「你為什麼到這兒來，薩弗納克小姐？」

「我必須承認，我沒有你那種對真相的熱愛，白羅先生。帶狗出來散步是英國鄉村居民堂皇的理由。當然，安卡德夫婦沒有狗，那天你可能注意到了。」

「這個事實沒有逃過我的眼睛。」

「於是我借了園丁的小狗。你必須明白，白羅先生，我並不是非常誠實。」

那燦爛脆弱的笑容再次閃現了。他很想知道，為什麼他突然發現微笑是那麼讓人深深感動。他平靜地說：「雖然如此，但是你很正直。」

「為什麼你會這麼說？」

她很吃驚……幾乎是，感到驚慌。

「因為我相信這是真的。」

「正直，」荷立塔思索地重複著這個詞。「我想知道這個詞究竟是什麼意思。」

她靜靜地坐在那兒，盯著地上的地毯，接著她揚起頭，泰然地看著他。

「難道你不想知道我究竟為什麼要來？」

「也許，你很難用言語來表達。」

「是，我想是這樣的。白羅先生，審訊就在明天。一個人不得不下決心有多少……」

她把話吞了回去。她站了起來，緩步走向壁爐台，動了動幾個裝飾品，並將一瓶紫菀從桌子中央移到壁爐台的邊角上。她踱回去，側著頭注視屋裡的布置。

「你喜歡這樣嗎，白羅先生？」

「一點兒也不，小姐。」

「我想你不會的。」她笑著，迅速而靈巧地將每樣東西都挪回原來的位置。「喔，如果一個人想說點什麼，他終究會說出來的！你是那種值得信賴、可以談話的人。現在我要開始了，你認為有必要告訴警方嗎？警察應該知道我是約翰·克里斯托的情婦。」

她的聲音非常乾癟，不帶任何感情。她沒有看他，而是看他頭頂上的牆壁。她用一根食指順著那個裝著紫色花朵的瓶身遊動。他有個想法，她手指的觸摸正是她情感的發洩。

赫丘勒·白羅明確而同樣不帶感情地說：「我明白了。你們是情人嗎？」

「如果你喜歡這麼說，是的。」

他奇怪地看著她。

「這不是修辭的問題，小姐。」

「不是你們想的那樣。」

「為什麼不是？」

荷立塔聳了聳肩膀。她走過來，坐在沙發上，挨著他。她緩緩地說：「人們描述事情總是喜歡盡可能地……盡可能地精確。」

他對荷立塔．薩弗納克的興趣變得更濃厚了。他說：「你當克里斯托的情婦……有多久了？」

「大約六個月。」

「我猜，警察應該會毫不費力地發現這個事實吧？」

荷立塔考慮著。

「我想不會。除非他們正在追查這種事。」

「哦，他們會查的，我能確定這點。」

「是的，我在某種程度也認為他們會查。」她停頓了一下，在膝蓋上攤開手指，並注視它們。接著對他投以迅速友好的一瞥。「那麼，白羅先生，你認為應該怎麼辦呢？到格蘭奇探長那兒去，並說……對一個長著那種鬍子的人能說什麼？那是一撮那麼居家型的鬍子。」

白羅的手往上伸向那引以自傲的天生裝飾品。

「那我的呢，小姐？」

「你的鬍子，白羅先生，是一件藝術傑作。除了本人，它不能和任何事物聯繫在一起。

我肯定，它是獨一無二的。」

「絕對是。」

「這可能就是為什麼我要找你談話的原因。當然，警察必須知道我和約翰之間的關係，但有必要將它公諸於眾嗎？」

「這取決於，」白羅說，「警察認為這和案子是否有關，他們會非常慎重。你對這個問題非常在意嗎？」

荷立塔點點頭。她低頭注視了一會兒自己的手指，接著突然抬起頭說話。她的聲音不再冷漠、輕佻了。

「對可憐的吉妲來說，事情已經很糟了，又何必讓它變得更糟呢？她愛慕約翰，而他死了。她已經失去他，為什麼還要背負另一個重擔？」

「是因為她，你才介意嗎？」

「你認為這是偽君子的行為嗎？我猜，你會覺得如果我這麼關心吉妲心靈上的寧靜，就不該去當約翰的情婦。但是你不懂，事情不是這樣。我沒有破壞他的婚姻生活，我只是……整個過程中的一環而已。」

「啊，是這樣的嗎？」

她尖銳地駁斥他。

「不，不，不！不是你所想的那樣。這是我最在意的！每個人對約翰是哪種人都抱持錯誤的想法。這就是為什麼我要找你談話，因為我有一個模糊、渺茫的希望，希望能讓你明白……我的意思是……約翰是哪種人。我能非常清楚地洞察到未來會發生什麼：報紙上的斗大標題『一個醫生的愛情生活』、吉妲、我自己，還有維若妮卡．克雷。約翰不是那樣的，他不是，實際上，他不是個很重視女人的男人。對他來說，最重要的不是女人，而是他的工作。他的興趣和激情，還有他的冒險意識，真正投注的地方是在他的工作上。是的，如果在任何時候冷不防地接近約翰，並要求他說出他腦中最重要的女人是誰，你知道他會說出誰的名字嗎？是克柏翠太太。」

「克柏翠太太？」白羅感到很驚奇。「那麼，誰是克柏翠太太呢？」

當荷立塔繼續往下說的時候，她的聲音中有某種介於眼淚和歡笑之間的東西。

「她是個老太太……醜陋，骯髒，滿臉的皺紋，但不屈不撓，約翰非常敬仰她，她是聖克里斯多佛醫院的一個病人。她得了里奇微氏病，那是一種非常罕見的病，如果得了那種病，就注定非死不可了，沒有任何治療方法。但約翰正在尋找一種療法，我無法做專業上的解釋，它非常複雜……是關於荷爾蒙分泌的某種問題。他一直在做實驗，而克柏翠太太是他值得奮鬥的病人，因為她有膽量，她想活下去，而且她喜歡約翰。她和他站在同一條戰壕裡戰鬥。這幾個月以來，里奇微氏病和克柏翠太太是約翰心中最重要的東西，他日以繼夜，其他任何東西都不算什麼。這就是約翰真正要當的那種醫生……而不是哈利大街上的那些瑣事和那些富有的胖女人，那只是副業。他想擁有的是強烈的科學好奇心和成就。我……哦，我希望我能讓你明白。」

她的手以一種古怪絕望的姿勢揮舞著，而赫丘勒・白羅覺得這雙手是多麼可愛、敏感。

他說：「你似乎非常了解。」

「哦，是的，我很了解。約翰生前常常來我這兒、和我談話，你明白嗎？不是只對我說……那只是附帶的，我認為主要是對他自己說話。他以這種方式讓事情變得清楚明白。有時他幾乎絕望了，不知道如何清除不斷上升的毒素，但緊接著又冒出了修正治療方式的想法。我不能向你解釋這像什麼，這就像……是的，像一場戰鬥。你難以想像那種狂暴和強度……還有，對了，有時是痛苦，有時又是純粹的倦怠……」

她沉默了一兩分鐘，她的眼睛因回憶而黯淡。

白羅奇怪地問：「你一定具有某種專業知識吧？」

她搖了搖頭。

「不完全是，只夠我明白約翰在說些什麼而已。我讀了這方面的書。」

她再次陷入沉默，她的臉變得柔和了，嘴唇半張著。他想，她沉浸在回憶中。

隨著一聲嘆息，她的思想又回到現實中。她愁悶而渴望地望著他。

「要是我能使你明白……」

「你已經做到了，小姐。」

「真的嗎？」

「是的。當一個人聽到這番話後，他會認為是真誠可信的。」

「謝謝你。但向格蘭奇探長解釋可沒這麼容易。」

「也許吧，他的注意力會集中在個人的角度上。」

荷立塔帶著強烈的感情說：「而那是多麼的不重要……完全不重要。」

白羅的眉毛慢慢揚起。接著，她回答了他無言的抗議。

「但的確是這樣！你瞧，我曾經一度處在約翰和他牽掛的事情之間。身為女人，我愛他。當他想集中思緒的時候，由於我的緣故，他做不到，他開始擔心他真的愛上我，他不想愛上任何人，他……他和我做愛是因為他不想太在意我。他想讓這一切輕鬆自在，就像他之前的風流韻事。」

「而你……」白羅關注地看著她。「你滿足於擁有這份愛，就像你所說的那樣？」

荷立塔站起身來。又一次用她那不帶任何感情的聲音說：「不，我不滿足。畢竟，我是有血有肉的人……」

白羅等了片刻，接著說：「那麼為什麼，小姐……」

「為什麼？」她的目光在他身上轉來轉去。「我想讓約翰滿意，我想讓約翰擁有他想得到的。我想讓他能夠繼續關心他在意的事……他的工作。如果他不想受到影響，不想再一次受到傷害……那我又何必強求？因為這一切對我來說都無所謂。」

白羅摸了摸鼻子。

「剛才，薩弗納克小姐，你提到了維若妮卡．克雷。她也是約翰．克里斯托的一個朋友嗎？」

「直到上個星期六晚上之前，他已經有十五年沒見到她了。」

「他是十五年前認識她的？」

「他們訂過婚。」荷立塔走回來，坐了下來。「我知道我得把這個弄得更清楚些。約翰不顧一切地愛上維若妮卡。維若妮卡過去是，而且現在也是，一隻頭等貨色的母狗。她是那種至高無上的個人主義者。她的條件是要約翰放棄一切他所關注的東西，成為維若妮卡．克雷小姐馴服的小丈夫。約翰結束了整件事……十分正確地，但他就像在地獄中煎熬。於是，他想娶一個盡可能不像維若妮卡的女人，最後他娶了吉妲，一個你可以不文雅地描述成頭等笨蛋的人。這一切都美好而安全，但正如任何人都可能告訴過他的。然後，那一天來臨了，和一個笨蛋結婚使他惱火，他有了各種風流韻事，但沒有一件是重要的。吉妲，當然了，從來不知道這些事。但我個人認為，十五年以來，一直有某種錯誤的東西伴隨著約翰……某種與維若妮卡有關的事。他從未真正消除她的影響。接著，上個星期六，他再次遇到她。」

在一個漫長的停頓後，白羅夢幻般地描述道：「他那天晚上和她出去，送她回家，在凌晨三點返回了空幻莊園。」

「你是怎麼知道的？」

「一個女僕恰好牙痛。」

荷立塔不相關地說：「露西的傭人太多。」

「你也知道這個嗎，小姐？」

「是的。」

「你是怎麼知道的？」

再一次出現無盡的停頓。

接著荷立塔緩緩地回答：「我從窗戶向外望，看到他返回了房子。」

「是牙痛嗎，小姐？」

她對著他微笑。

「完全是另一種痛苦，白羅先生。」

她站起來走向門口。

白羅說：「我和你一起回去，小姐。」

他們穿過那條鄉間小路，穿過那扇門，走進栗樹林中。

荷立塔說：「我們無須經過游泳池。我們可以從左邊過去，然後沿著最高的那條路走到花間小徑。」

一條通向樹林的陡峭上坡路。過了一會兒，他們來到一條位於栗樹林之上，從右邊穿過山坡的寬廣小路。不久他們走向一張長凳，荷立塔坐了下來，白羅坐在她身邊。他們的頭頂和身後都是樹，腳下是密實的小栗樹林。座位正前方是一條通往山下的蜿蜒小路，順著它可以看到藍色的水光。

白羅不聲不響地看著荷立塔。她的面孔放鬆了，緊張已經消失，看上去更圓潤、更年輕了。他意識到自己所看見的，是她年輕時的模樣。

最後他溫柔地說：「你在想些什麼，小姐？」

「關於安斯威克。」

「安斯威克是什麼？」

「安斯威克嗎？是一個地方。」

如作夢般，她向他描述了安斯威克。那白色的優雅房子，生長著巨大的木蘭，整棟房子坐落在四面長滿樹木的小山環繞著的一塊平地上。

「是你家嗎？」

「不是，我住在愛爾蘭。那是我們所有人度假的地方，愛德華、米琪，還有我。實際上，那是露西的家，屬於她父親。當他死了之後，就成為愛德華的了。」

「不是屬於亨利爵士嗎？正是他繼承的爵位呀。」

「哦，那是一個巴斯勳爵的頭銜，」她解釋道，「亨利只是一個遠親而已。」

「那麼在愛德華．安卡德之後，這個安斯威克又歸屬於誰呢？」

「多奇怪啊，我確實從來沒想過。如果愛德華不結婚的話……」她停頓了一下。一層陰影掠過了她的面龐，赫丘勒．白羅想確切知道是什麼念頭閃過她的腦海。「我想，」荷立塔緩緩地說，「它將屬於大衛，所以這就是為什麼……」

「什麼為什麼？」

「為什麼露西要邀請他到這兒來……大衛和安斯威克？」她搖了搖頭。「說不上什麼原因，就是不太相配。」

白羅指點著他們面前的那條小路。

「昨天你去游泳池，小姐，正是從這條路，是嗎？」

她迅速顫抖了一下。

「不，是從更靠近房子的那條。是愛德華走這條路的。」她突然對他抗議道：「我們必須再談論這個嗎？我憎恨這座游泳池，我甚至憎恨空幻莊園。」

白羅喃喃道：

我憎惡小樹林後那個可怕的洞穴；
它的雙唇被血紅的石南刺透。
它那紅色的岩架沉默滴淌著鮮血的恐怖，
無論你問她什麼，那兒總回響著「死亡」。

荷立塔那張吃驚面孔轉向他。

「坦尼森，」赫丘勒．白羅說，並自豪地點了點頭。「你們坦尼森爵士的詩。」

荷立塔重複著：「無論你問她什麼，那兒總回響著……」她繼續著，幾乎是在自言自語。「當然……我明白了，這就是了……回響！」

「你所謂的回響是什麼意思？」

「就是這個地方——空幻莊園！星期六，當愛德華和我走上山脊時，我似乎聽見安斯威克的回響，而且那就是我們，我們這些姓安卡德的人！回響！我們不是真實的，不像約翰那樣真實。」她轉向白羅。「我真希望你以前認識他，白羅先生。和約翰相比，我們都是影子，約翰是真正活生生的人。」

「我明白這點，即使當他瀕臨死亡的時候，小姐。」

「我明白。我覺得……但約翰死了，而我們，這些回響，卻活著……這就像一個非常糟糕的玩笑。」

青春再次從她臉上消失了。她的嘴唇因為突然的痛苦而扭曲、苦澀。

當白羅開口問一個問題時，她有片刻之久沒有聽到他在說什麼。

「對不起，您說的是什麼，白羅先生？」

「我是問，你的姨媽——安卡德夫人——是否喜歡克里斯托醫生？」

「露西？她是我表姐，不是姨媽。是的，她非常喜歡他。」

「那愛德華也是你表哥嗎？他喜歡克里斯托醫生嗎？」

當她回答的時候，她的聲音——他想——有一點兒不自然。

「並不是特別喜歡，但他幾乎不認識他。」

「那你的……另一個表弟大衛．安卡德先生呢？」

荷立塔笑了。

「大衛呀，我認為，他憎惡我們所有人。他把自己囚禁在書房裡，以閱讀《大英百科全書》來消磨時間。」

「啊，他有種嚴肅的氣質。」

「我為大衛感到遺憾。他曾有過不幸的家庭生活。她的母親心智不健全……是一個病人。現在他保護自己的唯一方法，就是試圖感覺比每個人都高明。只要這個方法有效，他就很好，但有時這個方法會失敗，於是脆弱的大衛就顯露出來了。」

「他覺得自己比克里斯托醫生高明嗎？」

「他曾試著這樣想……但我不認為奏效了。我懷疑約翰．克里斯托正是大衛所追隨的偶像。結果他並不喜歡約翰。」

白羅沉思著點點頭。

「是的。自我肯定、信心、男子氣概……所有這些強烈的男性特質。這真是有趣，非常有趣。」

荷立塔沒有回答。

穿過栗樹林，順著游泳池走下去，赫丘勒・白羅看到一個男人彎著腰，正在找尋著什麼東西。

白羅嘀咕著：「我想知道……」

「能再說一遍嗎？」

白羅說：「那是格蘭奇探長手下的一個人，他似乎在找什麼東西。」

「線索，我猜。警察不是總要找線索嗎？菸灰、腳印、燃過的火柴什麼的。」

她的聲音裡帶著一種尖刻的嘲諷。白羅嚴肅地做出了回答。

「是的，他們是在找這些東西……有時他們的確找到了。但是真正的線索，薩弗納克小姐，在這樣的案件裡，常常存在相關人士的個人關係當中。」

「我不明白你說的。」

「一些小事情，」白羅說，他的腦袋轉了回去，眼睛半閉著。「不是菸灰或橡皮鞋跟的印子，而是一個姿勢、一個眼神、一種出乎意料的行為……」

荷立塔猛地轉過頭看著他。他感覺到她的目光，但他沒有轉過頭去。她說：「你正在思考……任何特別的事情嗎？」

「我在想，你是如何快步向前，從克里斯托夫人的手中拿過那把左輪手槍，接著把它掉進了游泳池裡。」

他察覺到她發出輕微的震顫，但她的聲音十分正常、冷靜。

「吉妲，白羅先生，她是個相當笨拙的人。在那個震驚的時刻，如果那把左輪手槍中還有另一顆子彈，她也許會射出去，而且會傷著人什麼的。」

「但結果是你相當笨拙，對吧，將它掉進了游泳池裡？」

「喔，我也受到了驚嚇。」她頓了一下。「你在暗示什麼，白羅先生？」

白羅站起來，轉過腦袋，用一種敏捷、實際的方式說：「如果那把左輪手槍上有指紋……在克里斯托夫人握住它之前印上去的指紋，如果知道那是誰的將會非常有趣，而現在我們永遠也不會知道了。」

荷立塔平靜卻堅定地說：「這意謂著，你認為上面的指紋是我的。你在暗示是我開槍殺了約翰，然後將左輪手槍放在他身邊，所以吉妲會走過去撿起來，並握著那個寶貝站在那兒。這就是你所暗示的，難道不是這樣嗎？但無疑地，如果我做了那些事情，你應該相信我有足夠的智力先擦掉自己的指紋！」

「但無疑地，小姐，如果你做了這些事，你有足夠的智力了解，萬一那把左輪手槍上除了克里斯托夫人之外，沒有別人的指紋，那將會非常不可思議，因為你們所有人前天都用那把左輪手槍射擊了。吉妲·克里斯托在用它之前，幾乎不可能將上面的指紋擦乾淨……她何必那樣做？」

荷立塔緩緩地說：「所以你認為是我殺了約翰嗎？」

「當克里斯托醫生臨死前，他說：『荷立塔。』」

「你認為那是一個指控嗎？並不是。」

「那麼它是什麼呢？」

荷立塔伸出她的腳，並且用腳趾畫了一個圖樣，然後用低沉的聲音說：「難道你忘了嗎，不久前我才告訴過你，我的意思是……我們所達成的共識……」

「啊，是的，他是你的愛人，於是當他臨死的時候說出『荷立塔』。這真是令人感傷。」

她用刀鋒般的眼睛瞪著他。

「難道你一定要說風涼話嗎？」

「我不是在說風涼話。但我不喜歡別人對我撒謊……而我認為，那正是你試圖做的。」

荷立塔平靜地說：「我告訴過你，我不是很誠實。但當約翰說出『荷立塔』的時候，他並不是在指控我謀殺了他。難道你不了解我這種類型的人嗎，我們創造東西，而沒有能力奪走生命？我不殺人，白羅先生，我不可能殺任何人。這是簡單且百分之百的事實。你懷疑我，只因為我的名字被一個垂死、不知所云的男人呢喃著。」

「克里斯托醫生完全清楚他在說什麼。他的聲音是鮮活的、清醒的，就像醫生在做一個重大手術時尖銳而迫切地說：『護士，請遞鑷子。』」

「但……」她似乎不知所措，吞下了後半截話。

赫丘勒・白羅迅速接著說：「而且不單因為克里斯托醫生臨死前所說的話，有一度我的確認為你不會做出有預謀的謀殺，但這麼說也不完全對。也許你是在某種突發、強烈的怨恨中爆發而開了那一槍……如果是那樣……如果是那樣，小姐，你具有足夠創造性的想像力和能力來掩蓋你的行動。」

荷立塔站起身，站了半刻，蒼白而顫抖地看著他。她帶著突兀又懊悔的微笑說：「我還以為你喜歡我。」

赫丘勒・白羅嘆了口氣，他悲哀地說：「非常不幸的是，我確實喜歡你。」

19

在荷立塔離開之後，白羅依然坐在那兒，他看到格蘭奇探長邁著堅定、輕鬆的步伐走過游泳池，並選擇經過涼篷的那條小路。

這個探長走這條路是有目的。

他一定是要去……要麼是憩齋，要麼是鴿舍。白羅盤算著到底是去哪兒。

他站起來，沿著他剛才來的那條路折回。如果格蘭奇探長是要去探望他，他倒很有興趣聽聽探長要說些什麼。

但當他回到憩齋時，並沒有任何來訪者的跡象。白羅若有所思地看著通向鴿舍的那條道路。她還沒返回倫敦，他知道維若妮卡·克雷還沒有。

他發現自己對維若妮卡·克雷的好奇心變得強烈起來。那條白色耀眼的狐皮披肩，那疊火柴盒，星期六晚上那破綻百出的貿然闖入，最後是荷立塔·薩弗納克揭露有關約翰·克里斯托和維若妮卡之間的關係。

他想，這是一個有趣的模式。是的，那就是他如何看待這件事的……一個模式。

一幅感情糾結和個性衝突的圖畫，一幅奇怪而複雜的圖畫，陰暗的仇恨與欲望流動其中。

吉妲・克里斯托殺了她丈夫嗎？或許這件事不是那麼簡單。

他回想和荷立塔之間的談話，確定這件事並不簡單。

荷立塔曾經下了一個結論，她認為白羅懷疑她是凶手。但實際上他並沒有想那麼多，最多也不過是確信荷立塔知道些什麼，或是隱瞞了些什麼……是什麼呢？

他不滿意地搖了搖頭。

游泳池畔演的那一幕，預先設計好的一幕，事先安排好的一幕。

是誰演出的呢？又是為誰而演出的呢？

第二個問題的答案是他自己，赫丘勒・白羅。他曾強烈懷疑這是預謀，在當時他的確這樣認為，但那時緊接著他又認為這是一種不合適的行為……一個玩笑。

這仍然是一種不合適的行為……但不是一個玩笑。

那麼第一個問題的答案呢？

他搖了搖頭。他不知道。他一點想法也沒有。

他半閉上眼睛，開始在腦子裡回想這一切，所有這一切。他的理智之眼清晰地看到這一切：亨利爵士，一個正直、有責任心、值得信賴的大英帝國官員；安卡德夫人，有種模模糊糊、令人難以形容且難以預料、使人手足無措的魅力，以及那種前後不連貫的話語所顯現的強大影響力；荷立塔．薩弗納克愛約翰．克里斯托勝過自己；溫柔而消極的愛德華．安卡德；那個棕黑色皮膚、名叫米琪．哈卡索的上進女孩；手中緊握著一把手槍的吉妲．克里斯托，她那張暈眩、迷惑的面孔；大衛．安卡德那種青春期的叛逆個性。

他們所有的人都被法網緊緊包裹住。在那場突發的暴力死亡之後，他們因那無情的餘波而困在一起。他們每個人都有自己的悲劇、意義和故事。

真相就隱藏在某種個性和情感的相互作用之中。

對赫丘勒．白羅來說，只有一件事比對人的研究更令他著迷，那就是對真相的追求。

他想知道約翰．克里斯托之死的真相。

§

「當然了，探長先生，」維若妮卡說，「我非常渴望幫助您。」

「謝謝你，克雷小姐。」

說不上為什麼，維若妮卡．克雷一點兒也不像探長想像中的那樣。

他已經為可能出現的誘惑、矯揉造作、甚至浮誇的言語做好準備。如果她裝模作樣，他一點也不感到吃驚。

事實上，他精明地猜測到，她是在裝模作樣，卻不是他料想的那樣。沒有任何過多的女性魅力……她並沒有施展媚功。

相反地，他覺得正坐在一個美貌絕倫、穿著昂貴但同時又是個優秀女商人對面，維若妮卡．克雷絕對不是傻瓜，他想。

「我們只想得到一個清晰的陳述，克雷小姐。星期六晚上，你去了空幻莊園，對吧？」

「是的，我的火柴用完了。我忘了這些東西在鄉村裡是多麼重要。」

「你特地走了很遠的路去空幻莊園，為什麼不去隔壁鄰居白羅先生那兒？」

她笑了，一個高人一等、自信、出現在鏡頭前的微笑。

「我不知道隔壁的鄰居是誰，要不然我就向他借了。我只知道他是個身材矮小的外國人，而且我認為他住得這麼近，實在很乏味，你知道的。」

「是的，」格蘭奇想，「似乎十分合理。」

想必她早就為這個場合準備好理由了。

「你拿到了火柴，」他說，「並認出一個老朋友……克里斯托醫生，我說的對吧？」

她點點頭。

「可憐的約翰。是的，我已經十五年沒見到他了。」

「真的嗎？」探長的語調中帶有一種禮貌的懷疑。

「真的。」她語調堅決地肯定了這一點。

「你見到他很高興吧？」

「非常高興。偶然碰到老朋友，總是令人愉快的，難道你不這樣認為嗎，探長先生？」

「在某些場合是這樣。」

維若妮卡．克雷沒等進一步的詢問就接著說：「約翰送我回來。你想知道他是否說了一些和這場悲劇有關的事情吧，我曾非常仔細地回想過我們的談話，但實在沒有任何線索。」

「你們談了些什麼，克雷小姐？」

「過去的時光，諸如：『你還記得這個、那個、還有其他的嗎？』」她感傷地笑了笑。

「我們在法國南部時就相互認識，約翰幾乎沒有任何改變，只是老了點，當然啦，更有自信了。我猜測他在這一行業中非常有名。他一點兒也沒有談到自己的個人生活。我只有一個印象，就是他的婚姻生活也許不是非常愉快……但這只是模糊的印象。我猜想他的妻子……可憐的傢伙，就像那些多疑的女人一樣，可能總是對他那些漂亮的女病人小題大作。」

「不，」格蘭奇說，「她似乎不是那樣。」

維若妮卡迅速地說：「你的意思是……這一切都隱藏在表面之下？是的，是的，我能明白這更可怕了。」

「我明白，你認為是克里斯托夫人朝他開的槍，克雷小姐？」

「我不應該說那些話。一個人不應該做出評論，對吧？在審判之前？我十分抱歉，探長先生，這是我的女僕告訴我的，人們發現她正站在屍體旁邊，手裡還握著左輪手槍。你知道，在這寧靜的鄉村，每件事都是如何被誇大，而且傭人們專愛散播這些事。」

「傭人們有時非常有用，克雷小姐。」

「是的，我猜你從這種途徑得到了很多消息吧？」

格蘭奇遲鈍地繼續說：「當然，這是一個問題，關於誰有動機，的確是個問題……」

他頓住了。維若妮卡帶著淡淡的、懊悔的笑容說：「妻子總是第一嫌疑犯吧？多諷刺啊！但通常會有一個被稱作『另一個女人』的人，我猜她可能也會被認為有殺人動機吧？」

「你認為在克里斯托醫生的生活中還有另外一個女人？」

「嗯……是的，我猜想可能是有的，這只是一種印象而已，你知道的。」

「印象有時候很有幫助。」格蘭奇說。

「我猜想——從他所說的話當中——那個女雕塑家，嗯，是他非常親密的朋友。不過我想你們已經知道這些事情了。」

「當然了，我們得調查所有的事。」

格蘭奇探長的聲音中並未透露什麼，但他看到一陣迅速、滿意的仇恨火花閃爍在那雙藍色大眼睛裡。

他打著十足的官腔提出問題：「你說克里斯托醫生送你回來，當你向他道別的時候是幾點鐘？」

「你知道嗎，我實在記不得了！我們聊了一會兒。一定非常晚了。」

「他進來了嗎？」

「是的，我請他喝了一杯。」

「我明白了。我猜你們的談話可能是在……嗯，在游泳池邊的涼篷裡進行的。」

他看到她的眼瞼閃了一下。在片刻的猶豫之後，她說：「你的確是個偵探，不是嗎？是的，我們坐在那兒抽菸、聊天，待了一陣子。你是怎麼知道的？」

她的臉上呈現出那種小孩請求表演一個把戲的高興模樣。

「你把你的皮裘忘在那兒了，克雷小姐。」他語氣平淡地又加了一句：「還有火柴。」

「是的，我忘了拿走。」

「克里斯托醫生在三點鐘返回了空幻莊園。」探長聲明道，又一次不加任何強調。

「真的有這麼晚嗎？」維若妮卡聽起來十分驚奇。

「是的，是這麼晚，克雷小姐。」

「當然了，我們有那麼多要聊的……這麼多年沒見面了。」

「你確定自從你上次見到克里斯托醫生之後，經過了這麼長的時間嗎？」

「我剛才已經告訴你了，我已經有十五年沒見到他了。」

「你十分肯定你沒弄錯嗎？我有一種印象，你可能見過他很多次了。」

「究竟是什麼讓你這樣想？」

「嗯，一方面是這張條子。」格蘭奇探長從他的口袋裡掏出一封信，掃視了一下，清清嗓子讀道：「請於今天早晨過來一趟，我必須見你。維若妮卡。」

「是的，」她笑了。「也許這帶有一點命令式的口吻，我懷疑好萊塢會使一個人……嗯，變得相當傲慢。」

「克里斯托醫生第二天早晨來到你屋裡，回應你的召喚。你們發生了爭吵。你願意告訴我嗎，克雷小姐？爭吵的內容是什麼？」

探長沒有掩飾自己敵對的意圖。他機敏地抓住了她那惱怒的火花，以及因惱怒而緊閉著的雙唇。

她迅速改變了情緒，說：「我們沒有爭吵。」

「哦，不，你們吵架了，克雷小姐。你的最後一句話說的是：『我認為我恨你超過任何人。』」

她沉默了。他能感覺到她在思考……快速而謹慎地思考。有些女人也許會倉促地說些什麼，但維若妮卡．克雷太精明了，她不會這樣。

她聳聳肩，輕鬆地說：「我明白，還有很多僕人講述的童話故事吧。小女僕的想像力相當活躍。描述事情的方式有很多種，你是知道的，我向你保證，我不是在演通俗鬧劇，這真的只是一句溫和的調情。我們在爭論一些事情。」

「那句話不是認真的吧？」

「當然不是。我向你保證，探長先生，自從我最後一次見到約翰・克里斯托已經有十五年了。這一點你可以去查證。」

她又一次泰然自若、冷靜、對自己充滿了自信。

格蘭奇不再就這個話題爭論或追問，他站了起來。

「就這樣了，克雷小姐。」他愉快地說。

他走出鴿舍，踏上鄉間小路，轉到了憩齋的大門前。

§

赫丘勒・白羅非常驚奇地注視著探長。他不相信地重複著：「吉妲・克里斯托握在手中、緊接著又掉進游泳池的那把左輪手槍，不是射出那致命一槍的左輪手槍？這真是不尋常。」

「確實如此，白羅先生。坦白地說，這並不合理。」

白羅輕聲嘀咕著：「是的，這並不合理。但是，探長先生，其中一定有理由，嗯？」

探長沉重地發出了嘆息。

「事情就是這樣，白羅先生。我們得找出合理的解釋……但目前我無法了解。事實是，等到我們找到那把用過的槍之後，才能更進一步釐清案情。它來自於亨利爵士的收藏……至少有一把槍丟了，這意謂著整起事件仍然與空幻莊園有著緊密關係。」

「對，」白羅嘀咕著，「仍然與空幻莊園有緊密關係。」

「表面上，這似乎是一件簡單明瞭的事件。」探長繼續說，「嗯，然而這既不是如此簡單，也不是如此明瞭。」

「是的，」白羅說，「這並不簡單。」

「我們得承認有這個可能性，這是個誣陷的陰謀……也就是說，所有的一切都事先安排好了，目的是將吉妲·克里斯托牽扯進去。如果是這樣，為什麼不在屍體旁邊丟下那把作為凶器的左輪手槍、讓她去撿呢？」

「她可能不會撿起來。」

「這是對的，但即使她沒有撿起來，只要槍上沒有別人的指紋——如果手槍在用過之後曾經擦拭的話——她將可能涉有重嫌，而這正是凶手所希望的，不是嗎？」

「是嗎？」

格蘭奇注視著白羅。

「嗯，如果你殺了人，你會希望把它迅速而巧妙地栽贓到別人頭上，難道不是嗎？這是一個凶手正常的反應。」

「是的，」白羅說，「不過也許這是一件相當不尋常的謀殺。很有可能這就是問題的解答。」

「問題的解答？」

白羅沉思著說：「一個不尋常的兇手。」

格蘭奇探長古怪地看著他，說道：「那麼……兇手的想法是什麼？他或她的意圖是什麼？」

白羅嘆了口氣，攤開了雙手。

「我不知道，我一點兒也不知道。對我來說，似乎是模模糊糊……」

「兇手是某個想要殺死約翰·克里斯托、但又不想牽連吉妲·克里斯托的人。」

「什麼？」

「哈！實際上，我們立刻就懷疑她了。」

「啊，是的，但只是在有關槍枝的實情真相大白之前，這只是時間上的問題，而這將會帶來一個全新角度。在空檔時，兇手有時間……」白羅完全停頓下來。

「有時間幹什麼？」

「啊，我的朋友，你把我難住了。我將不得不再說一次，我不知道。」

格蘭奇探長在屋裡來來回回轉了幾圈，接著他停了下來，停在白羅面前。

「白羅先生，我今天下午來你這兒是有兩個原因。一個是因為我知道……而且在警界這是眾所周知的，你是個經驗豐富、辦案技巧卓越的人。但還有另外一個原因，就是事情發生時你在場，你是個目擊證人，你看到了現場的一切。」

白羅點點頭。

「是的，我看到了現場的一切……但是格蘭奇探長，眼睛是非常不可靠的目擊證人。」

「你的意思是什麼，白羅先生？」

「有時眼睛看到的，是別人故意要讓它看到的。」

「你認為那一切是預先計畫的嗎？」

「我懷疑是這樣。你明白，這一切完全像舞台上演出的一幕。我看得很清晰：一個剛被射中的男人，還有那個向他開槍的女人手中正握著那把剛用過的槍。這就是我所看到的，也是我們已經知道的。但有一點，這幅畫面是錯誤的，射殺約翰．克里斯托的並不是那把槍。」

「哼！」探長用力向後扯著他那垂下來的小鬍子。「你的意思是，這幅畫面也可能有其他錯誤？」

白羅點點頭，他說：「現場還有另外三個人……三個顯然才剛到場的人，但這也可能不是真實的。游泳池是被一個密實的栗樹林環繞著，從游泳池向外有五條小路，一條通往房子，一條進入樹林，一條通向花間小徑，一條從游泳池直達農場，還有一條通向這兒的鄉間小路。

「當然，這三個人都是從不同的路來的；愛德華．安卡德從上面的樹林過來，安卡德夫人來自農場，而荷立塔．薩弗納克則從房子那邊的花間小徑過來。這三個人幾乎同時到達犯罪現場……就在吉妲．克里斯托到達幾分鐘之後。

「但這三個人中的一個，探長先生，有可能是在吉妲．克里斯托之前到達的，那個人朝約翰・克里斯托開了槍，並重新回到了小路上，接著才回過身，佯裝和其他人同時到達。」

格蘭奇探長說：「是的，很有可能。」

「還有另一種可能性，就是某人從這條鄉間小路過去，殺了約翰・克里斯托之後，便從原路返回，沒有被人看到。」

格蘭奇說：「你完全正確。除了吉妲・克里斯托之外，還有另外兩個可能的嫌疑犯。我們找到了相同的動機──嫉妒。這肯定是一樁情殺案，還有另外兩個女人和約翰・克里斯托有瓜葛。」

他停了一下，然後說：「克里斯托那天早晨專程去找維若妮卡・克雷，他們發生了爭吵。她告訴他，她要讓他為所做的一切後悔，並且說她恨他超過任何人。」

「真有趣。」白羅喃喃道。

「她是從好萊塢來的，而且就我從報上讀到，那兒有時會發生一些彼此開槍、爭個你死我活的事。她可能獨自去拿她前一天晚上忘在涼篷裡的皮裘。他們相遇了，事情就突然爆發了……她向他開了槍。接著聽到有人來了，她就從她來的那條路折返。」

他停頓了片刻，並憤怒地加了幾句話：「現在我們又回到整件事最糟的部分。那把該死的槍！除非……」他的眼睛散發出光彩。「她用自己的槍殺了他，並且扔下一把她從亨利爵士書房裡偷來的槍，藉以將嫌疑嫁禍給空幻莊園的那群人身上。她一定不知道我們能從槍膛裡的痕跡鑑定出槍枝是否射擊過。」

「我懷疑有多少人知道這個。」

「我向亨利爵士說明了這個看法。他認為有相當多的人從偵探小說中知道這種鑑定方法。他引證了一本新出版的《泉水中的線索》，他說約翰．克里斯托星期六就在讀這本書，而且書中還特別強調這一點。」

「但維若妮卡．克雷得設法從亨利爵士的書房裡弄到槍。」

「是的，這意謂著一切都是預先策畫好的。」探長又摸了一下他的鬍子，然後注視著白羅：「但你曾間接提到另一種可能性，白羅先生，就是薩弗納克小姐。而這是你所目擊的，或者我寧願說是你耳聞的。克里斯托醫生說出『荷立塔』，是在他垂死的時候，你聽到了他的話……他們都聽到了他的話，雖然安卡德先生似乎沒聽到。」

「愛德華．安卡德沒聽到嗎？這很有趣。」

「但其他人都聽到了。薩弗納克小姐自己也說，約翰試圖對她講話。安卡德夫人說他睜開了眼睛，看到薩弗納克小姐，然後說『荷立塔』。我認為，她和這件事毫無關係。」

白羅笑了。

「對……她和這件事毫無關係。」

「現在，白羅先生，你的看法呢？你在現場，你看到了也聽到了，克里斯托醫生是在試圖告訴你，是荷立塔朝他開的槍嗎？簡而言之，那是一種指控嗎？」

白羅緩緩地說：「當時我認為不是。」

「但現在呢，白羅先生，你現在認為如何？」

白羅嘆了口氣。接著他緩緩地說：「可能是的。我不能再多說了。這只是印象而已，當那一刻過去後，就有一種誘惑讓人想從事情當中解讀出當時並不存在的意義。」

格蘭奇快速地說：「當然，這一切都不會列入紀錄。白羅先生的想法並不是證據，這個我知道，我只是想得到一點概念。」

「哦，我了解你的意思，而且目擊者的印象會是十分有用的。但慚愧的是，我不得不告訴你，我的印象毫無價值。當時我抱持錯誤的看法，被視覺影像所誘導，認為克里斯托夫人剛開槍殺了她丈夫，以致當克里斯托睜開眼睛說出『荷立塔』時，我從未把它當作是一種指控。但現在，我又讀出一些當初沒有發現的東西。」

「我明白你的意思，」格蘭奇說，「不過對我來說，似乎由於『荷立塔』是克里斯托說的最後一句話，這一定意謂著兩種意義，要麼是對謀殺的指控，要麼就是……嗯，純粹的情感流露。她是他所愛的女人，而他正瀕臨死亡。對你來說，兩者之中哪一個聽起來更合理呢？」

白羅嘆了口氣，動了一下，閉上了雙眼，又再次睜開，在強烈的痛苦中攤開雙手。他說：「他的聲音很急迫，我能斷定的只有這個……急迫。對我來說，這似乎既不是指控，也不是情感流露……只是急迫的，是的！而且我能肯定一件事，他完全被自己的職業盤據了。他講話……對，他講話時就像個醫生，一個突然要緊急動手術的醫生……為一個即將因失血而致死的病人動手術。也許，」白羅聳聳肩。「這就是我能為你所做最好的詮釋。」

「醫療方面，嗯？」探長說，「喔，對，這是第三種看待的方式。他被擊中了，他懷疑自己就要死了，他希望有人能迅速為他做些什麼。如果像安卡德夫人所說的那樣，薩弗納克小姐是他睜開雙眼後看到的第一個人，那麼他就會向她求救。然而，這種說法並不讓人十分滿意。」

「關於這起案件，沒有任何讓人滿意的地方。」白羅帶著某種苦澀說道。一個謀殺的場景，布置好了並且上演，用來欺騙赫丘勒．白羅……而且確實欺騙了他！是的，這令人不滿意。

格蘭奇探長望著窗外。

「喂，」他說，「這是警官克拉克，他看起來好像得到什麼線索了，一直在友善地詢問傭人們。他是個很帥的小夥子，對女人很有辦法。」

克拉克警官走了進來，有點上氣不接下氣。很明顯，他對自己非常滿意，雖然讓人敬畏的警察派頭使他有所克制，他仍喜形於色。

「我認為最好還是來報告一下，長官，既然我已經知道您去哪兒了。」

他遲疑著，向白羅投射以懷疑的目光，而白羅那異國情調的外表沒有受到他官方式謹嚴態度的歡迎。

「說吧，我的夥計，」格蘭奇說，「白羅先生在這兒沒關係。關於這類的遊戲，他忘掉的比你將要學到的還多。」

「是，長官。是這樣的，長官，我從廚房女傭那兒得到了一些消息……」

格蘭奇打斷了他。他充滿勝利感地轉向白羅。

「我剛說過的，有廚娘的地方就有希望。當家裡幹活的人劇減，沒有人再雇用廚娘的時候，願上帝保佑我們。廚娘們愛說話，愛洩漏祕密。她們被當作下人，就站在廚師和高級傭人身邊。向有興趣的人談論自己知道的事，這是人的天性。繼續講，克拉克。」

「這是那個女孩說的，長官，星期六下午，她看到管家格傑恩手裡握著一把左輪手槍穿過大廳。」

「格傑恩？」

「是的，長官。」克拉克查看了一下記事簿。「這是她說的：『我不知道該怎麼辦，但我認為應該說出那天看到的事情。我看到了格傑恩，他站在大廳裡，手裡還握著一把左輪手槍。格傑恩先生看起來實在是非常奇特。』」

「我不認為，」克拉克停下來說，「關於看起來很奇特的部分有什麼意義，她可能是憑空想像，但我認為您應該立刻知道這些，長官。」

格蘭奇探長站了起來，懷著那種任務將要圓滿完成時的躊躇滿志。

「格傑恩？」他說，「我要立刻和格傑恩談話。」

20

格蘭奇探長再次坐在亨利爵士的書房裡，注視著他面前那個毫無表情的面孔。到目前為止，格傑恩依然維持著自己的尊嚴。

「非常抱歉，長官，」他來回重複著。「我以為我已經提過那件事，可是我反倒把它忘記了。」

他充滿歉意地看看探長，又看看亨利爵士。

「那時大約是五點半，如果我記得沒錯，長官。我注意到大廳的桌子上放著一把左輪手槍，當時我正穿過大廳，想去看看有沒有郵件。我猜想這是主人的收藏品，於是我把它拿到這兒。壁爐台邊的架子上有個空隙，它應該放在那兒，於是我就把它重新放回去。」

「請指出那把槍。」格蘭奇說。

格傑恩站起來，帶著疑問走向架子。探長緊緊跟隨在他的身後。

「就是這把，長官。」格傑恩指著放在後頭的一把槍。

這是一把口徑零點二五英寸的毛瑟槍，相當小巧的武器，這當然不是那把殺死約翰・克里斯托的槍。

格蘭奇的目光停留在格傑恩的臉上，他說：「這是一把自動手槍，不是左輪手槍。」

格傑恩咳了一下。

「真的嗎，長官？恐怕我對手槍一點兒也不在行。我可能相當不專業地使用了左輪手槍這個術語，長官。」

「但你能十分確定，這就是你在大廳發現並帶到這裡的那把槍嗎？」

「哦，是的，長官，我敢確定。」

當他正要伸出手的時候，格蘭奇阻止了他。

「請別碰它。我必須檢查上面的指紋，並看看是否裝了子彈。」

「我認為它沒有裝子彈，長官。亨利爵士的收藏品沒有一把是裝上子彈的。說到指紋，我把槍放回去之前，已經用我的手帕仔仔細細擦過了，長官，因此上面只會有我的指紋。」

「你為什麼要這樣做？」格蘭奇尖銳地問。

格傑恩那歉意的微笑依然平靜地掛在臉上。

「我想，它也許很髒，長官。」

門打開了，安卡德夫人走了進來。她對著探長微笑。

「見到你真高興，格蘭奇探長！這是怎麼回事？廚房裡的那個孩子正在哭泣，梅德韋太太訓斥了她……當然了，那個女孩說出她看到的事情是非常正確的，如果她認為應該這麼做的話。我一直覺得，正確和錯誤是那麼容易使我困惑，你是知道的，如果正確的東西令人不愉快，而錯誤的東西又是如此令人愉悅——但如果是相反情況，那就容易多了——而且我認為，難道你不這樣認為嗎，探長先生？每個人必須做他自己認為正確的事。關於手槍，你都告訴了他們些什麼，格傑恩？」

格傑恩帶著充滿敬意的強調口氣說：「手槍在大廳裡，夫人，就在大廳中央的桌子上，我不知道它是從哪兒來的，於是我把它拿到這裡，並放到合適的位置。這就是我剛才告訴探長的，而且他非常了解。」

安卡德夫人搖搖頭。她溫和地說：「你真不該說這些，格傑恩。我會親自告訴探長。」

格傑恩略微移動了一下。

安卡德夫人非常富有魅力地說：「我很感激你的動機，格傑恩。我明白你總是想方設法為我們免除麻煩和困擾。」她又以柔和的口氣打發他說：「現在你可以走了。」

格傑恩猶豫了一下，向亨利爵士及探長投以飛快的一瞥，接著鞠了個躬，朝門口走去。

格蘭奇動了一下，似乎想去阻止他，但出於某種他自己也難以了解的原因，他的胳膊又垂了下來。格傑恩走出去並關上門。

安卡德夫人倒在一張椅子裡，對著那兩個男人笑了笑。她以話家常的口氣說：「你知道，我的確認為格傑恩這麼做很討人喜歡，相當封建，如果你明白我的意思。是的，封建是最適當的形容。」

格蘭奇生硬地說：「安卡德夫人，請問您對這件事有什麼更深入的看法嗎？」

「當然。格傑恩根本不是在大廳裡找到，他是在拿雞蛋時發現的。」

「雞蛋？」格蘭奇探長注視著她。

「從籃子裡拿出來的。」安卡德夫人說。

「她似乎認為每件事現在都非常清楚了。」亨利爵士溫柔地說，「你必須再多告訴我們一些，我親愛的，格蘭奇探長和我依然毫無頭緒。」

「哦，」安卡德夫人努力說得更清晰些。「手槍，你們瞧，在籃子裡，雞蛋下面。」

「什麼籃子，還有什麼雞蛋，安卡德夫人？」

「我帶去農場的那個籃子。手槍就在裡面，那時我將雞蛋放在手槍上面，而且把這一切都忘記了。而當我們發現可憐的約翰．克里斯托死在游泳池畔時，實在令人震驚，我鬆開了籃子，格傑恩及時接住它（由於雞蛋的緣故，我的意思是，如果我把籃子掉到地上，雞蛋就會摔破）。接著他把籃子拿回屋裡。後來我問他在雞蛋上寫日期的事——我都會這麼做，不然有時在吃掉那些舊雞蛋之前，先吃到新鮮的雞蛋——他說所有的一切都處理好了……現在我想起來了，他對此相當強調，這就是我所謂封建的意思。他發現了手槍，並把它放回來，我想是因為房子裡有警察的緣故。我發現僕人們總是被警察所驚擾，他們非常出色和忠誠，但也十分愚蠢，因為探長先生們想聽到的是實情，不是嗎？」

安卡德夫人對探長投以燦爛的一笑，結束了談話。

「我不是想聽到，而是想得到實情。」格蘭奇嚴肅地說。

安卡德夫人嘆了口氣。

「這些事情似乎有些小題大作了，不是嗎？」她說，「我的意思是，所有這些調查。我認為，無論是誰朝約翰．克里斯托開的槍，都不是真的想殺他……我的意思是，不是認真的。如果是吉妲，我肯定她不是有意的。實際上，我真的很驚訝她居然擊中了……這是大家料想不到的事。而且她的確是個非常和善的人。如果把她關進監獄並絞死她，那麼孩子們會怎麼樣呢？如果她確實殺了約翰，她現在可能難過極了。對孩子們來說，父親被謀殺已經夠糟了，但若為此而絞死他們的母親，毫無疑問，對他們來說就更糟了。有時候我認為，你們警察並沒有考慮到這些事情。」

「我們現在並不打算逮捕任何人，安卡德夫人。」

「喔，無論如何，這是明智的。格蘭奇探長，我一直認為你是那種非常明智的男人。」

又一次迷人、幾乎令人暈眩的笑容。

格蘭奇探長眨了眨眼睛。他忍不住這樣做，但他還是堅定地回到正題。

「正如你剛才說的，安卡德夫人，我想得到實情。你從這兒拿走一把手槍……是哪一把呢，順便問一下？」

安卡德夫人對著壁爐台邊的架子點了點頭。

「倒數第二把。口徑為零點二五英寸的毛瑟槍。」

她說話時的乾脆、專業，蘊含著某些東西，使格蘭奇有一種不愉快的感覺。說不上什麼原因，他沒有料想到安卡德夫人……這個到現在為止在他腦子裡貼上「模糊」和「有點兒瘋狂」標籤的女人，會如此專業而精確地描述一把手槍。

「你從這裡拿手槍並把它放進籃子裡。為什麼？」

「我就知道你會問我這個，」安卡德夫人說，她的語調出人意料地幾乎是洋洋得意。「當然是有原因的。你不這樣認為嗎，亨利？」她轉向她的丈夫：「難道你不認為那天早晨我拿走手槍一定有原因？」

「我當然會這麼想，我親愛的。」亨利爵士不自然地說。

「一個人做了一些事，」安卡德夫人說，沉思地望著前面。「接著他不記得自己為什麼要做那些事。但是我認為，探長先生，如果一個人會做出某件事，一定是有原因的。當我把毛瑟槍放進雞蛋籃子時，我的腦中一定是有某種想法。」她詢問他的意見：「你認為會是什麼呢？」

格蘭奇注視著她。她沒有表現出任何不安，只有孩童般的熱情，這使他感到很為難。他從未碰過像安卡德夫人這樣的人，那一刻他真不知道該如何是好。

「我的妻子，」亨利爵士說，「總是相當心不在焉，探長先生。」

「似乎是這樣，先生。」格蘭奇隨口說道。

「為什麼你認為我拿了手槍呢？」安卡德夫人信心十足地問他。

「我不知道，安卡德夫人。」

「我走進這裡，」安卡德夫人沉思著。「我一直和西蒙絲說著枕頭套的事……我隱約想起來，我走向壁爐，並且想著我們必須弄一個新火鉗……是助理牧師，而不是牧師……」

格蘭奇探長注視著她，他聽得頭都大了。

「我記得我拿起毛瑟槍，它是一把漂亮輕便的小手槍，我一直很喜歡，並把它放到籃子裡……我剛從花房拿來的籃子。但我的腦袋裡塞了這麼多東西……西蒙絲，你知道的，還有紫菀裡長的旋花……還希望梅德韋太太能做出一個真正穿著襯衫的油膩黑鬼呢……」

「一個穿著襯衫的黑鬼？」格蘭奇探長不得不插了一句。

「就是巧克力，你知道，還有雞蛋……然後再澆上鮮奶油。這正是外國人喜歡在午餐時吃的那種甜點。」

格蘭奇探長粗暴而唐突地發問，像是掃去阻擋視線的蜘蛛網。

「你給手槍裝上子彈了嗎？」

他希望嚇她一下……甚至可以使她感到有點恐懼。但安卡德夫人只是以一種極度的沮喪來思考這個問題。

「我裝了嗎？多愚蠢啊，我記不得了。但我想一定是裝了，不是嗎，探長先生？我的意思是，一把沒裝彈藥的手槍有什麼用呢？我希望我能夠確切地憶起當時我腦子裡的想法。」

「我親愛的露西，」亨利爵士說，「你腦子裡所想的或沒想的，對每一個了解你多年的人來說，根本沒什麼差別。」

她朝他閃現了一個甜甜的微笑。

「我正在努力回憶，亨利，親愛的。有時候人會做一些奇怪的事。比方說，有一天早晨我拿起了電話筒，發覺自己正十分迷惑地看著它。」

「也許你正準備打電話給某人。」探長冷冷地說。

「不，有趣極了，我不是這樣。後來我想起來了，我一直很納悶為什麼麥爾斯太太……就是園丁的妻子，以那麼古怪的方式抱著她的嬰兒，而我拿起話筒是在嘗試，你知道的，我想了解一個人是如何抱嬰兒，然後我才了解，看起來之所以很奇怪，因為麥爾斯夫人是左撇子，所以嬰兒的頭是反方向。」

她得意地來回看著這兩個男人。

「喔，」探長想，「我想這是有可能的。」

但他對此並不是很肯定。

他意識到，這整個事情也許是一連串的謊言。比如那個廚娘特別提到，格傑恩手裡握的是一把左輪手槍。然而你不能太過重視這點。那個女孩對手槍一無所知，她曾聽說一把左輪手槍與此案有關，而左輪手槍和別的手槍對她來說都一樣。

格傑恩和安卡德夫人都詳細說明了那把毛瑟手槍，但沒有任何東西可以證明他們的陳述是真的。格傑恩拿的可能恰好是那把遺失的左輪手槍，而且他可能已經把它放回去了……不是放到書房，而是拿給安卡德夫人。所有的傭人們似乎都對那該死的女人忠心癡迷。

假如是她朝約翰．克里斯托開的槍呢？（但為什麼是她？他搞不懂為什麼。）他們仍然支持她並為她說謊嗎？他有一種不舒服的感覺，覺得這很可能是他們會做的事。

而現在又是她回憶不起來的奇怪故事……當然，她能夠想出比這更好的理由。她看起來是那麼自然，絲毫沒有侷促不安。該死，她給人一種印象，讓人覺得她講的是完完全全的真話。

他站起來。

「如果你再想起什麼，也許可以告訴我，安卡德夫人。」他冷冰冰地說。

她回答：「當然，我會的，探長先生，有時候事情會突然蹦出來的。」

格蘭奇走出書房。在大廳裡，他用一根手指在衣領裡繞了繞，並深深吸了一口氣。

他覺得所有的東西都糾纏成一團，他需要他那支古老而醜陋的菸斗、一品脫淡啤酒、一客上好的牛排及洋芋片。他需要一些平常而真實的東西。

／21

安卡德夫人在書房裡輕快地走來走去，漫無目的地用手指四處亂摸。亨利爵士重新坐回自己的椅子裡，注視著她。他說：「你為什麼要拿手槍，露西？」

安卡德夫人走了回來，優雅地坐在椅子裡。

「我也說不清楚，亨利。我想我有些模糊的想法，一次意外。」

「意外？」

「是的。那些樹根，你知道的，」安卡德夫人含含糊糊地說，「那麼突出，很容易就把人絆倒。一個人也許朝靶子上開了許多槍，但在槍裡還留下一顆子彈……這當然是無意的，人們也許會粗心大意。我一直在想，你知道，處理這種事最簡單的方法就是一件意外。當然了，一個人可能極為後悔、自責……」

她的聲音漸漸消失了。她的丈夫非常安靜地坐著，沒有把目光從她的臉上移開。他再次以同樣平靜、謹慎的語調說：「是誰會發生……這種意外呢？」

露西略微轉了一下頭，奇怪地看著他。

「約翰．克里斯托，當然了。」

「上帝啊，露西……」他的話突然中斷了。

她熱切地說：「哦，亨利，我一直很擔心安斯威克。」

「我明白。安斯威克，你總是對安斯威克過度關心，露西，有時我認為這是你唯一真正關心的東西。」

「愛德華和大衛是最後的……安卡德家族最後的兩個人。亨利，而大衛是不可能……他永遠也不會結婚……由於他母親和所有的那一切。當愛德華死後，他會得到那個地方，並且不會結婚，而我們在他中年之前早就死了。他將是安卡德家族的最後一個人，整個家族就會滅絕了。」

「這很重要嗎，露西？」

「當然很重要！」

「你應該是個男孩，露西。」

但他只略微笑了一下，因為他無法想像露西不是女人。

「所有的一切都取決於愛德華的婚姻，但愛德華又如此固執，他那精明的腦袋就像我父親。我原本希望他從荷立塔這件事中恢復過來，然後娶個好女孩為妻……但現在我明白了，這根本毫無希望。本來我認為荷立塔和約翰的羅曼史會沿著一般的軌道進行下去，我想，約翰的風流韻事從來不會很長久，但有一天晚上，我看到他注視著她。他真的很在乎她。要是約翰能退出該有多好，我覺得如果那樣的話，荷立塔就會嫁給愛德華了。她不是那種珍愛記憶、生活在過去的女人。所以你瞧，所有問題都歸結到一點：除掉約翰．克里斯托。」

「露西。你沒有……你做了些什麼，露西？」

安卡德夫人再次站起來，從花瓶中拿出兩枝枯萎了的花。

「親愛的，」她說，「你該不會以為是我朝約翰．克里斯托開槍吧？我的確有過安排一樁意外的愚蠢想法。但緊接著，你知道的，我想起來，是我們邀請約翰．克里斯托到這裡來，好像不是他自己提議的。一個人不可能邀請別人來做客，又接著安排意外事件，即使是阿拉伯人，對於待客之道也是極講究的。所以不用擔心，好嗎，亨利？」

她站著注視著他，綻開了燦爛、充滿愛意的微笑。

他沉重地說：「我總是擔心你，露西。」

「沒必要，親愛的。而且你瞧，每件事的結果都挺不錯的。約翰被除掉了，我們也沒有做什麼事。這使我想起了……」安卡德夫人追憶著往事。「在孟買的那個男人，他對我非常無禮。三天後，他被一輛電車撞倒了。」

她拉開落地窗，走進花園。

亨利爵士靜靜坐著，注視著她那高挑、苗條的身影徘徊在小路上，他看起來蒼老而疲憊，他的面孔是一張與恐懼為鄰的臉。

廚房裡，滿面淚痕的桃樂絲・埃蒙特正被格傑恩先生嚴厲的責備弄得頹喪極了。梅德韋太太和西蒙絲小姐扮演著希臘悲劇中的歌隊，在一旁應和著。

格傑恩責備道：「只有毫無閱歷的女孩才會這樣提出意見，並匆匆做出結論。」

「對極了。」梅德韋太太說。

格傑恩又說：「如果你看到我手裡拿著手槍，你應該做的事就是走到我面前說：『格傑恩先生，您是否樂意告訴我怎麼回事？』」

「或者，你可以來找我，」梅德韋太太插了進來。「我總是很樂意告訴年輕的姑娘，在這個世界上哪些事情是她不懂的，哪些又是她應該想想的。」

「你不應該那樣做，」格傑恩嚴厲地說，「對警察洩密……況且只有一名警官而已！永遠不要和那些你控制不了的警察攪和在一起，他們光是待在屋裡就已經夠讓人難受了。」

「難以形容的難受。」西蒙絲小姐應和著。

梅德韋太太也說：「我以前從未碰過這樣的事。」

「我們都明白，」格傑恩接著說，「夫人是怎樣的一個人，無論她做什麼，我都不會覺得奇怪……但警察並不像我們那樣了解夫人。沒想到夫人會被這些愚蠢的問題和懷疑所困擾，只因為她拿著手槍四處走。這種事對她來說根本不足為奇，但警察的腦子裡就只知道謀殺那種骯髒事。夫人是那種心不在焉、不會傷害一隻飛蟲的女人，但不可否認，她總將東西放在可笑的地方。我永遠也不會忘記，」格傑恩充滿感情地加了些話：「她曾帶回一隻活龍蝦，還把牠放在大廳的卡片碟裡。」

西蒙絲滿臉好奇地說：「這一定是我來之前的事。」

梅德韋太太瞥了一眼犯錯的桃樂絲，揣度著這些告誡。

「改天再說吧，」她說，「桃樂絲，我們只是為你好，才對你說這些。跟警察攪和是很不名譽的，你不要忘記這點。現在你去弄菜吧，菜豆一定要弄得比昨晚更仔細些。」

桃樂絲抽著鼻子。

「是的，梅德韋太太。」她說，笨手笨腳地走向流理台。

梅德韋太太帶著不祥的預感說：「我覺得我的點心會做得不好。明天還有一場討厭的審訊，每次一想到這些就會分心，那種事情竟然會發生在我們身邊。」

22

大門的鎖喀噠響了一下，白羅及時往窗外看去，看到了那個正沿著小路走到前門的拜訪者。他立刻明白她是誰。他非常驚奇是什麼事讓維若妮卡．克雷來看望他。

她進屋時帶來一陣令人愉快的淡淡香味，一種白羅記憶中的香味。她就像荷立塔那樣穿著花格呢套裝和結實的厚底皮鞋……但他斷定，她與荷立塔截然不同。

「白羅先生，」她的語調愉快，略微有些顫抖。「我現在才發現我的鄰居是誰。我一直非常想認識您。」

他握了握她伸出的雙手，鞠了一躬。

「您真迷人，夫人。」

她微笑著接受這種敬意，謝絕了他請她喝些茶、咖啡或雞尾酒的邀請。

「不，我只是來和您談話的，嚴肅地談話。我很擔憂。」

「你很擔憂？聽到這個我感到很難過。」

維若妮卡坐下來，嘆了一口氣。

「關於約翰·克里斯托的死。明天的審訊，你知道這些嗎？」

「是的，是的，我知道。」

「整個事情真的是那麼不尋常……」

她中斷了一下。

「大多數人都不相信。但我認為你會相信，因為你知道某些關於人類天性的東西。」

「關於人類天性，我知道一些。」白羅承認。

「格蘭奇探長來看我。他認為我和約翰爭吵……在某一點上，這是真實的，但不是他想的那樣。我告訴他，我已經有十五年沒見過約翰了，可是他完全不相信我。但這是真的，白羅先生。」

白羅說：「既然這是真的，很容易就能證明，為什麼你還要擔憂呢？」

她對他報以最友善的微笑。

「因為我完全不敢告訴探長星期六晚上確切發生了什麼。這些事太奇異了，我認為他絕對不會相信。但我覺得必須告訴某個人，這就是為什麼我來找你的原因。」

白羅平靜地說：「我受寵若驚。」

他注意到，她認為這是理所當然。她是一個女人，他想，她是一個對自己的影響力非常有把握的女人。然而因為太有把握了，以致她不時會犯錯。

「約翰和我在十五年前訂了婚。他非常愛我，非常瘋狂，以至於有時令我很恐懼。他想要我放棄演戲……放棄任何我自己的思想或生活。他的占有欲是那麼強、那麼專橫，讓我覺得我不能履行這件婚事，於是我毀婚了。我想，他非常難以接受這個改變。」

白羅發出謹慎而同情的聲音。

「直到上個星期六晚上，我才又見到他。他陪我回家。我告訴探長，我們在談論過去的時光……某種程度是真的，但事實上遠遠不止這些。」她又說。

「是嗎？」

「約翰瘋了……十分瘋狂。他想離開她的妻兒，希望我和丈夫離婚並嫁給他。他說他永遠忘不了我，他說他看到我的那一刻，時間靜止了。」

她閉上雙眼，吞下後面的話。脂粉下的那張面孔十分蒼白。

她又睜開眼睛，幾乎是怯生生地對白羅笑著。

「你能相信那樣的……那種感情是可能的嗎？」她問。

「我認為是可能的，是的。」白羅說。

「有一種人，永遠也不會忘記，他會繼續等待……計畫……希望最後全心全意去得到自己想要的。世上有這樣的男人，白羅先生。」

「是的……也有這樣的女人。」

她不甚友善地瞟了他一眼。

「我正在說男人的事……關於約翰．克里斯托的事。喔，這就是事情的經過。起先我反抗、大笑，拒絕當真。接著我告訴他說他瘋了，當他回去時已經很晚了。我們爭吵著，爭吵著。他依然故我，就像下定了決心……」

她又一次吞下一些話。

「這就是為什麼第二天早晨我要送一張條子給他，我不能讓這種事懸在哪兒。我得讓他明白他所期望的是……不可能的。」

「不可能？」

「當然是不可能！他來找我。他不聽我的話，只是一再堅持。我告訴他這樣沒用，我不愛他，我恨他……」她停了下來，費力地喘息一下。「我不得不對此表現得很殘忍。於是我們在怒火中分手了……而現在……他死了。」

他看到她的手漸漸移動，也看到了她那彎曲的手指和突出的指節。這是一雙巨大的、殘忍的手。

此刻，她心中強烈的情感傳遞給了他。這不是悲傷、不是哀悼……不，這是怒火。這種怒火，他想，來自於一個受到阻礙的自我主義者。

「那麼，白羅先生？」她的聲音再次控制得宜，流暢圓潤。「現在我該做些什麼呢？向警方描述這個故事，還是埋藏在自己心中？這就是發生的一切……但不太容易使人相信。」

白羅注視著他，一個深長而充滿思索的注視。

他認為維若妮卡．克雷的話並非實情，但裡頭有著不可否認的真誠暗流。事情發生了，他想，但不是這樣發生的。

突然他明白了。這是一個真實的故事，可是完全顛倒了。是她無法忘記約翰．克里斯托，是她遇到了阻礙，被嚴厲拒絕了。而現在，由於母老虎無法沉默地忍受掌中獵物被奪走，因而產生猛烈的怒火。她發明了另一個真相的版本，這樣就可以慰藉她那受到傷害的自尊心，還能稍稍滿足男人脫離她掌心的那種痛苦。她不可能承認這點：她，維若妮卡．克雷，無法得到她想要的！於是就完全改變了這個故事。

白羅深吸了一口氣，說：「如果這些事情和約翰．克里斯托的死有關係，那麼你就得說出來，但如果沒關係，我看不出你為什麼要這麼做。還有，我認為你有完全正當的理由保持這個祕密。」

他懷疑她是否失望了。他有個想法，以她現在的心境，她會很願意將她的故事公布在報紙上。她來找他……為什麼呢？實驗一下她的故事嗎？測試他的反應嗎？還是利用他……引誘他將這個故事傳播出去？

如果他那平淡的反應令她失望，她並沒有表現出來。她站起來，向他伸出她那細長、精心修剪過指甲的手。

「謝謝你，白羅先生。你的意見似乎很明智。我非常高興來這裡。我……我忍不住想找人傾吐。」

「我不會辜負您的信賴，夫人。」

在她走了之後，白羅略微開了一會兒窗。香味使他感覺很不舒服，他不喜歡維若妮卡的香味。那種香水雖然昂貴，卻令人發膩，充滿了強制意味，就像她的個性。

當他放下窗簾時，他在思考是不是維若妮卡·克雷殺了約翰·克里斯托。

她也許很想殺死他，他相信這一點。她會很高興地扣下扳機，並且很高興地看到他踉蹌幾步，然後倒下。

但是在這種充滿報復心理的怒火之下，隱藏著某些冷酷精明的東西、某些判斷時機的東西，以及一個冷漠、工於心計的心理。然而無論維若妮卡·克雷有多麼想殺掉約翰·克里斯托，他都懷疑她是否會去冒這個險。

23

審問結束了。這只不過是一個形式，雖然事前已經被提醒，但幾乎每個人仍然對過程的虎頭蛇尾有種憎惡的感覺。

法庭在警方的要求下，宣布休庭兩個星期。

吉妲和帕特森夫人坐著一輛雇來的車從倫敦趕來。她身穿一件黑裙，戴了一頂不相稱的帽子，看上去緊張又迷惑。

正當她預備回到車上時，安卡德夫人走向她，她停住了。

「你好嗎，吉妲，親愛的？我希望你睡得還好。我認為這一切能像我們希望的那樣進行得很順利，不是嗎？你不和大家一起待在空幻莊園，我們是多麼遺憾，但我十分理解，這種變故會令人多麼難過。」

帕特森夫人埋怨地看著她姐姐，因為她沒有為雙方做適當的介紹。她用愉快的聲音說：

「這是柯林斯小姐的主意……直接開車回去。很昂貴，當然了，但我們認為很值得。」

「哦，我是多麼同意你的看法。」

帕特森夫人降低了聲音。

「我將會帶著吉妲和孩子們直接去貝克斯希爾。她需要休息和寧靜。那些記者們！你們不知道，全都蜂擁到哈利大街採訪。」

一個年輕的男人朝她們拍了一張照片。艾喜．帕特森把她姐姐推上車，駛車離開了。其他人對吉妲在那不相稱帽沿下的面孔只有瞬間的印象。空洞，迷失，在那一刻，她看上去就像一個弱智小孩。

米琪．哈卡索在嘆息聲中輕聲低語道：「可憐的傢伙。」

愛德華憤怒地說：「每個人從克里斯托身上都看到了什麼？那個悲慘的女人看起來心完全碎了。」

「她的心全都在他身上。」米琪說。

「但為什麼？他是個自私的人，在某種意義上，他是個好夥伴，但……」他頓了一下，接著他問：「你認為他如何，米琪？」

「我？」米琪沉吟了一會兒，最後她說：「我認為我尊敬他。」連她都對自己的話相當吃驚。

「尊敬他？為什麼？」

「因為他精通他的工作。」
「你是從作為一個醫生的角度來揣度他的嗎？」
「是的。」
沒時間說更多的話了。
荷立塔用自己的車把米琪送回倫敦。愛德華將趕回空幻莊園吃中飯，然後和大衛一起搭下午的火車。他含糊地對米琪說：「哪天你一定得抽空和我一起吃午飯。」
米琪說這主意非常不錯，但她離開的時間不能超過一個小時。愛德華對她露出了迷人的微笑，然後說：「哦，這是個特殊情況。我相信他們會了解的。」
接著他走向荷立塔。
「我會給你打電話的，荷立塔。」
「好，打吧，愛德華。但我大多數的時間可能都待在外面。」
「在外面？」
她給了他迅速、嘲諷的一笑。
「驅趕我的悲哀。你不希望我坐在家裡鬱鬱寡歡吧，不是嗎？」
他緩緩地說：「荷立塔，這段日子以來，我變得不太了解你，你好像變成另一個人了。」
她的臉變柔和了。她出乎意料地說：「親愛的愛德華。」
說時她迅速而緊緊地抓住他的胳臂。接著轉向露西．安卡德。

「如果我想要的話，我能回來吧，可以嗎，露西？」

露西．安卡德說：「當然囉，親愛的。況且兩個星期後，這兒還會有一場審訊。」

荷立塔走向她停車的地方。她和米琪的手提箱已經放在車裡。

她們鑽進車子，開車離開。

車子沿著長長的山路向上爬，來到山脊上的公路。在她們下面，是一片在灰暗秋日的寒冷中微微抖動的褐色和金色樹葉。

米琪突然說：「我很高興離開……甚至是離開露西身邊。即使她很可愛，但有時她讓我不寒而慄。」

荷立塔專注地看著後照鏡。

她相當漫不經心地說：「露西有種花腔女高音的特色……甚至對謀殺案也是如此。」

「你知道，我以前從未想過謀殺。」

「為什麼你應該想過？這不是人們平常會想的事，在英文填字遊戲中，這是一個由六個英文字母組成的單字，或是一本具有娛樂性的書籍。但在現實中……」

她停住了。米琪替她說完這句話：「是真實的，這就是讓人害怕的地方。」

荷立塔說：「你沒必要害怕，你是置身事外的。也許我們當中只有一人害怕。」

米琪說：「我們現在都在局外，都擺脫了。」

荷立塔喃喃著說：「是這樣嗎？」

她又在看著後照鏡。突然間，她把腳踩在油門上，車子立刻快了起來。她瞥了一眼時速表，已經超過五十英里，瞬間指標又指到了六十英里。

米琪從側面看著荷立塔的側影，看起來她並不像是在魯莽地開車。她喜歡開快車，但那條蜿蜒的路不適合她們的速度。荷立塔的嘴邊蕩漾著一絲微笑。

她說：「回頭看，米琪。看到後面那輛車了嗎？」

「怎麼了？」

「那是一輛凡特納十號。」

「是嗎？」米琪並不是特別感興趣。

「它們是那種很有用的小型車，省油，適應各種路況，但不快。」

「不快嗎？」

奇怪，米琪想，荷立塔總是為那些車以及它們的表現如此癡迷。

「正如我說的，不快。但那輛車，米琪，即使我們開到六十英里，它也能和我們保持一定的距離。」

米琪吃驚地把臉轉向她。

「你指的是……」

荷立塔點點頭。

「我相信那是警察，他們在外觀非常普通的車上裝了特殊的引擎。」

米琪說：「你的意思是，他們仍在監視我們所有的人嗎？」

「這似乎相當明顯。」

米琪顫抖著。

「荷立塔，你明白這樁案子裡第二把槍的意義嗎？」

「不，但這使得吉妲洗清了罪名。除此之外，它似乎沒有增添任何線索。」

「但如果那也是亨利的一把槍……」

「我們並不知道它是不是。它還沒有被找到，請記住這點。」

「對，這是真的，有可能是外面的什麼人。荷立塔，你知道我認為是誰殺了約翰嗎？是那個女人。」

「維若妮卡．克雷嗎？」

「對。」

荷立塔沉默不語，她的雙眼緊緊盯著前面的路，繼續開著車。

「難道你不認為有可能嗎？」米琪堅持自己的看法。

「有可能，是的。」荷立塔緩緩地說。

「那麼你不認為……」

「如果你只是為了認定一件事而刻意去認定它，那是沒用的。那是一個完美的答案……讓我們所有人都擺脫了嫌疑！」

「我們？但是……」

「我們都牽扯在內……我們所有的人。即使你，米琪，親愛的……他們也在努力找出一個你對約翰開槍的動機。當然我很願意是維若妮卡。能看到她在被告席上表演，我再高興不過了！」

米琪快速看了她一眼。

「告訴我，荷立塔，這一切使你心中充滿恨意嗎？」

「你是說……」荷立塔停頓了片刻。「因為我愛約翰嗎？」

「是的。」

當米琪說話時，她帶著一種輕微的震撼，意識到這個赤裸裸的事實首度被說了出來。它早就被他們所有的人接受了，露西、亨利、米琪，甚至愛德華，大家都知道荷立塔愛約翰・克里斯托，但之前從未有人直接用言語提及這個事實。

荷立塔似乎在思索，談話出現了停頓。接著她用深思熟慮的聲音說：「我無法向你解釋我的感受。或許我自己也不知道。」

他們正行駛在艾爾伯特橋上。

荷立塔說：「你最好和我一起去雕塑室。我們喝杯茶，然後我開車送你回宿舍。」

倫敦的下午很短，光線已經逐漸暗了。她們駛到雕塑室的門前，荷立塔把鑰匙插進鎖孔裡，她走進去，打開了燈。

「很冷，」她說，「我們最好打開煤氣爐。哦，真討厭……我的意思是，應該在路上買些火柴的。」

「打火機不行嗎？」

「我的不能用了，況且用打火機點燃煤氣爐很困難。放輕鬆，把這裡當自己家裡。街角那邊站著一個瞎老頭，我總是向他買火柴。我去一下，馬上就回來。」

米琪獨自待在雕塑室裡，四處遊走，觀看荷立塔的作品。和這些木頭與青銅製品一起待在這空蕩蕩的雕塑室裡，她有種神祕而恐怖的感覺。

某尊頭像有著高高的臉頰骨，還戴著鋼盔，也許是一名紅軍戰士；有個結構中空、扭曲著像肋骨般的鋁製品激起她極大的興趣；還有一個巨大、靜止的粉色花崗岩青蛙。在雕塑室的盡頭，她走到一座幾乎有真人大小的木雕跟前。

當荷立塔用鑰匙打開房門、無聲無息地走進來時，她正注視著這座雕像。

米琪轉過身去。

「這是什麼，荷立塔？它相當可怕。」

「那個嗎？那是《崇拜者》，是要送到國際聯展的作品。」

米琪盯著它，重複道：「很嚇人。」

荷立塔跪下點燃了煤氣爐，然後回過頭說：「你的說法十分有趣。為什麼你覺得它很可怕呢？」

「我認為……因為它沒有臉。」

「你非常正確，米琪。」

「它很不錯，荷立塔。」

荷立塔輕輕地說：「這是一座漂亮的梨木雕像。」

她立起膝蓋，站直身體，把她那大大的帆布袋和皮裘外套扔到長沙發上，接著往桌子上扔了兩盒火柴。

米琪被她臉上的表情震動了……那是一種令人費解、突如其來的歡欣。

「現在該喝茶了。」荷立塔說，她的聲音中也包含著米琪從她臉上所看到暖融融的欣喜。

這是一個不和諧的音符……但緊接著，那兩盒火柴勾起一連串思緒，讓米琪忘了這點。

「你還記得維若妮卡．克雷拿走的那些火柴嗎？」

「露西堅持哄騙她接受整整半打火柴的時候嗎？記得。」

「有人發現她在自己的屋裡是否有火柴了嗎？」

「我想警察會發現的，他們非常周密。」

一種淡淡的、勝利的微笑浮現在荷立塔的嘴角上。米琪感到迷惑不解，幾乎有些反感。

她想：「荷立塔真正在乎約翰嗎？她是這樣嗎？當然不是。」

一陣悽楚的寒意襲遍她的全身。她不禁想到：「愛德華再也不必等待很久了……」

她這個想法無法帶給她溫暖。她希望愛德華幸福，不是嗎？她好像不可能擁有愛德華。

對愛德華來說，她永遠是「小米琪」，永遠不會更進一步了。自己是一個永遠也不會被愛上的女人。

不幸的是，愛德華是那種忠實型的男人。喔，忠實型的人最後通常會得到他們想要的。愛德華和荷立塔住在安斯威克……這是故事圓滿的結尾。愛德華和荷立塔從今永遠過著幸福的生活。

她能夠非常清晰地看到這一點。

「高興起來，米琪，」荷立塔說，「你不能讓一樁謀殺案使自己情緒消沉。等一下我們一起出去吃點東西，好嗎？」

但米琪很快回答說她必須回家了，她還有事要做……寫信。事實上，她最好一喝完茶就離開。

「好吧，我開車送你過去。」

「我可以搭計程車。」

「胡說八道。既然有車，我們就用吧。」

她們走出房門，進入夜晚潮溼的空氣當中。當她們駕車駛過車庫盡頭時，荷立塔指著一輛正在邊上停著的小汽車。

「凡特納十號，我們的影子。你看著，它會尾隨我們。」

「這一切多令人厭惡！」

「你這樣認為嗎？我並不介意。」

荷立塔讓米琪在她的屋前下了車，然後返回車庫，停好車。

接著，她獨自再次回到雕塑室。

有一段時間，她一直心不在焉地站著，不停地用手指敲擊壁爐台。接著她嘆了口氣，自言自語地小聲嘀咕著：「那麼……工作吧。最好別浪費時間。」

她脫下花格呢外套，穿上罩衫。

一個半小時後，她向後退了幾步，仔細研究她已經完成的東西。她的臉頰沾上了黏土，頭髮蓬亂，但她對架子上的模型讚許地點了點頭。

這是一匹馬的粗略輪廓。大團大團不規則的黏土被拍在上面。它是那種可以讓騎兵團的上校都不知所措的馬，所以它不像任何活生生的馬。它也可能是那種古早的馬，折磨過荷立塔以狩獵為生的愛爾蘭祖先。即使如此，它仍然是一匹馬……理論上是一匹馬。

荷立塔想知道，如果格蘭奇探長看到它會怎麼想。當她在腦海中想像他的面孔時，她的嘴巴高興地咧開了。

24

愛德華．安卡德遲疑地站在舍芙貝利大道洶湧的人潮中。要踏入那幢金字招牌上寫著「艾弗蕾芝夫人」的建築物，令他很緊張。

某種模糊的直覺，阻止他以打電話邀請米琪出來吃午飯。空幻莊園那場電話交談的片段，使他心煩意亂……而且使他震驚。米琪聲音中的屈從、卑順傷害了他的感情。

對於米琪這個自由、快樂、直言不諱的女孩來說，她就是不得不接受對方的態度，不得不屈服，她顯然屈服於電話線另一端的粗魯、無禮。這完全錯了，整件事都錯了！而那時，在他表達關懷時，她坦白向他陳述了那個不愉快的事實：一個人得保住自己的飯碗，工作不是輕易就能找到的；而且，必須卑躬屈膝才能保住飯碗這件事，使人們所負擔的不快，遠遠多於完成一項份內的任務。

直到那時，愛德華才模模糊糊地接受這個事實，有很多年輕女人現今都是有「工作」

的。如果他以前曾思考過這方面的問題，一般來說，他一定會認為她們有工作是因為她們喜歡工作，這能使她們的獨立感得到滿足，並為她們的生活帶來一種樂趣。

愛德華從未想過，事實上，從早晨九點到下午六點、中間一小時午休時間的工作，把一個女孩完全和有閒階級的娛樂和消遣截然分開。除非米琪犧牲自己的午休時間，否則就不能去參觀畫廊；她不能去聽下午場的音樂會，不能在某個美好的夏日外出郊遊，或在一個遠一點的餐館悠閒地吃一頓午飯。只能把去鄉間的遠足訂在星期六下午和星期日，在一個擁擠的餐館或小吃店急匆匆地吃完午飯，這對愛德華來說是一個新奇而不愉快的發現。他非常喜歡米琪。小米琪……這就是他如何看待她。她羞澀，但好奇地睜大眼睛，來到安斯威克度假，起初很少開口，但接著就在熱情和關愛中打開話閘子。

愛德華喜歡生活在過去，以及總是不放心地將「現在」當作某種未經檢驗之物，這使得他遲遲未將米琪視為獨立謀生的成年人。

正是在空幻莊園的那個晚上，他從荷立塔那兒受到打擊，冰冷而顫抖地走進屋子，當米琪跪著點燃火爐時，他才第一次發現米琪不是個可愛的小孩，而是個女人。這曾是一個令人沮喪的發現，曾有片刻他感到自己失去了某種東西……某種屬於安斯威克寶貴的一部分。他當時衝動地說出了那種突然升起的感情：「我希望能夠更常見到你，小米琪……」

站在外面的月光中，他吃驚地發現，荷立塔再也不是從前熟悉的荷立塔……他曾經愛了那麼久的女人。他感受到突然來襲的恐懼，他既定的生活模式更進一步地受到擾動。小米琪也是安斯威克的一部分……她已經不再是小米琪了，而是一個勇敢無畏、眼神悲哀、他從不了解的成年人。

從那時起，他的腦袋便亂成一團，為自己從未關心過米琪的幸福和安寧而陷入深深的自責。想到她在艾弗蕾芝夫人的女裝店裡，做著與她興趣不符的工作，他就更加擔心了。最後，他決定親自來看看她工作的女裝店究竟如何。

愛德華懷疑地盯著櫥窗裡一件配上金色窄腰帶的黑色洋裝，以及一些樣式放蕩、過於窄小的針織外衣，還有一件鑲著相當俗豔彩色花邊的晚禮服。

除了直覺之外，愛德華對女人的衣服一無所知，但他精明地意識到，所有這些在櫥窗中展覽的衣服，都是一些華而不實的東西。不，他想，這個地方不值得她久留。某個人……也許是安卡德夫人，必須做些什麼來改變這個現狀。

在努力克服了羞澀之後，愛德華挺直了他那略微下垂的肩膀，走了進去。

他立刻因困窘而變得手足無措。兩個銀色頭髮、聲音尖銳的女孩，正審視著一個陳列櫃裡的衣服，一名棕黑色皮膚的女售貨員正在為她們服務。在商店最裡面，一個塌鼻子、棕紅色頭髮、聲音刺耳的小個子女人，正和一個矮胖、迷惑不解的顧客為了更換一件晚禮服起爭執。從一個鄰近的更衣室裡傳出一個女人高昂、不滿的聲音：「可怕，真可怕！難道你不能拿一些合適的衣服給我試穿嗎？」

接著，他聽到米琪那柔和的低語……一種順從而具有說服力的聲音。

「這種暗紫紅色的衣服真的非常好看，我認為它很適合您。如果您能試著穿上……」

「我才不浪費時間試穿那些不好看的衣服，多用點心。我已經告訴過你，我不要紅色的衣服，如果你認真聽我告訴你的……」

血色湧上了愛德華的脖子。他希望米琪把衣服扔到那個討厭的女人臉上，但她卻小聲說：「我再去看看。我想您不會喜歡綠色的吧，夫人？還是這件桃色的？」

「難看，太難看了！不，我不再看任何東西了。根本是浪費時間……」

現在，艾弗蕾芝夫人離開了那個矮胖的顧客，走向愛德華，探詢地看著他。

愛德華控制住自己的感情。

「啊，我能問一下……哈卡索小姐在這裡嗎？」

艾弗蕾芝夫人的眉毛揚了起來。但她同時看到愛德華身上那套薩佛街設計剪裁的服裝，她擠出一絲比她大發雷霆時更令人討厭的笑容。

從更衣室裡傳出了尖銳高昂、令人憎惡的聲音。

「小心點！你怎麼這麼笨。你扯到我的髮網了。」

而米琪的聲音則有些不穩定。「十分抱歉，夫人。」

「愚蠢的笨東西。」那個聲音變模糊了。「不，我自己來。請把我的皮帶遞過來。」

「哈卡索小姐很快就忙完了。」艾弗蕾芝夫人說。她的笑容現在變成了暗送秋波。

一名淺茶色頭髮、看起來脾氣很壞的女人，拿著大包小包出現在更衣室的門前，走了出來。米琪穿著一條樸實無華的黑裙子，為她打開門。她顯得蒼白而不快。

愛德華開門見山地說：「我是來帶你出去吃午飯的。」

米琪苦惱地瞥了一眼時鐘。

「要到一點十五分之後我才能離開。」她開口道。

現在是一點過十分。

艾弗蕾芝夫人大方地說：「如果你願意的話，現在就可以走，哈卡索小姐，你的朋友在等你。」

米琪小聲說：「哦，謝謝，艾弗蕾芝夫人。」接著又對愛德華說：「我馬上就好。」然後消失在商店後面。

由於艾弗蕾芝夫人特別強調朋友關係，讓愛德華變得畏畏縮縮，只能無助地站在那兒等待。

艾弗蕾芝夫人正打算調侃他幾句時，門打開了，一個看起來很富有的女人帶著一隻小北京狗走了進來。艾弗蕾芝夫人的商業直覺讓她向那個新客戶迎了過去。

米琪穿著外套再次出現了，她挽著他的胳臂，愛德華帶她走出商店，來到街上。

「上帝，」他說，「你不得不忍受這種事嗎？我聽到那個該死的女人在簾子後面對你說的話，你怎麼能忍受，米琪？你為什麼不把上衣扔到她頭上？」

「如果我那樣做，就會失去工作。」

「但難道你不想把東西扔向那種女人嗎？」

米琪深深吸了一口氣。

「我當然想。有很多次，特別是在夏季大特賣、酷熱夏季週末的尾端時，我擔心某天我會確切地告訴每一個人，他們的行為真讓人受不了……而不是『是，夫人。』『不，夫人。』『我來看看您是否還需要些什麼東西，夫人。』」

「米琪，親愛的小米琪，你不能再忍受這些了！」

米琪大笑著，有些顫動。

「別難過，愛德華。你到底為什麼要來這裡呢？為什麼不打個電話？」

「我想親自來看看。我一直很擔心。」他停了一下，然後爆發了。「天哪，露西絕對不會對一個洗碗碟的女僕那樣說話。你忍受這些粗暴和無禮是個錯誤。天哪，米琪，我願意帶你離開這一切，去安斯威克。我要叫一輛計程車，把你塞進去，現在就帶你走，搭兩點一刻開的火車去安斯威克。」

米琪停了下來，佯裝絲毫不感興趣。她和那些試衣服的顧客過了一整個乏味的上午，而她伺候的那些夫人絕大多數都是仗勢欺人的傢伙。她帶著一陣突然湧上的怨恨，數落著愛德華。

「噢，那為什麼你不真的這樣做呢？有這麼多計程車！」

他注視著她，對她突如其來的怒火很吃驚。

她繼續著，她的怒火爆發了。

「為什麼你要跑這一趟、說這些話？你不是認真的。你認為我在過了一個地獄般的上午之後，被提醒世界上還有安斯威克這樣的地方就會輕鬆些嗎？你認為我會感激你站在那兒，嘮嘮叨叨地說你是多麼願意帶我離開這一切嗎？你說的這些都是甜美卻不真誠的，你的話沒有一個字是認真的。難道你覺得我會出賣自己的靈魂，趕搭兩點十五分去安斯威克的火車，逃離每一件事嗎？光是想起安斯威克就讓我難過，你明白嗎？你是善意的，愛德華，但你很殘忍！說這些，只是說說而已……」

他們面對面地相互注視著，妨礙了午餐時間舍芙貝利大道上熙來攘往趕著用餐的人群。然而他們除了對方之外，感覺不到任何東西。愛德華就像突然從睡夢中醒來的男人盯著她。他說：「那麼好吧，去他的。你將會搭乘兩點十五分開往安斯威克的火車！」

他揚起手杖，攔住一輛路過的計程車，它在路邊停了下來。愛德華打開車門，而米琪有些暈眩地鑽了進去。愛德華對司機說：「帕丁敦車站。」

然後他也隨著她坐進車裡。

他們沉默地坐著。米琪的嘴唇緊緊閉著，目光是挑釁、反抗的。愛德華則直直注視著前方。

當他們在牛津大街停下等綠燈時，米琪鬧彆扭地說：「我似乎在逼你履行你脫口而出的謊話。」

愛德華簡短地說：「這不是謊話。」

計程車猛地動了一下，又前進了。

直到計程車在艾治威爾路向左拐入康橋巷的時候，愛德華才突然恢復他慣常的態度。他說：「我們不能坐兩點一刻的那班車。」然後他拍拍玻璃，對司機說：「去伯克利餐館。」

米琪冷冷地說：「為什麼我們不能坐兩點一刻的那班車？現在才一點二十五分。」

愛德華對著她笑了。

「你沒拿任何行李，小米琪，沒拿睡衣、牙刷，還有在鄉間穿的鞋子。四點一刻還有一班，你是知道的。現在我們要吃午飯，仔細討論一下。」

米琪嘆了口氣。

「這就是你，愛德華。總是牢記實際的一面。衝動並不能把你帶得很遠，不是嗎？哦，剛才只是一個美夢。」

她的手從他手中滑落，並對他露出熟悉的笑容。

「對不起，我剛才站在人行道上，就像個潑婦那樣辱罵你，」她說，「但是你知道的，愛德華，你真的讓人生氣。」

「是的，」他說，「我敢確定自己一直是這樣。」

他們肩並肩愉快地走進伯克利餐館，找了一個靠窗桌子，愛德華點了一份豐盛的午餐。

在他們吃完雞肉之後，米琪嘆了口氣，然後說：「我應該迅速趕回店裡了，我的午餐時間到了。」

「今天你要享受正常的午餐時光，即使我不得不回去，買下那家店裡一半的衣服！」

「親愛的愛德華，你真的很好。」

他們吃了橙香薄捲餅，接著侍者為他們端來咖啡。愛德華用勺子攪動著咖啡裡的糖。

他溫柔地說：「你真的很喜歡安斯威克，對吧？」

米琪說：「我們必須談安斯威克嗎？沒有搭乘兩點一刻的火車後，我還繼續活著，而且十分清醒，關於四點一刻的那班火車沒有任何問題……但請不必老提起這件事了。」

愛德華笑了。

「不，我不是在建議我們搭四點一刻那班車。我是在提議你去安斯威克，米琪，我是在建議你永遠待在安斯威克……也就是說，如果你能夠忍受我的話。」

她從咖啡杯的邊緣上注視著他，並用一隻她盡量保持正常的手放下了杯子。

「你指的是什麼，愛德華？」

「我在提議你嫁給我，米琪，我知道這不是個非常浪漫的求婚。我是個遲鈍蹩腳的人，我知道這點，而且我不是很擅長處理事情，只會讀書和到處閒晃。但即使我不是個十分令人開心的人，我們已經認識了很久，而且我認為安斯威克本身將會……將會彌補我不少缺陷。我認為你在安斯威克會幸福的，米琪，你願意去嗎？」

米琪有一兩次欲言又止，然後她說：「但我認為……荷立塔……」她停住了。

愛德華以平靜而不帶任何感情的聲音說：「是的，我曾經向荷立塔求過三次婚，每次她都拒絕了。荷立塔知道她不需要什麼。」

接下來是一陣沉默。接著愛德華又說：「我們將待在一起，親愛的米琪，怎麼樣？」

米琪抬起頭看著他，她的聲音因激動而有些哽咽。她說：「這似乎是那麼不尋常……就這樣輕易地得到前往天堂的邀請，在伯克利餐館！」

他容光煥發。他把手放在她的手上片刻。

「現成的天堂，」他說，「你在安斯威克就會有這樣的感覺。哦，米琪，我真高興。」

他們幸福地坐在那兒。愛德華付了帳單，並加上數量驚人的小費。餐館裡的人開始逐漸稀少。

米琪鼓起勇氣說：「我們得走了。我想我最好先回艾弗蕾芝夫人的店裡。畢竟，她還在指望我回去工作，我不能就這樣一走了之。」

「不，我想你得回去辭職，或是遞上辭呈，不管你怎麼稱呼它。然後，你不要在那兒工作了，我不能忍受。但首先，我認為我們最好去邦德街上找一家賣戒指的商店。」

「戒指？」

「很正常，不是嗎？」

米琪大笑著。

在珠寶店黯淡的光線下，米琪和愛德華彎腰看著許多閃閃發亮的訂婚戒指。一個謹慎的售貨員善意地注視他們。

愛德華推開一個天鵝絨墊著的碟子，說：「不要綠寶石。」

穿著綠色花格呢外套的荷立塔，穿著一件仿若中國翠玉的晚禮服……

不，不要綠寶石。

米琪抹去了心口上那微小針刺般的疼痛。

「為我挑選。」她對愛德華說。

他彎腰湊近了他們面前的碟子，揀出了一枚鑲著一顆鑽石的戒指。那不是一顆很大的鑽石，但卻是一顆散發著美麗光彩和火焰的鑽石。

「我喜歡這個。」

米琪點點頭。她喜歡愛德華正確無誤和過分講究的品味。當愛德華和售貨員退到一邊的時候，她把它戴在手指上。

愛德華開了一張三百四十二英鎊的支票，然後走回米琪身邊，對她微笑。

他說：「讓我們回去，粗魯無禮地對付艾弗蕾芝夫人吧。」

25

「哦，親愛的，我是多麼高興啊！」

安卡德夫人向愛德華伸出一隻柔弱的手，並溫柔地用另一隻手握住米琪。

「你做得完全正確，愛德華，讓她離開那個恐怖的商店並帶她來這裡。她將留在這兒，從這兒出嫁。聖喬治教堂，你知道，從大路走是三英里，雖然穿過樹林只有一英里的路，但一個人不能穿過樹林去參加婚禮。我想，還要有牧師……可憐的人，每年秋天他都會染上那麼可怕的感冒。助理牧師的嗓門就像英國國教教徒，而整個儀式將不僅令人留下深刻的印象……更是神聖的，如果你們明白我的意思。當有人用鼻音說話時，要想保持敬意是很困難的。」

米琪斷定，這是一個非常典型露西式的迎接儀式。這使她既想笑又想哭。

「我會非常高興從這裡出嫁的，露西。」她說。

「那就這麼說定了，親愛的。我認為你應該搭配米色的綢緞，外加一本象牙色的祈禱書……而不是一束花。伴娘呢？」

「不。我不想小題大作，只要一個非常寧靜的婚禮就行了。」

「我明白你的意思，親愛的，而且我認為也許你是對的。秋天的婚禮上幾乎是菊花……一種激發不出靈感的花，我總是這麼認為。而且除非人們花時間精挑細選，否則伴娘通常不會很相配，而且總有一個人，一個非常普通的人，破壞整體效果，但人們不得不讓她做伴娘，只因為她是新郎的妹妹。不過當然了……」安卡德夫人露出一絲微笑。「愛德華沒有妹妹。」

「這似乎是我受到大家喜歡的原因之一。」愛德華微笑著說。

「但孩子們是婚禮上真正最麻煩的，」安卡德夫人繼續說，愉快地講述著她自己的一系列想法。「每個人都說『多可愛』，但是我親愛的，他們是讓人最擔心的！他們會踩到拖裙，或是哭著要保母，而且還常常身體不舒服。我總疑惑，當女孩不能斷定身後發生了什麼事情的時候，她如何能抱著正常的心情沿著教堂走道緩緩前進。」

「在我的身後不必有任何東西，」米琪愉快地說，「甚至不需要拖裙。我可以穿著外套和裙子出嫁。」

「哦，不，米琪，那樣太像寡婦了。不能那樣，要有米色的緞子，不能從艾弗蕾芝夫人那兒買。」

「當然不向艾弗蕾芝夫人訂購。」愛德華說。

「我帶你去米瑞爾服裝店買東西。」安卡德夫人說。

「我親愛的露西，我負擔不起米瑞爾服裝店的消費。」

「胡說八道，米琪。亨利和我將為你準備嫁妝，而且亨利將在婚禮中把你交給新郎。我真希望他的褲帶不會太緊。自從他最後一次參加婚禮，已經快兩年了。而我將要穿……」

安卡德夫人停下來，閉上眼睛。

「怎麼了，露西？」

「繡球花的那種藍色，」安卡德夫人以一種心曠神怡的聲音宣布。「我想，愛德華，你將從自己的朋友中挑選伴郎，否則……當然，還有大衛。我覺得這對大衛來說是非常好的，這會讓他心理平衡，你是知道的，他會覺得我們大家都喜歡他。我敢說，這點對大衛非常重要。你知道，如果感覺自己聰明又智慧，卻沒人喜歡你，那又有什麼用！這是令人沮喪的。不過當然，這是在冒險。他可能會搞丟戒指，或在最後一刻掉在地上。我想這會使愛德華太操心。但還是我們這批和謀殺扯在一起的原班人馬，也是不錯的。」

安卡德夫人以最普通的語調說出了最後幾個字。

「今年秋天，安卡德夫人招待幾個朋友來觀賞謀殺案。」米琪情不自禁地說。

「是的，」露西沉思地說，「我想，聽起來就像這樣，一個為槍殺而舉行的聚會。你知道的，當你一想到這件事，就好像才剛發生似的！」

米琪有些顫抖，說：「喔，無論如何，現在全都結束了。」

「確切地說，還沒結束，審訊只是延期而已。而且那個可愛的格蘭奇探長在這個地方布滿他的人馬，他們只是閃進栗樹林，嚇走所有的野雞，又像玩偶盒裡的玩偶一樣，在最不可能的地方突然蹦出來。」

「他們在找什麼？」愛德華問，「殺死克里斯托的那把左輪手槍嗎？」

「我想一定是，他們甚至帶著搜查令來到屋子裡。探長對此極為抱歉，十分難為情。當然我告訴他，我們會很高興。這真是有趣的事。他們當然查看了每一個地方。我跟著他們四處走，你是知道的，我還提議了一兩處連他們都沒想到的地方。但他們沒有找到任何東西，這是最令人失望的。可憐的格蘭奇探長，他變得愈來愈瘦，而且一下又一下地揪著自己的鬍子。他的妻子見他飽受煎熬，應該會為他準備特殊的營養餐……但我有個模糊的想法，她一定是那種關心地毯擦得是否乾淨、遠遠超過燒一道可口小菜的女人。這提醒了我，我必須去看看梅德韋太太。真奇怪，傭人們就是受不了警察，她昨晚做的起士蛋奶酥讓人無法下咽。蛋奶酥和甜點總是能夠顯示一個人是否失去平衡。要不是格傑恩留住他們，我相信會有一半的傭人離開這裡。為什麼你們兩個人不去好好散個步，並幫助警察尋找左輪手槍呢？」

赫丘勒·白羅坐在長凳上，眺望著游泳池上面的小栗樹林。自從安卡德夫人盛情地請求他在任何時間到處走走，他就再也沒有入侵感了。此時赫丘勒·白羅正思考著安卡德夫人的盛情。

他不時聽到頭頂上的樹林裡有小樹枝的斷裂聲，或看到下方的小栗樹林裡有人在走動。

荷立塔沿著與鄉間小路相通的那條路走了過來。當她看到白羅後，停頓了片刻，接著走過來並坐在他身邊。

「早安，白羅先生。我剛才去拜訪你，但你出來了。你看起來很像奧林匹斯山神。你是在主持這次搜索嗎？探長似乎很積極。他們在找什麼，左輪手槍嗎？」

「是的，薩弗納克小姐。」

「你認為他們會找到嗎？」

「我認為會的，很快就會，我可以斷定。」

她探詢地望著他。

「那麼，你知道它在哪兒嗎？」

「不知道。但我認為很快就會被找到，現在是找到它的時候了。」

「你的話真是稀奇古怪，白羅先生！」

「這裡發生了稀奇古怪的事。你這麼快就從倫敦趕回來了，小姐。」

她的面部表情變得僵硬起來，並發出短促而辛酸的笑聲。

「謀殺犯回到了犯罪現場？這是古老的迷信，可不是嗎？所以你認為是我……幹的！當我說我不會那樣做的時候，你不相信我，不相信我不可能殺人嗎？」

白羅沒有立刻回答，他在深思熟慮後說：「從一開始，對我來說，這個案子似乎要不是非常簡單……簡單得讓人難以置信（而簡單，小姐，可能會奇怪地把人難倒），就是極為複雜；也就是說，我們正在和一個複雜又具有天才創造力的頭腦競爭。所以，每次當我們似乎正在接近真相時，實際上卻被導向一條與真相完全背道而馳的路，並且被引導出一個觀點……一個終究一無所獲的觀點。這種明顯的徒勞和持續不斷的毫無結果不是真實的，而是人為的，這是策畫好的。有個十分精明又天才的頭腦一直在策畫著，想要阻礙我們……並且成功了。」

「那麼？」荷立塔說，「這和我又有什麼關係？」

「這個策畫阻礙我們的頭腦，是個具有創造力的頭腦，小姐。」

「我明白，這就是我被捲入的原因嗎？」

她沉默了，雙唇悽楚地緊閉著。她從夾克口袋裡掏出一枝鉛筆，在長凳那白色油漆木板上，無所事事地畫著一棵神奇的樹。當她畫圖時，眉頭始終緊鎖著。

白羅注視著。腦袋裡猛然觸動了一些事……在案子發生的那天下午，他站在安卡德夫人的客廳裡，注視著一堆橋牌的得分紀錄，還有一個他曾對格傑恩提出的問題。

他說：「這就是你在橋牌得分紀錄上所畫的……一棵樹？」

「是的。」突然間，荷立塔似乎明白她在做些什麼。「世界之樹，白羅先生。」她大笑說道。

「為什麼你要叫它世界之樹？」

她解釋了世界之樹的由來。

「所以，當你『塗鴨』（是這個詞，不是嗎）時，你畫的總是世界之樹嗎？」

「是的。塗鴨是一件有趣的事，難道不是嗎？」

「在這兒的座位上……星期六晚上的橋牌得分紀錄上，還有星期日上午在涼篷裡……」

握著鉛筆的那隻手僵住了，她用一種漫不經心的口吻說：「在涼篷裡？」

「是的，在那兒的圓鐵茶几上。」

「哦，那一定是在……在星期六下午。」

「那不是在星期六下午。當格傑恩在星期日中午大約十二點左右送杯子到涼篷時，茶几上沒有畫任何東西。我問過他了，而且他十分肯定。」

「那麼那一定是在……」她只猶豫了片刻。「當然，是在星期日下午。」

但赫丘勒．白羅依然笑咪咪愉快地搖了搖他的腦袋。

「我認為不是。格蘭奇的人馬整個星期日下午都在游泳池那裡給屍體拍照、從水裡取出左輪手槍，直到黃昏才離開。他們會看到任何出入涼篷的人。」

荷立塔緩緩地說：「我現在記起來了。我是在晚上很晚才去的……在晚餐之後。」

白羅的聲音變得尖刻起來：「人們在黑暗中不會『隨意亂畫』，薩弗納克小姐。你是在告訴我，你在晚上走進涼篷，站在桌邊，在看不清楚東西的情況下畫了一棵樹嗎？」

荷立塔鎮靜地說：「我正在告訴你真相，當然你不相信這些。你有你自己的想法。順便問一句，你的想法是怎樣？」

「我猜測，星期日中午十二點當格傑恩送來杯子之後，你才進入涼篷的。你站在茶几邊注視著什麼人，或是在等待什麼人，然後下意識地取出一枝鉛筆，在沒有完全意識到自己做些什麼的情況下，畫了世界之樹。」

「星期日中午我不在涼篷裡。我在平台上坐了一會兒，然後拿著園藝籃子走到種著大理花的花壇，剪下並捆紮一些長得不整齊的紫菀花，接著在剛過一點鐘的時候走向游泳池。我已經向格蘭奇探長報告這一切。在一點鐘之前，我從未靠近過游泳池，我是在約翰被槍殺後才到的。」

「這個，」赫丘勒．白羅說，「是你的說法，但世界之樹提供了反證。」

「我在涼篷裡，然後殺了約翰，這就是你的看法嗎？」

「你在那裡，然後對克里斯托醫生開了槍，或是你看到了是誰向克里斯托醫生開槍，不然就是有別人知道世界之樹，故意在茶几上畫的，好讓你遭到懷疑。」

荷立塔站了起來。她揚起下巴對他進行指責：「你仍然認為是我殺了約翰．克里斯托。你認為你能夠證明是我朝他開的槍。那麼我告訴你，你永遠也不能證明，永遠都不能！」

「你認為你比我精明嗎？」

「你永遠也不能證明的。」荷立塔說，然後轉過身子，沿著通向游泳場的那條蜿蜒曲折的小路離開。

26

格蘭奇來到憩齋和赫丘勒．白羅一起喝茶，喝的恰恰是那種他很擔心主人會端出來的茶……味道極其清淡，是中國茶。

「這些外國人，」格蘭奇心想，「不知道如何品茶，你沒辦法教會他們。」但他並不怎麼介意。他正處於一種悲觀情緒中，這時再多一件不愉快的事情，反而讓他有種負負得正的感覺。

他說：「審訊延期只到後天，而我們有所斬獲了嗎？一點也沒有。那把槍在什麼地方？這該死的鄉村……樹林綿延數英里長，需要有一支部隊認真地進行搜索。簡直是大海撈針，它可能在任何地方。事實上，我們不得不面對這點……我們可能永遠也找不到那把槍。」

「你會找到的。」白羅自信地說。

「這不是你努力去找就能找到的！」

「你會找到的，這是遲早的事，而且我認為就快了。再喝一杯嗎？」

「好的……不，不要熱開水。」

「茶會不會太濃？」

「哦，不，一點也不濃。」探長對此有禮貌地輕描淡寫。

他憂鬱地啜著那蒼白、淡黃色的飲料。

「這件案子讓我像隻猴子般出了醜，白羅先生……我像隻猴子一樣出了醜！我弄不清楚這些人。他們好像很有幫助，可是他們告訴你的每件事似乎都引導你離開正軌，進行徒勞的搜索。」

「離開正軌？」白羅說，一種驚異的目光在他的眼中閃爍。「是的，我明白了。離開正軌……」

探長的悲傷又加深了。

「現在來談一談槍。克里斯托被擊中了，按照法醫提供的證據，僅僅是在你到達之前的一兩分鐘。安卡德夫人挽著一個雞蛋籃，薩弗納克小姐拿著一只裝滿枯死花朵的園藝籃子，而愛德華．安卡德穿著一件寬鬆的射擊外套，口袋裡裝滿子彈。他們任何人都有可能帶走左輪手槍。它沒有被藏在游泳池附近的任何地方，我的人馬都搜查過了，所以毫無疑問，它不在附近。」

白羅點點頭。

格蘭奇繼續說：「吉妲・克里斯托被人陷害了，但是遭到誰的陷害呢？我追蹤的每一條線索似乎都消失在稀薄的空氣中了。」

「關於他們自己是如何度過那個上午的說法令人滿意嗎？」

「那些故事都不錯。薩弗納克小姐在搞園藝；安卡德夫人在撿雞蛋；愛德華・安卡德和亨利爵士在一起射擊，後來分開了……亨利爵士返回屋子，而愛德華・安卡德穿過樹林來到這裡；那個年輕小夥子正在臥房裡埋頭苦讀（好天氣裡有很多可以讀書的地方，他卻在屋裡，書蟲）；哈卡索小姐拿著一本書去了果園。這些聽起來都非常自然、合理，而且沒有辦法查核。格傑恩在大約十二點的時候拿了一托盤杯子去涼篷，他說不出房子裡的每一個人在哪兒，以及他們在幹什麼。在某種意義上，你是知道的，這對他們每一個人都不利。」

「真的嗎？」

「當然最明顯的是維若妮卡・克雷。她曾與克里斯托爭吵，她憎恨他的勇氣，十分有可能對他開槍，但我找不到一丁點證據可以證明她確實朝他開了槍。沒有任何證據證明她有機會從亨利爵士的收藏品中偷走左輪手槍，也沒人看到她那天進出過游泳池附近。而且那把遺失的左輪手槍現在肯定不在她那兒。」

「啊，你肯定這點了嗎？」

「你認為怎麼樣？我曾簽發過搜索證，但毫無用處。她表現得十分大方。槍不在那小平房的任何角落裡。在審訊延期之後，我們表面上對克雷小姐和薩弗納克小姐十分寬大，但暗地裡派人跟蹤她們，看看她們去哪兒和做了些什麼。我們有人在片廠監視維若妮卡……沒有任何跡象顯示她試圖在那兒把槍扔掉。」

「那荷立塔．薩弗納克呢？」

「也沒有什麼。她直接回去切爾西，從那時候起，我們一直嚴密監視她。那把左輪手槍既不在她的雕塑室裡，也不在她的寓所。她對搜查十分愉快……似乎很開心。她的一些奇異作品使我的手下覺得很奇怪，他說這讓他感到很迷惑，為什麼會有人想要做出那種東西……塑像全身疙瘩，一些黃銅和鋁扭曲成怪異的形狀，那些馬與你熟知的馬完全不一樣。」

白羅動了一下。

「馬？」

「哦，一匹馬。如果你稱它是馬的話！如果人們想要塑造一匹馬，那麼何不去看看一匹馬！」

「一匹馬。」白羅重複道。

格蘭奇轉過頭。

「有什麼讓你如此感興趣，白羅先生？我不明白。」

「聯想……心理學的一個觀點。」

「字詞的聯想嗎？馬和馬車？搖木馬？穿衣服的馬。不，我不明白。至少，一兩天後，薩弗納克小姐會整理行裝再次來到這兒。你知道嗎？」

「知道，我剛和她聊天並看見她走進樹林。」

「靜不下來，是吧。喔，她和醫生一直關係曖昧，而他臨死前所說的『荷立塔』很像是指控，但還不足以證明什麼。」

「是的，」白羅沉思著說，「還不足以證明什麼。」

格蘭奇沉重地說：「這兒的空氣中有某種東西，使所有人糾纏不清，好像他們所有的人都知道什麼事。先說安卡德夫人，她永遠說不出一個適當的理由，來解釋她那天為什麼要隨身帶槍，這真是一件瘋狂的事，有時我認為她很瘋狂。」

白羅輕柔地搖了搖頭。

「不，」他說，「她一點兒也不瘋狂。」

「接著還有愛德華．安卡德。我曾以為我從他身上發現了什麼。安卡德夫人說——不，是暗示——他多年以來一直愛著薩弗納克小姐。那麼，這就給了他一個動機。但現在，我發現是另外一個女孩——哈卡索小姐——和他訂了婚，所以對他不利的東西也無影無蹤了。」

白羅同情地嘀咕了一聲。

「接下來是那個年輕小夥子，」探長接著說，「安卡德夫人無意中洩漏了他的一些事。他的母親死於精神病院——被迫害妄想症——認為每個人都要陰謀殺害她。喔，你能明白這可能意謂著什麼。如果那個男孩遺傳了這種奇特的瘋狂基因，他就有可能在腦中對克里斯托醫生有意見……他可能想像那位醫生正打算殺他，以此證明自己的想法是真實的。這並不是指克里斯托是那種醫生。但如果那個男孩精神上有一點兒輕微失常，他可能就會想像克里斯托到這兒來是為了嚴密觀察他。他的舉止異乎尋常，那個年輕小夥子就像一隻貓那麼緊張。」

格蘭奇不快地悶坐了一會兒。

「你明白我的意思嗎？所有模糊的懷疑都不能帶來任何線索。」

白羅又動了一下，他輕輕說道：「脫離正軌，而不是朝著案情核心；從那兒來，而不是去那兒；不在任何地方，而不是在某些地方……是的，當然，一定是這樣。」

格蘭奇注視著他。他說：「他們都很古怪，所有這些安卡德家族的人。我發誓，他們知道所有這一切。」

白羅平靜地說：「他們是知道的。」

「你的意思是，他們知道……他們所有的人都知道？那麼，是誰呢？」探長不太相信地問道。

白羅點點頭。

「是的，他們知道。我這樣認為已經好一段時間了，而現在我對此十分肯定。」

「我明白了。」探長的表情變得厭惡起來。「他們把它藏了起來？喔，我要擊敗他們。我要找到那把槍。」

探長的主題曲就是找槍，白羅想。

格蘭奇滿懷怨恨地繼續說：「我要以任何方式對他們進行報復。」

「對。」

「他們所有的人把我弄得一團糟！提議，暗示，幫助我的手下！到處都是蜘蛛絲和蜘蛛網，什麼東西都觸摸不到。我要的是一個完全可靠的事實！」

赫丘勒・白羅有段時間一直望著窗外。他的目光被視野中不合常規的東西吸引住了。

過了一會兒他才說話。

「你想要一個可靠的事實嗎？好吧，除非我大錯特錯了，在我大門邊的籬笆裡就有一個可靠的事實。」

他們順著花園裡的小路走了過去。格蘭奇跪在地上，扒著小樹枝，直到發現那件插在樹枝中的東西。當黑色鋼鐵物體顯露出來時，他深深吸了一口氣。

他說：「這是一把左輪手槍。」

有片刻之久，他的目光懷疑地停留在白羅身上。

「不，不，我的朋友，」白羅說，「我沒有向克里斯托醫生開槍，而且我也沒有把左輪手槍藏在我家的籬笆裡。」

「當然你沒有，白羅先生！對不起！喔，我們已經找到了。看上去很像是亨利爵士書房裡遺失的那一把。我們一取得號碼就能鑑定。接著我們要弄明白，這是否就是那把射死克里斯托的槍。現在事情容易多了。」

探長十分小心地用一條絲帕把槍從籬笆裡取了出來。

「給我們一個機會，我們需要指紋。我有種感覺，你知道，我們的運氣最終會改變。」

「讓我知道結果。」

「當然我會的，白羅先生，我會打電話給你。」

後來白羅接到了兩通電話，第一通就是那天晚上打來的。探長很興奮。

「是你嗎，白羅先生？喔，告訴你。就是那把槍，沒錯。那把亨利爵士遺失的槍，同時它也是槍殺約翰·克里斯托的那把！這是確定無誤的，而且上面有很多指紋。大拇指的、食指的，還有一部分是中指的。我不是告訴過你，我們的運氣改變了嗎？」

白羅問：「你已經鑑定過那些指紋了嗎？」

「還沒有。當然不是克里斯托夫人的，我們已經取得她的指紋，但從尺寸來看，像是男人的。明天我要去空幻莊園宣布我的小發現，並且取得每一個人的指紋樣本。到那時，白羅先生，我們就會知道進一步的發展！」

「我的確希望如此。」白羅禮貌地說。

第二通電話是次日打來的，格蘭奇說話的聲音再也不興奮了。

格蘭奇用充滿了愁悶的語調說：「想聽聽最新消息嗎？那些指紋不是與這樁案子有關的任何一個人的指紋！不是的，先生！不是愛德華·安卡德的，不是大衛的，不是亨利爵士的，不是吉妲·克里斯托的，不是薩弗納克的，不是維若妮卡的，不是夫人的，也不是那個皮膚棕黑的小女孩的！甚至不是那個廚娘的……更不用說其他僕人了！」

白羅發出一些同情的聲音。

格蘭奇探長悲傷的聲音繼續著：「所以，看起來似乎這是外人幹的。某個人，這就是說，一個對克里斯托醫生心懷惡意而我們一無所知的人。某個從書房裡不聲不響偷偷拿走手槍的人，而且他在開槍之後，便順著那條通往鄉間小路的小徑離開了。這個人把槍放在你的籬笆裡，然後消失得無影無蹤！」

「你想要我的指紋嗎，我的朋友？」

「我不反對這麼做！這使我很震驚，白羅先生，儘管你當時人在現場，而且從各方面看來，你都是這樁案子裡最沒有嫌疑的人！」

27

法醫清了清嗓子，期待地看著陪審團的發言人。

發言人低頭看著手中握著的一張紙。他的喉結興奮地上下移動，小心翼翼地讀道：「我們發現，死者是被某個或某些我們不知道的人蓄意謀殺而導致死亡。」

白羅在靠牆的角落裡平靜地點了點頭，再也沒有任何其他合理的論斷。

在法庭外面，安卡德夫婦停留了片刻，和吉妲及她的妹妹說了一會兒話。吉妲還是穿著那件黑裙子，面孔依然是同樣暈眩、不愉快的表情。這次她沒有開車了，艾喜．帕特森解釋說，火車的服務真的很不錯，她們可以很輕鬆地搭乘一點二十分開往滑鐵盧的快車到貝克斯希爾。

安卡德夫人緊緊握住吉妲的手，嘀咕著：「你一定得和我們保持聯繫，我親愛的。也許某天在倫敦共進一頓簡單的午餐？我期望你不時去那兒買東西。」

「我……我不知道。」吉妲說。

艾喜．帕特森說：「我們必須快點，親愛的，我們的火車來了。」

吉妲帶著一種解脫的表情轉了過去。

米琪說：「可憐的吉妲。約翰之死帶給她唯一的好處，就是把她從你那可怕的招待中解救出來了，露西。」

「你真壞，米琪。誰能說我未曾努力。」

「當你努力的時候，事情總是變得更糟，露西。」

「那麼，想想這一切都結束了，真讓人高興，不是嗎？」安卡德夫人說，對著他們熱情地微笑。「當然，除了那可憐的格蘭奇探長，我確實對他十分抱歉。他會高興起來嗎，你認為呢？如果我們邀請他來吃午飯，我指的是，交個朋友。」

「我完全順其自然，露西。」亨利爵士說。

「也許你是對的，」安卡德夫人沉思著說，「而且無論如何，今天的午飯是甘藍菜燉肥松雞，還有梅德韋太太拿手的美味蛋奶酥……這根本不是格蘭奇探長喜歡的那種午餐。一盤非常美味的牛排，燒得嫩一些，毫無疑問，還要有一盤不錯的老式蘋果塔，或許是蘋果布丁……這才是我要為格蘭奇探長安排的。」

「你對食物的直覺總是非常正確，露西。我認為我們最好還是回家吃松雞，它們聽起來十分美味。」

「我認為我們應該舉行一些慶祝活動。棒極了，難道不是嗎，每一件事似乎總是以最好的結局收場？」

「是……的。」

「我明白你在想些什麼，亨利，不過別擔心，我今天下午會用心的。」

「你現在又在忙些什麼，露西？」

安卡德夫人朝他笑了笑。

「一切都非常好，親愛的。我只是在安頓一些尚未完成的細節。」

亨利爵士狐疑地看著她。

當他們到達空幻莊園時，格傑恩走出來，打開汽車的門。

「每件事都非常令人滿意地結束了，格傑恩，」安卡德夫人說，「請告訴梅德韋太太和其他人。我明白你們大家一直都很不愉快，而且我要很高興地告訴你，亨利爵士和我是多麼欣賞你的忠誠。」

「我們一直在深深地為您擔憂，夫人。」格傑恩說。

「格傑恩真不錯，」露西走進客廳時說，「但他的憂慮是多餘了。我幾乎可以欣賞這一切……如此不尋常，你知道，和一個人所習慣的環境相比，難道你不覺得，大衛，像這樣的一段經歷，令你的思想開闊了嗎？這和劍橋是那麼截然不同。」

「我是在牛津。」大衛冷冷地說。

安卡德夫人意圖不明地說：「那可愛的划船競賽，如此富有英國風，難道你不這樣認為嗎？」然後她走向電話，拿起話筒，握在手中，接著說：「大衛，我衷心希望你能再度來到這兒，和我們大家在一起。發生謀殺案時想要了解別人是多麼困難，不是嗎？而且不可能進行一些真正具有智慧的談話。」

「謝謝你，」大衛說，「不過在我返回後，我將要去雅典……去那裡的英國學校。」

安卡德夫人轉向她的丈夫。

「現在誰是那裡的大使？哦，霍普・雷明頓。不，我認為大衛不會喜歡他們。那裡的女孩健壯得可怕，她們玩曲棍球、板球，還有一種從一個網裡抓東西的可笑遊戲。」

她中斷了講話，低頭看著電話話筒。

「我拿著這個幹什麼呢？」

愛德華說：「也許你要打電話給什麼人。」

「我不這樣認為。」她把話筒放回原位。「你喜歡電話嗎，大衛？」

大衛惱火地想道，這就是那種她會問的問題，一個人對這些問題不可能有任何明智的答案。他冷冷地回答，認為電話是有用的。

「你的意思是，」安卡德夫人說，「就像絞肉機嗎？或者是鬆緊帶？都一樣，一個人不能……」

當格傑恩出現在門口宣布午飯準備好時，她中止了談話。

「但你喜歡松雞。」安卡德夫人熱切地對大衛說。

大衛承認他喜歡松雞。

「有時我認為，露西真的有點兒不正常。」當米琪和愛德華從房子裡漫步而出、走向樹林時，米琪如是說。

松雞和夾餡的蛋奶酥味道好極了，並且伴隨著審訊的結束，一種重壓從空氣中升騰、消失了。

愛德華若有所思地說：「我一直認為露西有一顆精明的頭腦，她表達自己的想法就像玩填字遊戲。將幾個隱喻拉在一起運用……就像鐵鍾在一個又一個的釘子上起落，但是從未失手過。」

「我們的看法一致，」米琪清醒地說，「露西有時把我嚇壞了，」她微微顫抖地又加了一句：「最近這個地方把我嚇壞了。」

「空幻莊園嗎？」

愛德華一臉驚奇地轉向她。

「這總讓我回想起安斯威克，」他說，「當然，這裡不是，實情是……」

米琪打斷了他：「就是這樣的，愛德華。我被一些不真實的東西嚇壞了。你不明白，你瞧，隱藏在後面的是什麼。就像……哦，就像一個面具。」

「你不准胡思亂想了，小米琪。」

這是以前的那種語調，那種他多年來一直使用的縱容語調。她那時很喜歡，現在卻讓她很煩惱。她努力使自己的意思明確……告訴他在他稱作「胡思亂想」的東西背後，有某種隱隱約約的現實形象。

「我在倫敦的時候擺脫了它，但現在我回到這兒後，這一切又一次占據了我。我感覺每個人都知道是誰殺了約翰．克里斯托。唯一一個不知道的人……是我。」

愛德華煩惱地說：「我們必須談論約翰．克里斯托嗎？他已經死了，死了並且離開我們了。」

米琪低語道：「他死了並且離去了，夫人。他死了並且離去了。在他的頭頂有一塊綠草如茵的草地，在他的腳下有一塊石頭。」

她把手放在愛德華的胳膊上。

「是誰殺了他，愛德華？我們曾以為是吉妲……但不是吉妲。那麼是誰呢？告訴我你在想什麼？是某個我們從未聽說過的人嗎？」

他煩惱地說：「對我來說，所有這些推理似乎都是無意義的。如果警察查不出來或拿不出足夠的證據，那麼整件事到頭來將不了了之，而我們也將會擺脫這件事。」

「是的……但那是我不知道的。」

「為什麼我們要知道呢？約翰．克里斯托和我們有什麼關係嗎？」

和我們，她想，和愛德華跟我嗎？什麼也沒有？愜意的想法……她和愛德華被連結在一起，一個兩人的實體。然而……然而……約翰．克里斯托，儘管他已經躺在墳墓中，葬禮的悼詞也已經唸過，但他並沒有被埋葬得夠深。「他死了並且離去了，夫人。」但約翰．克里斯托並未真的死了並且離去……儘管愛德華希望如此。約翰．克里斯托依然在這兒，在空幻莊園裡。

愛德華說：「我們要去哪兒？」

他語調中的某些東西使她感到很驚奇。她說：「讓我們順著走，走到山脊上。好嗎？」

「如果你願意的話。」

出於某種原因他並不情願，她疑惑這是為什麼。這是他平常喜歡的那種散步，他和荷立塔過去幾乎總是……她的念頭快速轉動並且中斷了。他和荷立塔！於是她說：「你這個秋天曾走過這條路嗎？」

他僵硬地回答：「荷立塔和我在抵達這兒的第一天下午來曾這裡散步。」

他們在沉默中繼續前進。

終於，他們到達了最高處，坐在一棵倒下的樹上。

米琪想：「他和荷立塔也許曾坐在這兒。」

她一圈圈地轉動著手指上的戒指。鑽石朝她散發出冷漠的光輝。（「不要綠寶石。」他曾經說過。）

她做出最後一絲輕微的努力，然後說：「再度在安斯威克過聖誕節，一定會很愉快。」

他似乎沒有聽到她所說的話。他的思想已經飄得很遠了。

她想：「他想到了荷立塔和約翰．克里斯托。」

他曾經坐在這裡，對荷立塔說了些什麼，或是她曾經對他說了些什麼。荷立塔可能明白什麼是她不想要的，但是愛德華仍然屬於荷立塔。他將永遠如此，米琪想，他永遠屬於荷立塔……

痛楚在她身上蔓延開來。這個星期以來，她一直生活其中的那個幸福而虛幻的世界震顫了，並且碎裂了。

她想：「我無法像現在這樣生活……荷立塔一直存在他的心中，我無法面對這個，我無法忍受。」

風穿過樹林的時候發出了嘆息聲，樹葉落得更快了，幾乎沒有任何金色的東西留下來，只有滿目的褐色。

她說：「愛德華！」

她聲音中的急切喚醒了他。他轉過頭：「怎麼了？」

「對不起，愛德華。」她的嘴唇顫抖著，但她強迫自己的聲音顯得平靜而自制。「我不得不告訴你，這樣不行，我不能嫁給你。這樣不行，愛德華。」

他說：「但米琪，無疑地，安斯威克……」

她打斷他：「我不能只為了安斯威克而嫁給你，愛德華，你……你必須明白這點。」

他發出一聲嘆息，一聲長長輕柔的嘆息，就像枯死的樹葉輕輕脫離樹枝時發出的回聲。

「我明白你的意思，」他說，「是的，我想你是對的。」

米琪說：「你向我求婚，我感到很幸福，幸福而甜蜜。可是這沒用，愛德華，那樣行不通的。」

她曾抱有一絲希望，也許他會和她爭執，他會努力說服她。但他似乎純粹只是在感受她所做的一切。在這裡，荷立塔的靈魂緊緊陪伴在他身邊，他也明顯看出那樣不行。

「是的，」他說，回應著她的話。「那樣不行。」

她從手指上摘下戒指，遞給他。

她將會永遠愛著愛德華，而愛德華將會永遠愛著荷立塔。生活只是一個平實、如假包換的地獄。

她的聲音中有一點兒哽咽，她說：「這是一枚可愛的戒指，愛德華。」

「我希望你保存它，米琪，我願意你擁有它。」

她搖搖頭。

「我不能那樣做。」

他的嘴唇微微有些扭曲，說：「我不能把它送給其他任何人，你知道的。」

這一切原本都十分友好，但是他不明白，永遠也不會明白的……她剛才感受到的是什麼。托盤上的天堂……托盤碎了，天堂從她的指間滑落了，或者天堂從來就不曾出現過。

§

那個下午，白羅接待了他的第三位來訪者。

荷立塔．薩弗納克和維若妮卡．克雷都已經來拜訪過他了。這次是安卡德夫人，她以她那種常見的虛幻出場方式從那條小路上飄來。

他打開門，她就站在那兒對著他微笑。

「我來看看你。」她說。

一個神通廣大的仙女賜予一個渺小凡人的恩惠。

「我受寵若驚，夫人。」

他在前頭帶路，走進客廳。她在沙發上坐下，又一次微笑了。

赫丘勒．白羅想：「她老了，頭髮變成了灰色，面龐上布滿皺紋。然而她有魔力……她將永遠擁有魔力……」

安卡德夫人輕柔地說：「我要你為我做一件事。」

白羅問：「是什麼呢，安卡德夫人？」

「首先，我必須告訴你……是關於約翰．克里斯托。」

「關於克里斯托醫生嗎？」

「是的。對我來說，似乎唯一要做的就是讓整件事結束。你明白我的意思，對吧？」

「我不敢肯定我確實明白你的意思，安卡德夫人。」

她對著他再次露出可愛而令人目眩的微笑，然後將一隻纖長白皙的手放在他的袖子上。

「親愛的白羅先生，你完全明白。警察不得不尋找那些指紋的主人，而他們不會找到的，最後，他們就不得不結束整件事。但是我擔心，你知道的，你不會讓它就此結束。」

赫丘勒．白羅說：「對，我不會讓它就此結束。」

「正如我所料，而且這也就是我為什麼要來這裡的原因。你想要的是真相，不是嗎？」

「我當然想知道真相。」

「我明白我並沒有十分清楚表明自己的意思。我正在試圖了解，為什麼你不想讓事情結束，這並不是因為你的威望，或是因為你想要絞死兇手（這是一種令人不愉快的死亡方式，我總是這樣認為，多麼像中世紀的風格）。我認為，這只是因為你想知道真相。你完全明白我的意思，不是嗎？如果你知道真相……如果你將被告知真相，我認為……我認為也許這會讓你滿意？這會讓你滿意嗎，白羅先生？」

「你是說，你願意告訴我真相嗎，安卡德夫人？」

她點點頭。

「那麼，你自己知道真相嗎？」

她的眼睛睜得大極了。

「哦，是的，我早就知道了。我願意告訴你，然後我們可以達成協議……這一切都結束了，並且處理完畢了。」

她對他笑了笑。

「這樣成交了嗎，白羅先生？」

對赫丘勒．白羅而言，他費了極大努力才說出：「不，夫人，這筆交易無法成交。」因為他很想、非常熱切地想讓整件事結束，只因為安卡德夫人請求他這麼做。

安卡德夫人靜靜坐了片刻，然後她揚起了眉毛。

「我懷疑，」她說，「我懷疑你是否真的明白你在做什麼。」

28

在黑暗中，米琪睜著欲哭無淚的雙眼清醒地躺在床上，並煩躁地在枕上輾轉反側。她聽到一扇門的門閂打開了，腳步聲在走廊裡經過了她的房門。那是愛德華的門和愛德華的腳步聲。她打開床邊的燈，看了看桌上放在燈旁邊的鐘。差十分三點。

愛德華在凌晨這個時間經過她的門口，並走下樓梯。真奇怪。

他們早在十點半的時候都上了床。她自己沒有睡著，睜著火辣辣的眼皮躺著。伴隨她的是那不停折磨她的、沒有結果的痛心悲慘境遇。

她曾聽到樓下的鐘聲……聽到貓頭鷹在她臥室的窗外鳴叫。兩點的時候，她感到自己這種沮喪的心情達到了最低點。她心想：「我無法忍受……我無法忍受。明天就要來了……新的一天。一天天將要如此度過。」

她把自己從安斯威克驅逐了出去……從所有那些可能成為她的、安斯威克的可愛和真誠中驅逐了出去。

但驅逐也好，孤獨也好，沉悶而無趣的生活也好，都勝過和愛德華及荷立塔的靈魂生活在一起。直到那天在樹林裡，她才明白心中那種苦澀嫉妒的容忍限度。

畢竟，愛德華從未說過他愛她。關心、友愛，他從未假裝自己擁有的感情超越這些。她曾接受了這個限度，直到她意識到，和一個心靈及頭腦都將荷立塔當作永久住客的愛德華親密地生活在一起，將會意謂著什麼。這時她才明白，對她來說，愛德華的慈愛遠遠不夠。

愛德華走過她的門前，從前面的樓梯下去。這很古怪，非常古怪，他要去哪兒呢？

不安逐漸占據她的心靈。這些天以來，空幻莊園所給予她的就是不安。愛德華三更半夜在下面幹什麼？他出去了嗎？

最後她戰勝了懶惰。從床上爬了起來，穿上睡衣，然後拿著手電筒，打開房門，來到走廊上。

走廊上相當漆黑，沒有一盞燈是開著的。米琪轉到左邊，來到樓梯口。下面也是一片漆黑。她快步下樓梯，在片刻遲疑後，打開了大廳裡的燈。所有的地方都寂靜無聲。前門關閉著，並緊緊鎖著。她試了試側門，也是鎖著的。

那麼，愛德華沒有出去。他能去哪兒呢？

突然她揚起頭，抽動著鼻子。

一股味道，一股非常微弱的煤氣味道。

通往廚房鍋爐間的門微掩著，她穿了過去，一點微弱的燈光從廚房裡面映射了出來。煤氣的味道更濃烈了。

米琪衝過通道，進入廚房。愛德華正躺在地板上，頭放在煤氣爐裡，而煤氣爐則開到了最大。

米琪是一個機靈老練的女孩，她的第一個動作是去打開百葉窗。但她打不開窗戶，於是她在胳臂上纏上一塊防玻璃碎片的布，打碎窗戶。接著，屏住呼吸，彎下腰，又拖又拽地把愛德華拉出了煤氣爐，並關上閥門。

他昏迷著，呼吸很奇怪，但她明白他不可能昏迷很久。他可能才剛屈服於死神的召喚。風從窗戶吹了進來，吹向門口，迅速驅散了煤氣。米琪把愛德華拖到一個就近的窗口，一個完全暴露在新鮮空氣下的地方。她坐了下來，用她年輕、強壯的手臂把他緊緊擁在懷中。

她呼喚著他的名字，起初是輕柔的，然後伴隨著不斷增強的絕望呼喚著：「愛德華，愛德華，愛德華……」

他動了一下，呻吟著，睜開了雙眼，望著她。他聲音微弱地說：「煤氣爐……」同時目光搜尋著煤氣爐。

「我明白，親愛的，但為什麼……為什麼？」

他此時顫抖著，雙手冰冷，沒有一絲活人的氣息。他說：「米琪嗎？」他的聲音中蘊含著一種充滿疑惑的驚奇和快樂。

她說：「我聽到你經過我的房門，我不知道……我就下樓了。」

他嘆了一口氣，一聲似乎從遙遠地方傳來的悠長嘆息。

「這是最好的解脫方式。」他說。

就在那一刻，她想起了露西在悲劇發生那天晚上談到《世界新聞》，這一切才不再費解。

「但是愛德華，為什麼，為什麼？」

他注視著她，眼神中流露出的那種空洞、冷漠和黑暗使她恐懼。

「因為我明白，我一向不是優秀的人。我一直是個失敗者，總是徒勞無功。只有像克里斯托那樣的男人才是能幹的人。他們來到這兒，然後女人崇拜他們。我什麼也不是，我甚至不怎麼有活力。我繼承了安斯威克，有足夠的錢維持生活……否則我早就潦倒不堪了。我不擅長任何一種職業……當一個作家，也從來不是很出色。荷立塔不要我，沒有人要我。那天在伯克利……我還以為……但那是一個相同的故事。你也不可能在意我的，米琪，即使是為了安斯威克的緣故，你也不能容忍我。所以，我認為我不如完全擺脫這一切。」

她的話急促地湧出：「親愛的，親愛的，你不懂，那是因為荷立塔，因為我以為你仍然深愛著荷立塔。」

「荷立塔？」他含糊地小聲呢喃著，好像說起一個無限遙遠的人。「是的，我曾經非常愛她。」

即使離他再遠些，她也能聽到他在呢喃：「這是多麼冷酷。」

「愛德華……我親愛的。」

她的雙臂緊緊摟著他。他對她微笑著，低聲說：「你是多麼溫暖。」

是的，她想，這就是絕望。一件冷酷的東西……一件包含了無限冷酷和孤獨的東西。她曾將絕望當作某種火熱和熱情的東西，某種強烈的東西，一種熱血沸騰的絕望。但並非如此。這才是絕望……這種對於冷酷和孤獨的外在黑暗的流露。而絕望的罪過，據神父說，是一種冷酷的罪惡，那種將自己和所有溫暖和活著的人們之間的聯繫全部割斷的罪惡。

愛德華再次說：「你是多麼溫暖，米琪。」帶著一種愉快、驕傲的自信。她突然想到：「這就是他所需要的……這就是我所能給他的！」他們都是冷酷的，這些安卡德家族的人。即使在荷立塔的身上，也有那種捉摸不定的東西，在她那安卡德家族血液中流淌著難以捉摸如仙女般的冷酷。讓愛德華去愛荷立塔，就像在做一個無法觸摸和無法擁有的夢。他真正需要的是溫暖、永久及穩定，他需要有人和他在安斯威克作伴、相愛，還有歡笑。

她想：「愛德華需要的是一個在他心中點燃一把火的人……而我正是做這件事的人。」

愛德華抬起頭向上看，他看到了米琪那張俯看他的面孔、那暖色調的膚色、那施予的嘴巴、那堅定的雙眼，以及從前額披向後面的黑髮，就像兩隻翅膀。

他一直將荷立塔看成是過去的投影，在那個長大了的女人身上搜尋著那個他初戀的十七歲女孩。但現在，注視著米琪，他有一種古怪的感覺，好像看到一個不斷成長的米琪。他看到那個兩根馬尾巴在腦袋後面像翅膀的小女生，現在他看到了那黑色的髮浪罩著她的面龐，而且確切看到了當她頭髮不再烏黑、轉成灰色的時候，那些翅膀看上去又是什麼樣子。

「米琪，」他想，「是真實的。我所知道唯一真實的……」他感受到她的溫暖，還有力量。黝黑的皮膚，積極的，充滿活力，真實的！「米琪，」他想，「是我可以在上面建築生活的磐石。」

他說：「親愛的米琪，我是如此愛你，再也不要離開我。」

她俯下身子，他感覺到她的嘴唇覆在他唇上的溫暖，感覺到她的愛包裹著他、保護著他。而幸福之花開放在那片他獨自生活了那麼久的冷酷荒原上。

米琪突然帶著顫聲地笑說：「瞧，愛德華，一隻黑色甲蟲跑出來看我們。牠可不是一隻可愛的黑甲蟲嗎？我從未想過我會如此喜歡黑色甲蟲！」她像作夢般地又加了幾句：「生活多麼奇怪。我們正坐在廚房的地板上，依然能夠聞到煤氣味道，處在一群黑色甲蟲中間，而且覺得這兒就是天堂。」

他也像作夢般地小聲囈語著：「我願意永遠待在這兒。」

「我們最好離開這裡，去睡一覺。現在是四點鐘。我們究竟該如何向露西解釋打破的窗戶呢？」米琪心想，幸好露西是個容易相信別人的人。

仿效露西的方式，米琪在早晨六點時走進她的房間，向她如實敘述。

「愛德華半夜走下樓，把頭伸進煤氣爐裡，」她說，「好在我聽到他的聲音，跟著他下樓。我打破了窗戶，是因為我無法迅速打開它。」

米琪不得不承認，露西真是了不起。

她甜甜笑著，沒有一絲驚奇的跡象。

「親愛的米琪，」她說，「你總是很老練。我保證你永遠都會是愛德華最大的安慰。」

米琪走了之後，安卡德夫人躺在床上思考。然後她從床上跳了起來，走進丈夫的房間，而她丈夫這回竟然破例沒把門鎖上。

「亨利。」

「我親愛的露西，現在還沒天亮。」

「不，聽我說，亨利，這確實十分重要。我們必須用電鍋煮飯，並且把煤氣爐丟掉。」

「為什麼，那一直很令人滿意，不是嗎？」

「哦，是的，親愛的。但那是會使人們產生壞念頭的東西，而不是每個人都像親愛的米琪那樣老練。」

她不可思議、輕快地離開了。亨利爵士發出一聲表示不滿的嘀咕後，轉過了身子，很快地打了個盹後，又醒了過來。

「我剛才是在作夢嗎，」他嚷了一句。「還是露西確實進來談論有關煤氣爐的事？」

在外面的走廊裡，安卡德夫人走進盥洗室，把一個水壺放在煤氣爐上。她知道，人們有時喜歡喝早茶。帶著自我嘉許，她點燃了火，然後帶著對生活以及對自己的滿意回到床鋪，重新倒在枕頭上。

愛德華和米琪留在安斯威克……審訊結束了。她要再去和白羅先生談一談。一個可愛的小個子男人……

突然，另一個念頭閃進了她的腦海。她從床上直直坐了起來。

「我現在懷疑，」她推理著。「她是否已經想到了那點。」

她爬下床，沿著走道飄進荷立塔的房間。才進入荷立塔聽覺所及的範圍之內，她就像往常一樣開始了她的話語。

「我突然想起來了，親愛的，你可能忽略了那一點。」

荷立塔睡意朦朧地叫著：「看在上帝的份上，露西，鳥兒還沒起床呢！」

「哦，我知道，親愛的，是相當早，但似乎剛經歷了一個讓人焦慮的夜晚，愛德華和煤氣爐、米琪，還有廚房的窗戶……還要想想該對白羅先生說些什麼，而且每件事……」

「對不起，露西，不過你所說的每件事聽起來完全是莫名其妙。難道不能慢慢說得明白點嗎？」

「只是槍套，親愛的。我想，你是知道的，你可能沒有想到槍套。」

「槍套？」荷立塔從床上坐起來。她突然完全清醒了。「關於槍套有什麼問題嗎？」

「亨利的左輪手槍是放在槍套裡的，你知道，而槍套還沒有被發現。當然沒有人會想到它，但另一方面，某個人可能……」

荷立塔從床上飛身下來，她說：「人總會忘記些東西……這就是他們所說的！而且說得沒錯！」

安卡德夫人返回她的房間。

她爬上床，很快就入睡了。

煤氣爐上的水壺沸騰了，並且繼續沸騰著。

29

吉妲滾到床的另一邊，然後坐了起來。

她的頭現在感覺好一些了，但她仍然慶幸沒有和其他人去郊遊。獨自一人待在屋裡很安靜，而且幾乎可以說很舒適。

當然，艾喜原本十分和藹，尤其是最初的時候……起先，吉妲被強迫在床上吃早餐，杯碗盤碟送到她的面前。每個人都強迫她坐在最舒服的扶椅裡，不做任何耗費精力的事。所有人都為約翰的死亡萬分難過。她曾經感激地縮在那具有保護作用、模糊不清的糊塗狀態中。她不需要思考感受或是回想。

但現在，每一天她都感到某種東西愈來愈近……她將不得不再次開始生活，決定做些什麼、住在哪兒。艾喜已經開始在舉止中表現出不耐煩的影子。

「哦，吉妲，別那麼遲鈍！」

所有的一切都和從前一樣……很久以前，在約翰還沒把她帶走之前。他們所有的人都認為她遲鈍而愚蠢。沒人像約翰那樣說：「我將會照顧你。」

她的頭開始疼了，吉妲想：「我要為自己弄一些茶。」

她走進廚房，把水壺放在爐子上。當水就要煮開的時候，她聽到前門的門鈴聲。女傭放假了。吉妲走到門口，打開了門，當她看到荷立塔那輛外觀輕巧的小汽車停在路邊，而荷立塔就站在門前台階時，她十分驚奇。

「啊，荷立塔！」她叫道，走下一兩級台階。「請進。恐怕我的妹妹和孩子都出去了，不過……」

荷立塔打斷了她。

「很好，我很高興。我想和你單獨在一起。聽著，吉妲，你怎麼處置槍套的？」

吉妲愣住了，她的目光突然之間變得茫然不解。她說：「槍套？」

接著，她打開大廳右邊的一扇門。

「你最好進來。恐怕這兒灰塵太多，你瞧，今天早晨我們的時間不多。」

荷立塔再次急切地打斷她。

她說：「聽著，吉妲，你得告訴我，除了槍套之外，每件事都沒問題，絕對是天衣無縫。沒有任何線索能將你和案子連在一起。我發現了你藏在游泳池邊灌木叢裡的左輪手槍。我已經把它藏在一個你不可能放置的地方……而且上面有著永遠也鑑定不出來的指紋，所以只剩下槍套了，我必須知道你把它怎樣了。」

她停了下來，絕望地祈禱吉妲能夠迅速做出反應。

她不明白她為什麼會有這種生死存亡的緊迫感，但這種感覺確實存在。她的車子沒有被跟蹤……對此她有絕對的把握。她是從倫敦出發的，在一個路邊加油站加滿油之後，再向人提到自己正駛向倫敦。然後在一段路程之後……她一直在鄉間穿行，直達一條向南通往海岸的主幹線。

吉妲正盯著她。吉妲的麻煩之處就在於她這麼遲鈍，荷立塔想。

「吉妲，如果你還拿著槍套，必須交給我，我會把它處理掉。這是唯一的明智之舉。你瞧，它能把你和約翰的死連在一起。你還拿著它嗎？」

停頓了一會兒之後，吉妲緩緩點了點頭。

「難道你不明白留著它有多危險嗎？」荷立塔幾乎不能隱藏自己的不耐煩。

「我忘了。在我的房間裡。」

她又補充道：「當警察來哈利大街的時候，我把它割成了碎片，和我的皮製工藝品一起放進我的皮包裡。」

荷立塔說：「你真聰明。」

吉妲說：「我並不像每個人以為的那樣愚蠢。」她把手放在喉嚨上，說道：「約翰……約翰！」她的嗓子哽咽了。

荷立塔說：「我明白，親愛的，我明白。」

吉妲說：「但是你不明白……約翰不是，他不是……」她站在那兒，沉默不語，並且有一種奇怪的可憐。

她的眼睛揚了起來，突然直視著荷立塔的面龐。「所有的一切都是謊言……每件事！所有關於他的一切。他那天晚上跟著那個女人出去的時候，我看到他的神情。維若妮卡．克雷，我早就知道他曾經愛過她，當然，是在很多年以前，他娶我之前。但我還以為一切都結束了……」

荷立塔溫柔地說：「但確實一切都結束了。」

吉妲搖搖頭。

「不是。她去那裡，假裝她已經很多年沒有見過約翰了……可是我看到了約翰的神情，他和她一起出去了。我上了床，躺在床上，試著讀……我試著讀約翰一直在看的那本偵探小說，而約翰一直沒有回來，最後我出去了……」

她的目光似乎在眼睛深處不斷地轉換，正看著那一幕。

「那天晚上有月光。我沿著小路走向游泳池，在涼篷裡有一盞燈。他們在那裡……約翰和那個女人。」

荷立塔發出一聲輕微的響聲。

吉妲的神情變了。不再有一丁點平常略帶空洞的和善，而滿是殘忍和無情。

「我一直信任約翰，我一直相信他，好像他就是上帝。我認為他是世界上最高尚的人，我認為他就是優秀和高尚的化身。但所有這一切都是謊言！我所有的想法都粉碎了。我……我曾經那麼崇拜約翰！」

荷立塔像被施了魔法般注視著她。因為就在這裡，在她的眼前，就是她曾經思量並給予生命、用木頭雕刻出來的東西。《崇拜者》就在這裡，那盲目的熱愛回到了自身，那是醒悟的、危險的。

吉妲說：「我無法忍受這些！我不得不殺死他！我不得不……你完全明白這些嗎，荷立塔？」

她說這些話的時候相當健談，以一種幾乎算是友好的語調。

「而且我明白，我必須小心謹慎，因為警察十分聰明。其實我並不是真的像人們所認為的那樣愚蠢！如果你非常遲鈍，而且只是盯著看，人們就會認為你不懂……然而有時，你正在心底嘲笑他們！我知道我能殺死約翰而沒人會知道，因為我在那本偵探小說裡讀到，警察能夠鑑定子彈是從哪把槍射出的。那天下午，亨利爵士曾示範過如何裝子彈和開槍，於是我拿了兩把左輪手槍。我用一把朝約翰開了槍，然後把它藏起來，並讓人們發現我正握著另一把。起先他們會認為是我朝約翰開的槍，接著他們會發現，他不可能是被那把槍射中的，所以最後會斷定不是我幹的！」

她以勝利的姿態點了點頭。

「但我忽視了那個皮製品，它就在我臥室的抽屜裡。你管它叫什麼，槍套嗎？當然現在警察不會操心它了！」

「他們有可能會，」荷立塔說，「你最好交給我，我會把它帶走。一旦它不在你的手裡，你就完全沒事了。」

她坐了下來，突然感到一種說不出的疲憊。

吉妲說：「你看起來不太舒服。我剛才正在煮茶。」

她走出屋子，很快地拿著一個托盤回來，上面放著一個茶壺、牛奶罐，還有兩個杯子。由於裝得太滿，牛奶罐裡的牛奶溢了出來。吉妲放下托盤，倒了一杯茶，然後遞給荷立塔。

「天哪，」她沮喪地說，「我不敢相信，茶壺裡的水竟然還沒燒開。」

「沒關係，」荷立塔說，「去把槍套拿來，吉妲。」

吉妲遲疑了一下，然後走出房間。荷立塔向前斜倚著，把胳膊放在茶几上，把頭枕在上面。她是如此疲憊，如此百分之百的疲憊。但現在一切都將要完結了。吉妲會安全的，就像約翰所期望的那樣。

她站起來，把頭髮從額前撩開，將茶杯舉向唇邊。這時門口有一聲響動，她抬頭望去。她心想，終於有一次，吉妲的動作相當迅速了。

但站在門口的是赫丘勒．白羅。

「前門開著。」他在走向茶几時一邊解釋道，「於是我就不請自進了。」

「你！」荷立塔說，「你是怎麼到這裡的？」

「你那麼突然地離開空幻莊園，我自然明白你要去哪裡。於是我雇了一輛快車直接到這裡來了。」

「我明白了，」荷立塔嘆息道，「你猜到了。」

「你不能喝那杯茶，」白羅說，從她手中拿走了那杯茶，重新放到托盤上。「用沒燒開的水泡的茶喝起來不太好。」

「像開水這樣的小事情真的很重要嗎？」

白羅溫柔地說：「每樣東西都很重要。」

在他身後有一聲響動，吉妲走了進來，她的手上拎著一個工具袋。她的目光從白羅臉上轉向荷立塔臉上。

荷立塔迅速說：「恐怕……吉妲，我是個嫌疑犯，白羅先生似乎一直在盯我的梢。他認為是我殺了約翰……但他無法證實。」

她故意並且慢慢地說這些話，只要吉妲別把她自己供出來就行了。

吉妲含糊地說：「我很遺憾。你喝點茶嗎，白羅先生？」

「不，謝謝你，夫人。」

吉妲在托盤後面坐了下來。她開始以自己那種充滿歉意、健談的方式談話。

「很抱歉，大家都出去了，我妹妹和孩子們都出去野餐。我覺得不太舒服，所以留了下來。」

「我很遺憾，夫人。」

吉妲拿起一杯茶，然後喝著。

「所有的一切都讓人這麼擔心。每一件事都這麼讓人擔心。你瞧，約翰以前總是把每件事情都安排好，而現在，約翰離開了我們……」她的聲音愈來愈微弱。「現在約翰離開了我們。」

她的目光輪流看著他們，可憐而迷惑。

「我不知道失去了約翰該如何是好。約翰照顧我、關心我。現在他離我而去了，每件事都離我而去。而孩子們……他們問我問題，我不能恰當地回答他們。我不知道該對特倫斯說些什麼，他不斷追問：『為什麼父親被殺死了？』也許有一天，他會發現為什麼。特倫斯總是要追根究柢。讓我困惑的是他總是問為什麼，而不是誰！」

吉妲背靠著椅子。她的嘴唇青紫，艱難地說：「我覺得……不太舒服……如果約翰……約翰……」

白羅繞過桌子走向她，讓她舒服地側坐在椅子裡。她的頭垂在胸前。他彎下腰，扒開了她的眼皮。然後他直起身子。

「一種舒適、沒有痛苦的死亡。」

荷立塔注視著他。

「心臟病？不。」她的思緒跳躍著。「茶裡有什麼東西？她放了什麼東西？她選擇了這種解脫的道路嗎？」

白羅溫柔地搖了搖頭。

「哦，不，那是為你準備的。毒藥是在你的茶杯裡。」

「她要殺我？」荷立塔的聲音裡充滿了難以置信。「但我正在努力幫她。」

「這無關緊要。你曾經見過掉在陷阱中的狗嗎？牠對任何碰牠的人都齜牙咧嘴。她發現你知道她的祕密，所以你也必須死。」

荷立塔緩緩地說：「所以你讓我把茶杯放回托盤，你是想讓……你是想讓她……」

白羅平靜地打斷了她：「不，不，小姐。我並不知道你的茶杯裡有些什麼東西，我只知道有可能。而且當茶杯放在托盤上的時候，她有機會選擇喝這杯或那杯……如果你稱之為機會的話。我個人則將這個結局看成是仁慈的，對於她，或是對於那兩個純真的孩子。」

他溫柔地對荷立塔說：「你很累了，不是嗎？」

她點點頭，問：「你是什麼時候猜到的？」

「我並不確切知道。現場是預謀的，從一開始我就有這種感覺。但我一直沒有意識到這是吉妲．克里斯托準備的……她的態度頗具戲劇性，因為她確實是在扮演一個角色。我被這種簡單、同時又很複雜的東西搞糊塗了。我當下就意識到，我正在和你鬥智，而且你那些親戚們一明白你想做什麼，就立刻來幫助你！」他頓了一下，補充道：「為什麼你要讓事情變成這樣？」

「因為是約翰要求我這麼做的！這就是他說『荷立塔』的用意。所有的一切都包含在這句話當中。他是在請求我保護吉妲。你瞧，他愛吉妲，我認為他愛吉妲的程度遠遠超過他自己所認為的，遠遠超過維若妮卡．克雷，也遠遠超過我。吉妲屬於他，而約翰喜歡屬於他的東西。他知道如果有什麼能保護吉妲免遭惡果，那一定是我。而且他知道，我會做任何他要求我做的事情，因為我愛他。」

「而且你立刻就開始行動了。」白羅憤憤地說。

「是的，我所能想到的第一件事，就是把左輪手槍從她那裡拿走，然後把它扔進游泳池裡。那樣會使指紋模糊。後來我發現，他是被另外一把槍射中的，於是我出去尋找，很自然地立刻找到了，因為我知道吉妲會在哪裡藏東西。而這是在格蘭奇探長的人馬到達之前一兩分鐘的事。」

她停了一下，接著說：「我把它帶到倫敦之前，一直放在我的帆布袋裡。然後把它帶回空幻莊園之前，則是藏在雕塑室裡，放在警察找不到的地方。」

「那座黏土的馬塑像。」白羅輕聲嘀咕著。

「你怎麼知道？是的，我把它放進袋子裡，然後在它的周圍搭起了支架，把黏土胡亂地塗上去，做成一個塑像。畢竟，警察不可能破壞藝術家的傑作，對吧？你是怎麼知道它在那裡的？」

「因為你選擇塑造一匹馬，你的腦中無意識地聯想到了特洛伊木馬。但那些指紋……你是如何弄到那些指紋的？」

「在那條街上有個賣火柴的瞎老頭，他不知道我掏錢的時候，請求他握在手裡的東西是什麼！」

白羅注視了她片刻。

「C'est formidable[15]！」他嘀咕道，「你是我遇過最厲害的對手，小姐。」

「我總要搶在你前頭行動，真讓人累死了。」

「我知道。我一看到這個模式設計到誰都無關卻又把每個人都牽扯進去……除了吉妲．克里斯托，我就意識到了真相，因為每一個暗示總是避開她。你故意畫世界之樹以吸引我的注意力，並暗示自己是嫌疑犯。安卡德夫人十分清楚你在做什麼，就用一個接一個的可能性，大衛、愛德華、她自己，來誘導可憐的格蘭奇探長，並以此取樂。」

「是的，如果你想幫一個的確有罪的人洗刷嫌疑，只有一件事可做。你必須暗示別的地方有問題，但又不確定是哪裡。這就是為什麼每一個線索看上去都很有指望，但接著希望就逐漸減少，最終一無所獲。」

15 法語，意思是「真不可思議」。

荷立塔看了看在椅子裡縮成一團的那個人。她說：「可憐的吉妲。」

「你一直這麼覺得嗎？」

「我想是的。吉妲很愛約翰，但她不想愛那個真實的他。她為他建立起了一座神壇，把每一種卓越、高尚以及無私的品格都加諸在他身上。但如果你推翻了一個偶像，就什麼都沒有了。」她頓了一下，然後說：「但約翰遠勝過神壇上的偶像。他是一個真實的、活生生的、具有生命力的人。他寬厚、溫暖，充滿活力，而且是個了不起的醫生……是的，一個了不起的醫生。可是他已經死了，這個世界失去了一個非常了不起的人，而我失去了我一生唯一的摯愛。」

白羅溫柔地將手放在她的肩頭。他說：「但你是一個心口上插著利劍也能活下去的人，一個能繼續生活和微笑的人……」

荷立塔抬起頭來看著他，她扭曲的嘴唇綻開一個辛酸的微笑。

「這有點兒戲劇性，難道不是嗎？」

「因為我是個外國人，而我喜歡使用美好的詞句。」

荷立塔突然說：「你一直對我很好。」

「那是因為我十分欽佩你。」

「白羅先生，你會怎麼做呢？我的意思是，關於吉妲。」

白羅把那個工具袋拽到自己面前，倒空了裡面裝著的東西，有一些褐色的麂皮，以及其他染了顏色的皮革，還有一些閃閃發亮的褐色厚皮革碎片。白羅把它們拼在一起。

「槍套。我要帶走這個。而可憐的克里斯托夫人，她傷心過度，丈夫的死對她來說難以承受，於是產生了輕生念頭，結束自己的生命……」

荷立塔緩緩地說：「沒有人會知道真正發生了什麼事嗎？」

「我認為有一個人會知道的，就是克里斯托醫生的兒子。我認為有一天他會來到我面前，向我詢問真相。」

「但你不會告訴他的。」荷立塔叫道。

「不，我會告訴他。」

「哦，不！」

「你不理解。對你來說，任何人被傷害都是無法忍受的。但對某些頭腦而言，還有比這個更難以忍受的……就是不了解真相。你不是聽到那個可憐的女人說：『特倫斯總是要了解事情的真相。』對一個以科學精神來思考的頭腦而言，真相是首要的。真相，即使辛酸，也能夠被接受，編織成生活的一部分。」

荷立塔站了起來。

「你希望我留在這兒，還是離開比較好？」

「我認為如果你離開，事情會更好些。」

她點點頭，然後對他說，但更像是在對自己說：「我該去哪兒呢？我該做些什麼呢……

沒有約翰在我身邊？」

「你的口氣多像吉妲．克里斯托。你知道該去哪兒以及該做些什麼。」

「我會嗎？我這麼累，白羅先生，這麼累。」

他溫柔地說：「去吧，我的孩子。你應該和活著的人在一起。讓我和死去的人留在這裡就行了。」

30

當荷立塔開車駛向倫敦的時候，那兩句話不斷在她腦海中迴盪。

「我該做些什麼？我該去哪兒？」

在過去的幾個星期裡，她一直緊張、亢奮，沒有一刻是放鬆的。她有一個任務要完成……一個約翰交給她的任務。但現在結束了，她失敗了？還是勝利了？一個人可以從這兩種角度來看待這個問題。但無論如何看待，任務都已經結束了，而她也經歷了它所帶來極其疲憊的負面反應。

她的思緒回到那天晚上在平台上對愛德華所說的話……就是約翰死亡的那天晚上，她獨自走到游泳池、進入涼篷，然後故意藉著一根火柴的光亮，在那張鐵茶几畫上世界之樹的那個晚上。那有目的、計畫好的行動，卻不能坐下哀悼……哀悼她死去的愛人。

「我願意，」她曾對愛德華說，「為約翰悲傷。」

但那時她還不敢放鬆，不敢讓哀痛控制自己。

然而現在，她可以悲傷了。現在她可以用所有的時間來悲傷。

她在心底裡呼喚著：「約翰……約翰。」辛酸以及那根深柢固的反抗一陣陣襲向她。

她想：「我真希望是我喝下了那杯茶。」

駕車能夠及時安慰她、給她力量，但她很快就會置身倫敦。很快地，她就會把車停進車庫，獨自回到那空蕩蕩的雕塑室。空蕩蕩是因為約翰再也不會坐在那兒斥責她，對著她發脾氣，愛她超過他想要愛的程度，熱切地告訴她有關里奇微氏病的情況……有關他的勝利與絕望，有關克柏翠太太及聖克里斯多佛醫院的情況。

突然，隨著她心頭那道陰暗的黑影上升，她想：「當然。那是我要去的地方。去聖克里斯多佛醫院。」

年邁的克柏翠太太躺在狹窄的病床上，用她那雙淚漣漣、不斷眨動的眼睛斜睨來訪者。她正像約翰描述的那樣，荷立塔感到了一陣突然湧上的暖流，精神為之一振。這是真實的，會持續下去的！在這兒，一個小小的空間，她又找到了約翰。

「那個可憐的醫生。真可怕，不是嗎？」克柏翠太太說，聲音中除了遺憾之外還有熱情，因為克柏翠太太熱愛生活；而突然的死亡，特別是謀殺或夭折，是萬花筒般生活中最有意義的部分。「他就那樣被謀殺了。當我聽說這個消息時，我難過極了，是真的。我從報上讀到了一切。護士讓我讀了她所能弄來的一切。她真好。那上頭有照片和發生的每一件事、那個游泳池和所有的東西。他的妻子經審訊無罪，可憐的傢伙，而安卡德夫人是游泳池的主人。照片很多，整件事真的很神祕，可不是嗎？」

荷立塔沒有抗議她這種以恐怖事件為樂的行為。她喜歡這樣，因為她知道約翰也會喜歡。如果他不得不死，他會更喜歡克柏翠太太從中得到樂趣，而不是抽泣和掉眼淚。

「我只想抓住做這件壞事的人，並絞死他，」克柏翠太太繼續懷恨地說，「他們不再像從前那樣常常公開執行絞刑，而以更多憐憫取而代之。我一直認為我喜歡去看絞刑，而且我會加倍快跑，去看殺死醫生的人被絞死，如果你理解我的話！邪惡透了，兇手一定是這樣的。啊，那個醫生可真是萬中選一，他一直那麼聰明！而且他總是那麼和氣！你得一直歡笑才行，不管你願意或不願意。這就是他過去常說的話！我願意為醫生做任何事，我願意！」

「是的，」荷立塔說，「他是個非常聰明的男人。他是個了不起的男人。」

「確實如此！那些護士，還有他的病人們！當他在你身邊的時候，你總感覺自己會好起來的。」

「所以你會好起來的。」荷立塔說。

那雙精明的小眼睛片刻之間罩上了一層陰霾。

「我對此無法十分肯定，寶貝，我現在的醫生是那個說話拐彎抹角、戴著眼鏡的年輕小夥子，他和克里斯托醫生截然不同，從來不笑！而克里斯托醫生則是……總是講笑話！給我一些愉快的時光，他用自己的治療方法。『我承受不了啦，醫生，』我曾這樣對他說。

『不，你能，克柏翠太太。』這是他對我所說的話。『你很堅強。你能挺住。我們將要改寫醫學史。』他總這樣哄你開心。我願意為醫生做任何事！對你的期望很多，他總是這樣，而你感受到你不能讓他失望，如果你明白我的意思。」

「我明白。」荷立塔說。

那雙尖銳的小眼睛盯著她。

「對不起，親愛的，或許你不是醫生的老婆吧？」

「對，」荷立塔說，「我只是他的一個朋友而已。」

「我明白了。」克柏翠太太說。

荷立塔認為她的確明白。

「如果你不介意，我想請問，是什麼讓你到這裡來的呢？」

「醫生過去常常跟我談到很多有關你的事……你的新療法。我想看看你是怎樣的一個人。」

「我正在退縮……這就是我現在的狀況。」

荷立塔叫道：「你不能退縮！你得好起來。」

克柏翠太太咧著嘴笑了。

「我並不想死，難道你不這麼認為？」

「哦，那麼戰鬥吧！克里斯托醫生說你是個戰士。」

「他現在也會這麼說嗎？」克柏翠太太靜靜躺了片刻，然後緩緩地說：「槍殺他的那個人真是個邪惡可恥的人！世界上這種人並不多。」

我們再也看不到他那樣的人了。這些字湧上了荷立塔的心頭。克柏翠太太正敏銳地觀察著她。

「打起精神來，親愛的。」她說，然後補充說：「我希望他有個很不錯的葬禮。」

「他是有個可愛的葬禮。」荷立塔懇切地說。

「啊！真希望我當時能去！」

克柏翠太太嘆了口氣。

「下一個就是去參加我自己的葬禮了吧，我想。」

「不，」荷立塔叫道，「你不能死。你剛才還說克里斯托醫生要你和他一起改寫醫學史。喔，你得獨自實現這個計畫了。治療方案是一樣的。你得為你們兩人鼓起勇氣，你得孤身一人改寫醫學史……為了他。」

克柏翠太太凝視著她好一會兒。

「聽起來好極了！我將盡我最大的努力，寶貝，我只能說這麼多了。」

荷立塔站了起來，握住她的手。

「再見。如果可以，我會再來看你。」

「好吧，一定，聊一聊醫生的事能使我好過些。」那種下流的神情又回到她的眼中。

「從各方面來說，他都是個優秀的男人，克里斯托醫生。」

「對，」荷立塔說，「他是這樣的。」

那個老女人說：「別苦惱，寶貝，過去的就過去了。你是喚不回的。」

荷立塔想，克柏翠太太和赫丘勒．白羅都用不同的語言表達了同樣的思想。

她開車返回切爾西，把車停在車庫裡，然後慢慢走向雕塑室。

「現在，」她想，「終於來了，那個我一直害怕的時刻……我獨自一人的時刻。」

「現在我再也不能拖延了。悲傷和我在一起。」

她曾對愛德華說了些什麼？

「我願意為約翰悲傷。」

她跌坐在一張椅子裡，把頭髮從臉前向後掃。

獨自一人，空蕩蕩的，被遺棄的。這可怕的空虛。

淚水湧上了她的眼瞼，慢慢地順著她的臉頰滑落。

悲傷，她想，為約翰而悲傷，哦，約翰……約翰。

想起來了，想起來了……他的聲音，滿是尖銳痛苦。

「如果我死了，你會做的第一件事就是：淚流滿面地開始塑造某個哀悼的女人，或是某個憂傷的肖像。」

她不安地動了一下。為什麼這個想法閃進了她的腦海中？

悲傷，悲傷……一尊含蓄的塑像，它的輪廓幾乎是感受不到的，而它的頭上戴著頭巾。細紋大理石像。

她能看到它的線條……高高的、細長的。它的悲傷被覆蓋了起來，只有透過衣飾長長的、悲傷的線條才能看出來。

悲傷，透過紋路清晰、透明的細紋大理石浮現了出來。

「如果我死了……」

辛酸的感覺突然波濤洶湧般地占據她的身心！

她想：「這就是我！約翰是對的。我無法愛，我無法哀傷……不能用整個人……」

「正是米琪，正是像米琪這樣的人才是世界上不可缺少的。」

米琪和愛德華待在安斯威克。

這才是現實，勇氣，溫暖。

「而我，」她想，「我不是個完整的人。我不屬於我自己，而是屬於在我之外的某個東西。我無法為我死去的愛人哀傷，反倒要收起悲傷，把它融進一座細紋大理石像中……」

作品第五十八號，《悲傷》。細紋大理石像。作者荷立塔·薩弗納克小姐……

她悄悄地說：「約翰，原諒我，原諒我，原諒我情不自禁所做的事。」

專文推薦

藏在日常細節中的冒險

楊照（作家）

一開始，就都在那裡了。

一九二〇年，阿嘉莎・克莉絲蒂出版了《史岱爾莊謀殺案》，神探白羅就已經退休了。而且在這個案子裡，藉由敘述者海斯汀的轉述，就鋪陳出克莉絲蒂小說最基本的偵探原則：

「那些看來或許無關緊要的小細節……它們才是重要的關鍵，它們才是偉大的線索！」

「豐富的想像力就像洪水一樣，既能載舟亦能覆舟，而且，最簡單直接的解釋，往往就是最可能的答案。」

「沒有任何謀殺行為是沒有動機的。」

還有，一個不討人喜歡的死者，一群各有理由不喜歡死者、因而也就都有殺人動機的人，這些人彼此之間構成複雜的關係，有的互相仇視，有的互相愛戀，麻煩的是，有些愛人其實貌合神離，有些仇人其實私下愛慕；更麻煩的是，不論是愛或是仇，都有可能是扮演出來的。

一個外來的偵探必須周旋在這些嫌疑者之間，從他們口中獲取對於案情的了解，換句話說，他必須在很短的時間內，搞清楚誰是誰、誰跟誰吵架、誰跟誰偷情，然後判斷誰說的哪一句是實話、哪一句是謊言。常常謊言比實話對於破案更有幫助。

再偷偷透露一下，如果要和小說裡的凶手及小說背後的作者鬥智，就像克莉絲蒂對英國社會的了解，祕訣就在於要去追究小說裡的人物背景，尤其是他們的階級地位。基本上，階級地位愈高、權力愈大、愈有錢者，說的話就愈不要相信。例如在《史岱爾莊謀殺案》中，僕人、園丁說的話遠比有頭有臉的人說的要可信多了。就算要說謊，他們的謊言也比較天真，而且往往出於善良動機。當你歸納線索時，就會知道他們並非故意說謊，那是因為他們的認知受到蒙蔽或誤導，而你慢慢就從這蒙蔽或誤導中被引導到真相。

《史岱爾莊謀殺案》出版那年，克莉絲蒂三十歲，但書稿其實早在五年前就寫好了，畢竟要找到有人願意出版一個看來再平凡不過的家庭主婦寫的小說，並不是那麼容易。

所有和克莉絲蒂接觸過的人，都對於她的「正常」留下深刻印象。她看起來就和她那個年紀的典型英國家庭主婦一樣，害羞、靦腆，只能在社交場合勉強跟人聊些瑣事話題，完全無法演講，甚至連只是站起來對眾賓客說幾句客套話，請大家一起舉杯，她都做不到。她不演講，也很少答應接受採訪，就算採訪到她也很難從她口中得到有趣的內容。她會講的，幾乎都是記者本來就知道、或者自己就可以想得出來的。

例如說白羅這個神探的來歷。克莉絲蒂回答：他應該是個外國人，這樣就能在英國日常生活中看出英國人自己看不出的線索。她自己碰過的外國人，只有第一次大戰剛爆發時到英國避難的比利時人。比利時警察怎麼能跑到英國來？那一定是因為他已經退休了。他有潔癖，所以對於現場會有特殊的直覺，馬上感受到不對勁的地方。一個有潔癖的人，好像應該長得矮小些才相稱，一個矮小有潔癖的人最適當的名字，就是希臘神話裡的大力士「赫丘勒斯（Hercules）」，製造出荒唐的對比趣味。那白羅這個姓是怎麼來的呢？克莉絲蒂很誠實地說：「我不記得了。」

一切都如此順理成章，一切都如此合邏輯，不是嗎？有記者問她怎麼看自己的舞台劇〈捕鼠器〉，創下了英國劇場、甚至全世界劇場連演最多場紀錄的名劇？克莉絲蒂的回答也還是中規中矩，合理合節：那是一齣小戲，在一個小劇院演出，成本很低，任何人想到了都可以帶家人或朋友去看，老少咸宜，並不恐怖，也不特別荒謬打鬧，可是又什麼都有一點，包括恐怖和荒謬打鬧的成分。

她的身上找不出一點傳奇、怪誕色彩，那她為什麼能在五十年間持續寫偵探小說，創造了那麼多謀殺，還創造了那麼多詭計？

首先因為她是女性，以及她的身世，包括她的階級身分，使得她在描寫故事場景時比一般男性作者來得敏感。因為在她之前的偵探推理小說男性作家的階級身分都是高高在上，基本上他們會從較高的角度看社會，比較看不到底層的感受。

而她的婚變以及婚變中遭逢的痛苦，都使她更能體會與觀察，將英國社會的複雜細節融入小說的核心情節，讓探案與線索分析結合在一起。

克莉絲蒂一生結過兩次婚，第一次在一九一四年，婚後不久，丈夫就參加了歐戰，是英國皇家空軍最早一批飛行員。一九二六年，這個丈夫有了外遇，直率地向克莉絲蒂要求離婚，在那之前，克莉絲蒂的媽媽才剛過世，雙重打擊之下，又遇到車子無法發動，克莉絲蒂崩潰了，她棄車而走，忘記了自己究竟是誰，躲進一家鄉間旅館，登記時寫了她心裡唯一有印象的名字——她丈夫情婦的名字。

離婚後，一次在晚宴中，有人提起近東烏爾考古的最新收穫，克莉絲蒂就取消了原定要去西印度群島的計畫，改訂了跨越歐洲到君士坦丁堡的「東方快車」，是的，就是這趟旅程給了她寫《東方快車謀殺案》的靈感。不過更重要的是，在烏爾，她認識了一位年輕的考古學家，比她小十四歲，這個人後來成了她的第二任丈夫。

這位考古學家陪她去參觀在沙漠中的烏克海迪爾城，卻在沙漠中迷路困陷了。幾小時中克莉絲蒂卻沒有一點驚慌不安，當下考古學家就決定要向她求婚。

原來，克莉絲蒂的內心是有這種冒險成分的。要不然她不會兩次選到的，都是喜愛冒險的丈夫，而她本身大概也不會吸引一個在各種危險情境下挖掘古代寶藏的人，讓他願意向一個大他十四歲的女人求婚。

這樣說吧，維多利亞時代後期的英國環境，壓抑限制了克莉絲蒂冒險、追求傳奇的內在衝動，她只好將這樣的衝動寄託在丈夫和寫作上。她一邊陪著第二任丈夫在近東漫走，一邊在小說中寫各式各樣的謀殺與探案。謀殺和探案都是冒險，還有，偵探偵查中做的事──蒐集線索，還原命案過程──其實和考古學家的考掘，如此相似！

克莉絲蒂寫得最好的，正是「藏在日常中的冒險」。她個性中的雙面成分，造就了特殊的偵探魅力。既嚮往非常傳奇，卻又有根深柢固的日常邏輯信念，兩者都在克莉絲蒂的小說中扮演了重要角色。她的謀殺案幾乎都和日常習慣緊密編織在一起，日常環境成了凶手最重要的掩護。有些日常規律明顯地被破壞了，讓我們很自然以為那會是謀殺的線索，沿著這些線索形成了閱讀中的推理猜測，然而白羅早就提醒了，真正重要的反而是那些「細節」，也就是看來像是依隨日常邏輯進行的事，或說藏在日常邏輯中因而不被看重的事，那裡要嘛藏著凶手的核心詭計、煙幕，要嘛藏著凶手致命的破綻。

凶案的構想，就是如何讓異常蓋上日常、正常的面貌，又如何故意將日常、正常予以扭曲，製造假象；那麼偵探要做的，就是如何準確地在日常中分辨出真正的異常，將假的、明顯的異常撥開來，找出細節堆疊起來的異常真相。

此外，克莉絲蒂的小說裡隱藏著極其曖昧的情感價值觀，最典型、最有名的就是《東方快車謀殺案》。透過追查過程，讓讀者知道為什麼凶手要訴諸於這種手段，其動機具有可同情之處，再加上克莉絲蒂對身分階級的觀察，她比較相信或讓讀者相信那些沒有權力、地位的人，隨著偵查節奏去認識可能或必須懷疑的人。克莉絲蒂最擅長營造「多重嫌疑犯」的小說特質，因為讀者在閱讀時必須被迫去認識很多不一樣的人。在她最受歡迎的作品，大概都具備這樣的特質。

當然，她的作品中還有兩個最突出的神探，即白羅和瑪波。白羅是比利時人，但為什麼必須是外國人？這是因為英國人具有高度階級意識，這種觀念一路滲透到所有互動細節，包括人與人之間如何說話。而白羅因為不是英國人，他會發現一般英國人不太看得出來的東西，以及兩個人互動的方法哪裡不正常。至於瑪波為什麼得是老太太？她一如那個年代的老人家，總是靜靜坐著打毛線，因為不起眼，自然讓人放鬆防備，所以瑪波探案的線索都是來自於這樣的互動模式。

然而，白羅有很明顯的優勢，瑪波的身分使她基本上只能進行「靜態」的辦案，案子的空間受到侷限，白羅卻可以跨越各種空間，恣意揮灑。而且白羅擁有警官身分，可以合理出現在各種犯罪現場，瑪波能出現的地方，相形之下就勉強、不自然多了。白羅是明白的outsider，在英國，只要他出現，就會覺得有外人在而感到緊張，於是很容易露出平常不會表現的行為；瑪波則看起來是insider，但實質上是outsider，因為總是沒人發現她、當她空氣人。這兩人的探案，是兩個極端。雖然讀者最愛白羅，但克莉絲蒂自己偏愛瑪波勝於白羅。

不管後來的偵探、推理小說發展了多少巧妙詭計，克莉絲蒂卻不會過時，因為她的推理如此密切地和日常纏繞在一起；活在日常中，我們就無可避免被克莉絲蒂的「日常細節推理」吸引，隨時讀來都充滿驚奇趣味。

名家盛讚克莉絲蒂（依推薦時間排序）

金庸（作家）

克莉絲蒂的寫作功力一流，內容寫實，邏輯性順暢，也很會運用語言的趣味。閱讀她的小說，在謎底沒有揭露之前，我會與作者鬥智，這種過程非常令人享受。其作品的高明之處在於：布局的巧妙完全意想不到，而謎底揭穿時又十分合理，讓人不得不信服。

詹宏志（作家、PChome 網路家庭董事長）

推理小說在從先輩柯南．道爾等人的發明中出現力量時，誕生了一位《天方夜譚》故事中每天說故事說個不停的王妃薛斐拉．柴德，也就是「謀殺天后」克莉絲蒂，整個世界對聽這些故事才有如此的熱情。他們捨不得睡覺，每天問後來還有嗎、還有嗎，永遠不肯離去，這就是克莉絲蒂對推理小說的最大貢獻。

可樂王（藝術家）

所謂「克莉絲蒂式」的推理小說，就是一場和一個天才的寫作者或高明的恐怖份子在紙上捕掠捉殺的戰事。即便是一列火車、一處飯店或一間酒吧，在克莉絲蒂寫來皆充滿神祕和猜謎。在人生適合的下午裡，我總是一面嚼著口香糖，一面跟著矮子偵探白羅穿梭謀殺現場，克莉絲蒂的推理作品無疑是推理世界中最充滿「魔術性」的小說。

吳若權（作家、節目主持人）

我從小就對推理小說情有獨鍾，克莉絲蒂一系列的作品尤其令我愛不釋手。多年來，閱讀推理小說的經驗讓我覺悟：讀者在文字情節中推展開來的驚嘆，不只是因緣於故事的本身，而是自我性格的投射。從這個觀點來看克莉絲蒂一系列的作品，她簡直就是洞徹人性的算命師。而讀者，在她的文字中，發現了自己無可奉告的命運。

藍祖蔚（國家電影及視聽文化中心董事長）

做過藥劑師，難免懂得毒藥；嫁給考古學家，難免也就嫻熟文明的神祕；再加上曾經失蹤九天，一切不復記憶的離奇經驗，的確提供了寫作靈感，但若少了想像力，那些片羽靈光縱使辛辣如辣椒，卻不足以成菜。

推理小說重布局、重人物描寫，克莉絲蒂最厲害的卻是犀利的人性觀察，她一手創造的白羅探長，潔癖個性完全和她相反，更將她所憎厭的人格特質集於一身，殊不知，唯有不對著鏡子寫作，才能夠跳出框架與制式反應，開闢無限寬廣的新世界，建構多面向的詭異迷宮。

看完她的小說，你只會更加訝異，到底是什麼樣的心靈才能成就這般視野？

李家同（作家、前暨南大學校長）

克莉絲蒂的整體布局十分細膩，最後案情也都講解得非常詳細，回頭去看，在書中都找得到線索。故事的情節與內容也很好看，不是像一個流氓在街上被殺掉那麼單調。……看小說應該要花腦筋、要思考，從小就要養成思辨的能力，看她的小說，就是對邏輯思考能力極佳的訓練。

袁瓊瓊（作家）

雖然被公認是冷靜理性的謀殺天后，但是在理性之下，克莉絲蒂的底色依舊是感情。克莉絲蒂很明白，所有的慾望之後，都無非是某種愛情。在以性命相搏的犯罪世界裡，凶手以終結他人的性命來遂私欲，不過是為了成全自己的愛，或者是成全自己的恨。

鄧惠文（精神科醫師）

以推理小說作家而言，克莉絲蒂的風格相當獨樹一格。她的偵探在辦案時，靠的不光是科學證據的搜集，而是大量運用犯罪心理學，及對人性的深刻了解。例如在《五隻小豬之歌》中，白羅便是藉由聽取嫌疑犯訴說案情時所不自覺顯露的主觀意識及中心思想，而看出其中破綻，找出真凶。白羅是靠腦袋辦案，以心理層面去剖析案情，即使人們敘述的是同一件事，他可以聽出不同角色因出發點及看待角度不同所透露的情緒觀感，從而抽絲剝繭，還原事實真相。

克莉絲蒂所塑造的人物也生動且各具特色，不同個性所出現的情緒反應描寫，皆細膩而準確，讓讀者產生豐富的想像空間，一展卷便欲罷而不能。

吳曉樂（作家）

克莉絲蒂使用的語言平易近人，主要是以角色與情節的對應來斧鑿出故事的深度，堆疊出讓讀者回味的迂迴空間。而她筆下的角色往往性別、階級、性格、族群各異，塑造出多元又豐富的人物群像。

文學作品不問類型，若要流傳於世，最終仍得上溯至「人性」的理解與反思。而阿嘉莎・克莉絲蒂的作品中，我們可以看到人類屢屢得和自己的人生討價還價，或千方百計讓主觀意識與客觀條件達成某種程度的整合，讀者在重建人物的心理軌跡時，也見識到自身的是非成敗，我認為，這也是克莉絲蒂的作品能夠璀璨經年、暢銷不衰的主因。

許皓宜（心理學作家）

克莉絲蒂筆下的故事看似在談人性的醜惡，實則像一位披著小說家靈魂的心靈引導者，用她的文字訴說著人們得不到「愛」時的痛苦。於是在故事終了的剎那，你不得不對人生多了幾分「看透感」：原來，我們心裡的那些痛苦、報復與自我折磨的慾望，不是因為「憤恨」，而是起於對「愛的失落」。這或許是我們在情感世界中最珍貴且深刻的一種覺察了。

推理小說荒謬驚悚嗎？不，它其實很寫實。它幫我們說出心裡的苦、怨、醜陋的慾望，於是，我們可以重新學習愛了。

一頁華爾滋 Kristin（影評人）

從有記憶以來，閱讀克莉絲蒂最迷人之處往往不在真正的凶手是誰，而是在於「Why」（為什麼）與「How」（如何進行），在於人性與心理描摹的故事肌理。依循其書寫脈絡，會發覺不只是邏輯清晰、布局縝密、著重細節，她總能完美掌握敘事節奏，書中人物彷彿真實存在般鮮明躍然紙上，讀者情緒會隨精準文字保持流轉、跳動、收放，掩卷時並無太多真相水落石出的暢快，反倒淡淡的惆悵化為餘韻襲上心頭，原來還是種種意料之外，卻屬情理之中的人性盲目使然。私以為，那成就了克莉絲蒂的推理故事之所以無比迷人的主因之一。

冬陽（推理評論人）

雖然阿嘉莎．克莉絲蒂的作品並非我的推理閱讀啟蒙，卻是養成閱讀不輟的重要推手。首先，她無庸置疑是個說故事能手，打開我名為好奇的開關；其次是設計犯罪事件的巧妙多元，既日常又異常，凶手更是叫人意想不到。沒錯，我相信每個當讀者的都忍不住想破案，想早偵探一步識破詭計，或者像考試結束鈴響前一秒，瞎猜都要指著某個角色大喊「你就是犯人」！然後會忍不住作弊——不是翻到最後幾頁窺探真凶身分，而是往前翻查讓人起疑的段落、偵探顯然掌握重要線索的時刻，直到忍不住豎白旗投降，看神探（我知道啦，真正把我耍得團團轉的聰明人是作者）頭頭是道地分析我遺漏錯置的片片拼圖，終於看清真相全貌。這，就是偵探推理，我因此熟悉遊戲規則、沉醉在每一場迷人故事裡，成為這個類型書寫的俘虜，享受至今不疲的美好滋味。

石芳瑜（作家、永樂座書店店主）

布局細膩、處處留下線索，破案解說詳細，說明了這位安靜、害羞的推理小說女王心思縝密，且充滿想像力。密室殺人，完美犯罪，《東方快車謀殺案》不愧為古典推理小說的經典。再加上神祕的東方色彩，隨著火車抵達的迫切時間感，連非推理小說迷都會神經拉緊，讀完大呼過癮。

家庭主婦缺少人生經驗？處女座的阿嘉莎．克莉絲蒂充分展現她過人的寫作天分，靠得是從小開始的閱讀，以及對偵探小說的著迷。三十歲寫下第一本偵探小說《史岱爾莊謀殺案》的克莉絲蒂，在那個時代並不能說是「早慧」，但寫作生涯五十五年中，共創作了八十部偵探小說，卻令人難以企及。這位害羞靦腆的小說女神，大概是相信只要有足夠的理由，每個人都有殺人的可能！

余小芳（暨南大學推理研究社指導老師、台灣推理作家協會常務理事）

學生時代加入推理社團，社課指定讀物便是經典作品《一個都不留》，成為我對克莉絲蒂的初步印象，自此沉浸於推理小說的世界。隔年寒假陪同學參與轉學考，在斜風細雨的走廊中，滿足讀完《東方快車謀殺案》。隨著歲月遠走，已昇華成趣味回憶。

踏入推理文學領域需要認識的作家，阿嘉莎．克莉絲蒂絕對名列其中，她的作品常有英國小鎮風光、莊園式的謀殺、設備豪華的交通工具等，還有特色鮮明的偵探活躍其中。書中少有血腥、暴力的橋段，布局巧妙且結構嚴密，手法純粹、知性，故事內容與人物性格融為一體，以高超的想像力結合說好故事的能耐，為推理小說開創新局面。克莉絲蒂推理全集重編改版，值得新舊讀者一起探索。

林怡辰（國小教師、教育部閱讀推手）

多年後，還是難忘第一次閱讀阿嘉莎．克莉絲蒂作品的感動和激動。

這套將近一世紀的作品，文筆流暢，邏輯縝密，過程中不斷與作者較量、猜出凶手，直到最後解答不禁佩服，蛛絲馬跡處處展現作者的精妙手法，於是又拿起另一部作品，再次沉溺在謀殺天后所編織的日常世界中的奇幻，無可自拔。犯罪動機和手法穿越時空限制，如今讀來合理且依舊令人感動，閱讀中趣味橫生，難怪成為後來諸多偵探小說的原型。

克莉絲蒂創作生涯中產出的八十部推理作品，至今多部躍上大銀幕，無怪乎被稱之為「經典」，喜愛推理偵探作品的人不可不讀，你會驚異於她在文字中施展的魔法！

張東君（推理評論家、科普作家）

我愛克莉絲蒂！這位在台灣有時會被稱為克奶奶的超級暢銷推理小說家，即使是自認沒讀過她的書的人，也都會在各種書籍或影視作品中看到對她致敬的片段。由於她喜歡旅行和冒險，那些經驗與體驗都成為書中的場景，因此閱讀她的作品時，不只是雀躍地跟著偵探推理，也有了虛擬的旅行體驗。或者當成旅遊導覽書，在出發去尼羅河、去英國鄉間、去搭船搭火車時，就塞一本克奶奶的作品到隨身背包中。

我還是大學新生時，就聽學姐說她哥哥經常看克奶奶的小說，而且邊看邊狂笑。於是我跟著效仿，在某次搭飛機之前買了第一本小說當旅伴，不只看得超開心，看完後還到處找尋書中出現的那種有兜帽的斗篷，當成出門時的必備用品。克奶奶的作品是跨越文字、國界的。只要看過一本，就會不停地追下去。還好，真的是還好只有八十本。何況這次是全新校訂的紀念珍藏版，當然不能錯過！

發光小魚（呂湘瑜）（文史作家、助理教授）

一部好的偵探小說，除了情節設計巧妙之外，還需要洞悉人性，如此方能合理地交代人物的言行舉止與動機。阿嘉莎．克莉絲蒂便是其中翹楚，她的作品不管是偵探、愛情小說或戲劇，必要元素都是謎題與人性。在寧靜無波的場景下暗潮洶湧，永遠都有意料之外，讀者的情緒也會隨著劇情的進行起伏糾結。克莉絲蒂觀察到時代的變化，將犯罪心理融入作品中，於是，看她的小說不只能得到解謎的快樂，同時對人性也能夠有所省思。

此外，克莉絲蒂豐富的人生歷練及旅行經歷，例如一九二二年的環球之旅、居住過也旅行過的巴黎和埃及，甚至是追隨考古學家丈夫前往的中東，都讓她的小說讀來更加充滿異國情調。如果你也愛旅行，不如就讓我們一同搭上那一班南法的藍色列車，或由伊斯坦堡出發的東方快車，跟著白羅鑽進一樁奇案，一嘗旅程中破解謎題的快感吧。

盧郁佳（作家）

國小時，家裡買了一套阿嘉莎．克莉絲蒂全集，從此成了我的毒品，在白癡課本將我的腦袋啃噬成海綿般空洞時，撫慰受創的心靈，那時我仍對人心險惡一無所知。

數學課教你列算式，樂趣遠不如克莉絲蒂教你住宅平面圖、偷換時序的密室魔術，你從庭園長窗進房間，我從房門直通鄰房，他從走廊進房……從而學會故事是建構邏輯。她文風多變，時而《四大天王》中讓神探白羅向助手海斯汀大賣關子，眉頭緊皺，山雨欲來，預示天翻地覆，只能靠他拯救世界；時而用維吉尼亞．吳爾芙《自己的房間》中俏皮的語言，讓貧苦村姑安妮在《褐衣男子》中回憶南非出生入死的冒險，竟源於她耽讀村裡圖書館爛舊的冒險愛情小說，還有戲院每週末放映〈帕米拉歷險記〉，帕米拉每集從飛機跳落高空、搭潛艇、爬上摩天大樓，每次被黑幫老大抓到總不一刀斃命，卻老要用瓦斯毒死她，暗示續集又會逃出生天。

長大才發現，克莉絲蒂小說就是我的〈帕米拉歷險記〉：它以歌劇般輝煌龐大的天真陰謀、精細的人際觀察（一句話重音放在哪個字、從膝蓋鑑定女人的年齡等），召喚年輕讀者抱持浪漫精神投入未知的壯遊，瘋魔、衝撞、冒犯，傷痕累累毫無懼色。正如瓦斯在冒險片中太多、現實中卻太少；陰謀在現實中沒有克莉絲蒂寫得那麼複雜，但她刻畫的心理卻是現實中解謎的試金石。

賴以威（臺灣師範大學電機系副教授）

或許可以為經典下幾個定義：該領域的愛好者更都讀過；不是這個領域的愛好者，許多人也都聽過；影響後續的作品，在很多著作中都可以看到它的影子；值得反覆再三閱讀，每隔一陣子再讀都可以獲得閱讀的樂趣，有更多的體悟。我永遠記得第一次讀《東方快車謀殺案》時，被那宛如嚴謹設計數學謎題的鋪陳、推進給深深吸引、震撼。從這幾個角度來說，克莉絲蒂的推理小說被稱之為「經典」，可說是當之無愧。

謝哲青（作家、旅行家、知名節目主持人）

克莉絲蒂小說的魅力在於透過每個角色的對白，藉由不斷的說話來表現人物的個性，以彰顯其人格特質中一些無法被忽略的事實。我們從他們的言語、講話的過程和字裡行間，竟然就能知道誰是凶手。

我從克莉絲蒂的小說學到很多，除了推理小說有趣的事實之外，最重要的是，我在工作的職場跟人應對的時候，如何從語言和對話裡去捕捉某些隱而不顯的事實。許多人們欲蓋彌彰的東西，無論心事也好、祕密也好，克莉絲蒂都會用文學的手法，讓你理解語言的奧妙和魅力。

克莉絲蒂的書寫會讓你覺得彷彿自己也在現場，你可以從聽到的對話當中，學會如何理解人心的一些小技巧，這是小說家最出色、最偉大的地方。我們必須學習傾聽別人說話——這些人講話是真誠的嗎？他想要跟你分享什麼資訊？這些資訊可靠嗎？——這是我在閱讀推理小說時，最大的收穫和理解。

阿嘉莎・克莉絲蒂大事記

1890		• 九月十五日出生於英格蘭德文郡托基鎮。
1894	4 歲	• 開始在家自學，父母親、姐姐教導閱讀、寫作、算術和彈鋼琴。
1895	5 歲	• 家中經濟走下坡，舉家搬至法國，學會流利的法語。
1905	15 歲	• 在巴黎寄宿學校學鋼琴和聲樂，但生性極度害羞，未成為職業鋼琴家，最終回到英國。
1907	17 歲	• 陪同母親前往埃及調養身體，對社交活動充滿興趣，但尚未對日後感興趣的埃及古物點燃熱情。 • 回英國後繼續寫作、參與業餘戲劇表演。
1908	18 歲	• 寫出第一篇短篇小說〈麗人之屋〉，同時也寫出第一部愛情小說《白雪黃漠》，以筆名向出版社投稿，但屢遭退稿。
1912	22 歲	• 與英國皇家軍官亞契・克莉絲蒂（Archibald Christie）熱戀。 • 八月爆發第一次世界大戰，亞契奉派到法國作戰。
1914	24 歲	• 耶誕夜結婚，亞契隨即返回戰場。克莉絲蒂參與紅十字會工作，在醫院擔任護士和藥劑師，因此對藥理和毒物非常熟悉，造就後來多部推理小說情節都以毒藥殺人。
1916	26 歲	• 開始嘗試寫推理小說，寫出第一部小說《史岱爾莊謀殺案》，主角偵探赫丘勒・白羅的靈感，來自於大戰期間英國鄉間的比利時難民營。本書歷經數家出版社退稿後，終獲柏德雷・海德（The Bodley Head）圖書公司的出版機會，之後並簽下另五本小說的合約。
1919	29 歲	• 前一年亞契返回英國，八月生下女兒露莎琳。

1920	30 歲	• 出版《史岱爾莊謀殺案》。
1922	32 歲	• 出版第二部小說《隱身魔鬼》，主角是夫妻檔偵探湯米和陶品絲。 • 與亞契至南非、澳洲、紐西蘭、夏威夷和加拿大等國旅行十個月，在南非得到《褐衣男子》的靈感。
1923	33 歲	• 三月出版第三部小說《高爾夫球場命案》，白羅再度登場。
1926	36 歲	• 四月母親過世，克莉絲蒂陷入憂鬱。 • 六月在「威廉．柯林斯父子出版社」出版《羅傑艾克洛命案》。 • 八月亞契因外遇提出離婚，十二月初一次爭吵後，克莉絲蒂離家棄車失蹤，消息登上全國新聞。
1927	37 歲	• 一月在悲痛心情中寫出《藍色列車之謎》，第一次創造出聖瑪莉米德村，即後來瑪波小姐居住的村子。 • 分居期間在雜誌刊登以白羅為主角的短篇小說，後來集結出版《四大天王》。 • 十二月在雜誌刊登短篇小說〈週二夜間俱樂部〉，瑪波小姐初登場，後來收錄在一九三二年出版的短篇小說集《十三個難題》。
1928	38 歲	• 十月正式離婚，仍保留「克莉絲蒂」姓氏。 • 秋天搭乘「東方快車」前往土耳其的伊斯坦堡，再轉往伊拉克首都巴格達，參觀考古現場烏爾，認識考古學家伍利夫婦（Leonard and Katharine Woolley）。
1930	40 歲	• 二月應伍利夫婦之邀再訪烏爾，認識考古學家麥克斯．馬龍（Max Mallowan），九月於英國愛丁堡結婚。這段婚姻開啟克莉絲蒂旺盛的創作生涯，兩人到中東考古現場的旅行為許多作品帶來靈感。

- 婚後克莉絲蒂開始維持固定的寫作行程。十月出版《牧師公館謀殺案》，是第一部以瑪波小姐為主角的小說。
- 出版第一部以「瑪麗．魏斯麥珂特」（Mary Westmacott）為筆名的《撒旦的情歌》，並陸續發表了五部非犯罪小說。

1932　42歲
- 出版《危機四伏》。

1934　44歲
- 出版《東方快車謀殺案》，是白羅海外辦案三部曲之一，故事靈感來自中東的旅行經歷。一九七四年第一次改編成電影大獲好評。

1936　46歲
- 出版《美索不達米亞驚魂》，白羅海外辦案三部曲之二。

1937　47歲
- 出版《尼羅河謀殺案》，白羅海外辦案三部曲之三，故事背景是年輕時與母親同遊的埃及。一九七八年第一次改編成電影大受歡迎。

1939　49歲
- 二次大戰期間，克莉絲蒂在大學學院醫院擔任義務藥師，學習到最新的毒藥知識，對於推理小說寫作大有助益。
- 出版《一個都不留》，是克莉絲蒂最著名作品之一。

1941　51歲
- 出版《密碼》，呈現出克莉絲蒂對戰爭的看法。
- 出版《豔陽下的謀殺案》。

1942　52歲
- 出版《藏書室的陌生人》、《五隻小豬之歌》等名作。

1944　54歲
- 以「瑪麗．魏斯麥珂特」為筆名出版第三部作品《幸福假面》，被美國書評人發現是克莉絲蒂的作品，讓她從此失去匿名創作的自在樂趣。

1950	60 歲	• 獲選為皇家文學學會的會員。
1953	63 歲	• 出版《葬禮變奏曲》。
1956	66 歲	• 一月獲頒大英帝國爵級大十字勳章（GBE）。 • 十一月以「瑪麗．魏斯麥珂特」為筆名出版《愛的重量》，是這個筆名的最後一部作品。
1958	68 歲	• 成為「偵探作家俱樂部」主席。
1960	70 歲	• 馬龍獲頒大英帝國爵級大十字勳章。
1961	71 歲	• 獲得艾克塞特大學頒發榮譽文學博士學位。
1968	78 歲	• 馬龍獲封為爵士，克莉絲蒂亦被稱為馬龍爵士夫人。
1971	81 歲	• 獲頒大英帝國爵級司令勳章（DBE），獲封為女爵士。
1973	83 歲	• 出版最後一部創作《死亡暗道》，亦為湯米和陶品絲最後一次辦案。
1974	84 歲	• 最後一次公開露面，出席電影《東方快車謀殺案》首映會。
1975	85 歲	• 八月六日，白羅成為有史以來第一次在《紐約時報》頭版刊出訃聞的小說主角，宣傳九月即將出版的《謝幕》，這也是白羅最後一次辦案。
1976	86 歲	• 一月十二日去世。 • 十月出版《死亡不長眠》，瑪波小姐的最後一次辦案。

克莉絲蒂推理原著出版年表

1920　史岱爾莊謀殺案 The Mysterious Affair at Styles（神探白羅系列）
1922　隱身魔鬼 The Secret Adversary（神探湯米＆陶品絲系列）
1923　高爾夫球場命案 The Murder on the Links（神探白羅系列）
1924　白羅出擊 Poirot Investigates（神探白羅系列）
1924　褐衣男子 The Man in the Brown Suit（神探雷斯上校系列）
1925　煙囪的祕密 The Secret of Chimneys（神探巴鬥主任系列）
1926　羅傑艾克洛命案 The Murder of Roger Ackroyd（神探白羅系列）
1927　四大天王 The Big Four（神探白羅系列）
1928　藍色列車之謎 The Mystery of the Blue Train（神探白羅系列）
1929　七鐘面 The Seven Dials Mystery（神探巴鬥主任系列）
1929　鴛鴦神探 Partners in Crime（神探湯米＆陶品絲系列）
1930　牧師公館謀殺案 The Murder at the Vicarage（神探瑪波系列）
1930　謎樣的鬼豔先生 The Mysterious Mr. Quin（神探鬼豔先生系列）
1931　西塔佛祕案 The Sittaford Mystery
1932　十三個難題 The Thirteen Problems（神探瑪波系列）
1932　危機四伏 Peril at End House（神探白羅系列）
1933　十三人的晚宴 Lord Edgware Dies（神探白羅系列）
1933　死亡之犬 The Hound of Death
1934　三幕悲劇 Three Act Tragedy（神探白羅系列）
1934　李斯特岱奇案 The Listerdale Mystery
1934　帕克潘調查簿 Parker Pyne Investigates（神探帕克潘系列）
1934　東方快車謀殺案 Murder on the Orient Express（神探白羅系列）
1934　為什麼不找伊文斯？ Why Didn't They Ask Evans?
1935　謀殺在雲端 Death in the Clouds（神探白羅系列）
1936　ABC 謀殺案 The A.B.C. Murders（神探白羅系列）
1936　底牌 Cards on the Table（神探白羅系列）
1936　美索不達米亞驚魂 Murder in Mesopotamia（神探白羅系列）

1937　巴石立花園街謀殺案 Murder in the Mews（神探白羅系列）
1937　尼羅河謀殺案 Death on the Nile（神探白羅系列）
1937　死無對證 Dumb Witness（神探白羅系列）
1938　白羅的聖誕假期 Hercule Poirot's Christmas（神探白羅系列）
1938　死亡約會 Appointment with Death（神探白羅系列）
1939　一個都不留 And Then There Were None
1939　殺人不難 Murder Is Easy/Easy to Kill（神探巴鬥主任系列）
1940　一，二，縫好鞋釦 One, Two, Buckle My Shoe（神探白羅系列）
1940　絲柏的哀歌 Sad Cypress（神探白羅系列）
1941　密碼 N Or M?（神探湯米＆陶品絲系列）
1941　豔陽下的謀殺案 Evil Under the Sun（神探白羅系列）
1942　五隻小豬之歌 Five Little Pigs（神探白羅系列）
1942　藏書室的陌生人 The Body in the Library（神探瑪波系列）
1943　幕後黑手 The Moving Finger（神探瑪波系列）
1944　本末倒置 Towards Zero（神探巴鬥主任系列）
1945　死亡終有時 Death Comes as the End
1945　魂縈舊恨 Remembered Death（神探雷斯上校系列）
1946　池邊的幻影 The Hollow（神探白羅系列）
1947　赫丘勒的十二道任務 The Labours of Hercules（神探白羅系列）
1948　順水推舟 Taken at the Flood（神探白羅系列）
1949　畸屋 Crooked House
1950　謀殺啟事 A Murder Is Announced（神探瑪波系列）
1951　巴格達風雲 They Came to Baghdad
1952　殺手魔術 They Do It with Mirrors（神探瑪波系列）
1952　麥金堤太太之死 Mrs. McGinty's Dead（神探白羅系列）
1953　黑麥滿口袋 A Pocket Full of Rye（神探瑪波系列）
1953　葬禮變奏曲 After the Funeral（神探白羅系列）

1954　未知的旅途 Destination Unknown
1955　國際學舍謀殺案 Hickory, Dickory, Dock（神探白羅系列）
1956　弄假成真 Dead Man's Folly（神探白羅系列）
1957　殺人一瞬間 4:50 from Paddington（神探瑪波系列）
1958　無辜者的試煉 Ordeal by Innocence
1959　鴿群裡的貓 Cat Among the Pigeons（神探白羅系列）
1960　哪個聖誕布丁？ The Adventure of the Christmas Pudding（神探白羅系列）
1961　白馬酒館 The Pale Horse
1962　破鏡謀殺案 The Mirror Crack'd from Side to Side（神探瑪波系列）
1963　怪鐘 The Clocks（神探白羅系列）
1964　加勒比海疑雲 A Caribbean Mystery（神探瑪波系列）
1965　柏翠門旅館 At Bertram's Hotel（神探瑪波系列）
1966　第三個單身女郎 Third Girl（神探白羅系列）
1967　無盡的夜 Endless Night
1968　顫刺的預兆 By the Pricking of My Thumbs（神探湯米＆陶品絲系列）
1969　萬聖節派對 Hallowe'en Party（神探白羅系列）
1970　法蘭克福機場怪客 Passengers to Frankfurt
1971　復仇女神 Nemesis（神探瑪波系列）
1972　問大象去吧 Elephants Can Remember（神探白羅系列）
1973　死亡暗道 Postern of Fate（神探湯米＆陶品絲系列）
1974　白羅的初期探案 Poirot's Early Cases（神探白羅系列）
1975　謝幕 Curtain: Hercule Poirot's Last Case（神探白羅系列）
1976　死亡不長眠 Sleeping Murder（神探瑪波系列）
1979　瑪波小姐的完結篇 Miss Marple's Final Cases（神探瑪波系列）
1991　情牽波倫沙 Problem at Pollensa Bay
1997　殘光夜影 While the Light Lasts

國家圖書館出版品預行編目（CIP）資料

池邊的幻影 ／阿嘉莎．克莉絲蒂（Agatha Christie）著；向農譯. -- 三版. -- 臺北市：遠流出版事業股份有限公司, 2023.04
面；　公分. -- (克莉絲蒂繁體中文版20週年紀念珍藏；34)
譯自：The Hollow
ISBN 978-626-361-013-2(平裝)

873.57　　112002218

克莉絲蒂繁體中文版 20 週年紀念珍藏 34

池邊的幻影

作者 / 阿嘉莎．克莉絲蒂
譯者 / 向農

主編 / 陳懿文、余式恕
封面、內頁設計 / 謝佳穎　排版 / 連紫吟、曹任華
行銷企劃 / 舒意雯　出版一部總編輯暨總監 / 王明雪

發行人 / 王榮文
出版發行 / 遠流出版事業股份有限公司
地址 / 104005臺北市中山北路一段11號13樓
電話 / (02)2571-0297　傳真 / (02)2571-0197　郵撥 / 0189456-1
著作權顧問 / 蕭雄淋律師

2003年1月1日 初版一刷
2023年4月1日 三版一刷
定價 / 新臺幣380元 (缺頁或破損的書，請寄回更換)

ISBN 978-626-361-013-2

遠流博識網 http://www.ylib.com E-mail: ylib@ylib.com
遠流粉絲團 https://www.facebook.com/ylibfans

www.agathachristie.com